MORD MIT STUMPF UND STIELL

EIN COTTAGE-GARDEN-KRIMI

VON

H.Y. HANNA

AUS DEM ENGLISCHEN VON

RITA KLOOSTERZIEL

Inhaltsverzeichnis

Kapitel 1

Poppy Lancaster hielt gespannt den Atem an, während die Frau auf der anderen Seite des improvisierten Verkaufstisches den Blick über die Topfpflanzen schweifen ließ. Hoffnung keimte in Poppy auf, als die potenzielle Kundin endlich eine Primel in die Hand nahm.

„Sie ist nicht gerade groß, meinen Sie nicht auch?", bemerkte die Frau mit einem verächtlichen Schnauben. Sie beäugte die Pflanze kritisch.

Poppy errötete. Sie wusste, dass ihre vorgezogenen Exemplare eher klein geraten waren, mit spindeldürren Stängeln und kleinen Blättern, die schlapp über den Rand der Töpfe hingen. Obwohl sie sich wirklich Mühe gegeben hatte, sich während der langen Wintermonate in Fachbüchern schlauzumachen und sich im Internet zu informieren, war es ihr nicht gelungen, lauter kraftstrotzende Pflanzen zu produzieren, die sie im Frühjahr als Beetpflanzen verkaufen konnte.

Sie versuchte jedoch, sich ihre Verlegenheit nicht anmerken zu lassen, sondern setzte ein strahlendes Lächeln auf und erwiderte: „Die Blumen müssen noch ein bisschen zulegen, aber wenn Sie sie ins Beet setzen oder in einen Balkonkasten, wachsen sie sehr schnell.“

„Hmm …“ Die Frau sah nicht überzeugt aus. „Ihre Auswahl ist auch recht mager. Sie haben ja nur zwei Farben.“ Sie stellte die Primel auf den Tisch zurück und wandte sich zum Gehen.

Poppy sackte das Herz in die Hose und ihr Lächeln verblasste ein wenig. „Ich habe noch Pflanzen in anderen Farben, aber die sind … ähm … im Wachstum begriffen und noch nicht ganz bereit für den Verkauf.“

Die Frau warf einen abschätzigen Blick auf den Rest des Sortiments. „Ist das alles, was Sie zu bieten haben? Sonst haben Sie nichts auf Lager?“

„Im Moment nicht“, antwortete Poppy entschuldigend. „Aber ich habe noch mehr Pflanzen im Gewächshaus, die nächste oder übernächste Woche zum Verkauf stehen sollten.“

„Das nützt mir jetzt herzlich wenig“, brummte die Frau. Sie wies auf die Töpfe auf dem Verkaufstisch. „Also, wie viel kosten die?“

Poppy nannte den Preis, den sie nach wochenlangen quälenden Rechnereien endlich festgelegt hatte.

Die Frau runzelte verärgert die Stirn. „Das ist ja die reinste Halsabschneiderei!", beklagte sie sich. „In einem Gartencenter bekomme ich doppelt so große Pflanzen für die Hälfte Ihres Preises."

Poppy errötete erneut. „Ja, wissen Sie, für die kleinen Gärtnereien ist es schwieriger", versuchte sie zu erklären. „Wir haben nicht den Kostenvorteil, den die großen Ketten durch ihre Massenproduktion haben und -"

„Ersparen Sie mir das Gejammer", unterbrach die Frau sie. „Man hat mir gesagt, dass dies eine der besten Gärtnereien in der Umgebung sei mit einem Top-Sortiment zu vernünftigen Preisen." Sie bedachte die Pflanzen auf dem Verkaufstisch mit einem weiteren verächtlichen Blick. „Das sieht mir nicht gerade vielversprechend aus."

Sie wandte sich zum Gehen. Poppy biss sich auf die Lippe, dann rief sie der Frau nach: „Ich mache Ihnen ein Angebot – zwei für den Preis von einer. Als Ausgleich für die ... äh, geringere Größe."

„Nein, danke", erwiderte die Frau über die Schulter. „Ich fahre zu einem Gartencenter. Das hätte ich gleich tun sollen."

Poppy blickte der Frau bedrückt nach, die entschlossen zum Tor marschierte, ohne nach rechts und links zu sehen. Dabei entging ihr, dass die Blumenbeete am Wegrand allmählich aus dem Winterschlaf erwachten und das saftige Grün und die prächtigen Blüten erahnen ließen, für die der traditionelle Bauerngarten bekannt war. Die Rosen brachten zwar gerade erst die ersten zarten Blätter hervor und an den anderen Stauden zeigten sich zaghaft neue Triebe, doch die Blumenzwiebeln, die Poppy im vergangenen Herbst gepflanzt hatte, sorgten schon für hoffnungsfrohe Farbtupfer auf den Beeten.

Hyazinthen in den schönsten Farben, umgeben von rundlichen Krokussen, Büschel von Osterglocken und Narzissen, deren cremeweiße und zitronengelbe Blüten neben den zierlichen Zwerg-Schwertlilien besonders zur Geltung kamen ... und dazwischen streckten Veilchen ihre fröhlichen kleinen „Gesichter" der Sonne entgegen und Vergissmeinnicht bildeten einen Teppich aus zartem Blau. Poppy - die nicht geahnt hatte, dass all diese Schätze während des langen, kalten Winters in der Erde schlummerten – kam es vor wie Zauberei, als sie im Laufe der letzten Wochen aufgetaucht waren und den kahlen Garten in ein Farbenmeer verwandelt hatten.

Die Frau hatte keinen Blick für diese kleinen Wunder des Frühlings übrig, sondern ging geradewegs auf das hölzerne Eingangstor zu, stieß es auf und versetzte ihm zum Abschied einen kräftigen Stoß, sodass es krachend ins Schloss fiel. Seufzend wandte sich Poppy ihrem Verkaufstisch zu und stellte die Blumentöpfe in ordentlichen Reihen auf. Dann ließ sie sich entmutigt und voller Zweifel auf ihren Stuhl sinken.

War es verrückt zu glauben, dass ich es schaffen

könnte? fragte sie sich düster. Mir sind schon früher alle Pflanzen eingegangen – wie konnte ich mir nur einreden, ich könnte eine Gärtnerei führen, bloß weil ich eine geerbt habe?

Als im vergangenen Jahr der Brief eines Anwalts eintraf, der Poppy mitteilte, dass sie Hollyhock Cottage mitsamt der Gärtnerei von ihrer Großmutter geerbt hatte, der sie nie begegnet war, erschien es ihr wie ein Geschenk des Himmels. Poppy hatte gerade ihre Arbeitsstelle und ihre Wohnung in London verloren, und so war es genau der richtige Zeitpunkt für einen Neuanfang in Oxfordshire. Das malerische alte Cottage, der romantische, verwilderte Garten in dem hübschen Dorf Bunnington mit seinem geschäftigen Treiben waren mehr, als Poppy sich jemals erträumt hatte. Schon bald stellte sie fest, dass sie mit dem Anwesen auch eine Verpflichtung geerbt hatte. Ihre Großmutter, Mary Lancaster, war eine weithin bekannte Pflanzenzüchterin gewesen, und Hollyhock Cottage stand in dem Ruf, von einem wunderschönen, typisch englischen Bauerngarten umgeben zu sein und besonders gesunde und kräftige Pflanzen zu verkaufen.

Poppy träumte davon, dem Namen Lancaster gerecht zu werden, der in Bunnington und Umgebung für den schönsten Cottage-Garten und die besten Schnittblumen weit und breit stand. Sie hatte sich vorgenommen, die Gärtnerei wiederaufzubauen, die während der langen Krankheit ihrer Großmutter leider vernachlässigt worden war. Und trotz ihrer Unerfahrenheit hatte es eine Zeit lang so ausgesehen, als sei es kein bloßes Hirngespinst.

Die Sommermonate waren herrlich gewesen, die Gärten im Dorf hatten sich von ihrer schönsten Seite gezeigt, und Poppy hatte sich mit Begeisterung in die Gartenarbeit gestürzt. Sie hatte sich die lateinischen Namen vieler Pflanzen eingeprägt, hatte gelernt, wie man sät und beschneidet, und ein ungeahntes Talent an sich entdeckt: Sie band frische Schnittblumen aus dem Garten zu schönen Sträußen - was sich zu einer unerwarteten zusätzlichen Einnahmequelle entwickelt hatte.

Selbst als der Herbst kam und die kalten Wintermonate mit der Aussicht auf erhebliche Einkommenseinbußen bevorstanden, hatte Poppy sich nicht entmutigen lassen. Sie hatte sich überlegt - vielleicht war das zu naiv -, dass sie nur einige Samen aussäen und reichlich Stecklinge bewurzeln müsste, um genügend Jungpflanzen zu produzieren, die sie im Frühjahr verkaufen würde. Ansonsten hatte sie sich an den Glauben geklammert, dass sich die Dinge wie von Zauberhand fügen würden, wenn sie nur den Winter überstand und die Tage wieder länger und das Wetter wärmer würde.

Poppy seufzte erneut, als ihr Blick auf die Reihen kümmerlicher Pflänzchen auf dem Tisch fiel. Die Realität sah leider ganz anders aus. Die Aufzucht gesunder Pflanzen in ausreichender Anzahl, in einer annehmbaren Größe und in gleichbleibender

Qualität war schwieriger, als sie es sich vorgestellt hatte. Obwohl sie alle Anweisungen, die sie online und in Fachbüchern gefunden hatte, getreulich befolgt hatte, war es ein Kampf gewesen, die zarten Pflänzchen im Gewächshaus ihrer Großmutter über den Winter am Leben zu erhalten. Und abgesehen davon, dass sie als Gärtnerin blutige Anfängerin war, wusste sie nicht, wie man ein Unternehmen führte oder den Überblick über sein Inventar behielt.

Mittlerweile brauchte sie die letzten Reste ihrer Ersparnisse auf und war darauf angewiesen, dass die Gärtnerei bald Gewinn abwarf, damit sie ihre Rechnungen bezahlen und ihren Lebensunterhalt bestreiten konnte. Und natürlich musste sie zusehen, dass sie ihr kleines Unternehmen am Leben erhielt.

Das Knarren des hölzernen Eingangstores unterbrach ihre Gedanken. Poppy blickte hoffnungsvoll auf. Eine ältere Dame mit einem Einkaufstrolley betrat den Garten. Sie sah sich schüchtern um, doch ihre Miene erhellte sich angesichts der Blumenbeete mit ihren bunten Blüten.

Voller Zuversicht eilte Poppy ihr entgegen und begrüßte sie freundlich: „Guten Tag! Kann ich Ihnen helfen oder möchten Sie sich nur umsehen?"

„Oh, danke, meine Liebe, ich suche neue Blumen für meine Pflanzkübel", sagte die Dame lächelnd. „Ich wohne im Dorf und habe kein Auto. Normalerweise nimmt mich mein Neffe Dennis zu einem der großen Gartencentern mit – er ist so ein lieber Junge. Nun, streng genommen ist er mit Mitte fünfzig kein Junge mehr." Sie grinste. „Ich erinnere mich noch sehr gut an den Tag, als er zur Welt kam. Wir haben uns alle so gefreut, immerhin war er das erste Enkelkind in der Familie und meine Schwester war lange nicht schwanger geworden. Und dann wurde Dennis zu früh geboren und meine Schwester war entsetzt, weil sein bestes Stück ganz krumm war! Können Sie sich das vorstellen?"

„Äh, nein, eigentlich nicht", stotterte Poppy.

„Die Ärzte haben ihr gesagt, dass die Funktion dadurch nicht beeinträchtigt wird, wenn Sie wissen, was ich meine, aber meine Schwester hat sich natürlich trotzdem Sorgen gemacht. Wie sollte Dennis jemals eine Frau abbekommen? Welche Frau will schon einen Mann mit einem krummen Schniedel?"

„Äh ..." Poppy starrte die alte Dame fassungslos an.

„Inzwischen ist er seit über zwanzig Jahren glücklich verheiratet und hat vier stramme Söhne, also haben die Ärzte wohl recht gehabt. Im Bett ist es egal, ob er nun krumm oder gerade ist -"

„Äh, welche Blumen hätten Sie denn gern", unterbrach Poppy sie, in der Hoffnung, dass ihr weitere Ausführungen zu diesem Thema erspart blieben.

„Oh, ich liebe alles, was pink ist", erklärte die Dame. „Obwohl lila auch sehr hübsch ist."

„Ich habe ein paar violette Stiefmütterchen, die Sie ins Beet oder in einen Blumentopf setzen können", sagte Poppy eifrig. „Und schöne Primeln in einem kräftigen Pink. Wenn Sie lieber etwas Zarteres haben möchten, könnte ich Ihnen wunderbare kleine Alpenveilchen anbieten. Warten Sie, ich zeige Ihnen …"

Sie führte die alte Dame den Weg hinauf zum Cottage, das mitten im Garten stand. Davor hatte sie eine provisorische Theke aus Holzböcken und einer Platte aufgebaut, auf dem Beetpflanzen und Frühblüher ordentlich aufgereiht zum Verkauf standen. Poppy sah gespannt zu, als die alte Dame das Sortiment mit Interesse betrachtete.

„Oh ja, die sehen wundervoll aus!" Die Dame nahm zwei Töpfe mit rosafarbenen Alpenveilchen in die Hand. „Die zartrosa Blüten und die dunkelgrünen Blätter sind so hübsch."

Poppy, die sich insgeheim gegen weitere übellaunige Kritik wie von der letzten Kundin gewappnet hatte, entspannte sich und strahlte die alte Dame an.

„Danke! Ja, ich liebe diesen Rosaton auch."

„Oh, und Sie haben Hornveilchen! Sind die nicht wunderschön?" Die alte Dame ging am Verkaufstisch entlang und bewunderte die kleinen Blüten mit ihren typischen gelben und violetten Markierungen. „Mir gefallen sie viel besser als Stiefmütterchen, auch wenn sie nicht so groß sind. Sie bringen mehr Blüten hervor und blühen auch noch, wenn das Wetter wärmer wird." Sie ging ein paar Schritte weiter und hob die Primel hoch, die der anderen Frau zu klein gewesen war. „Und sehen Sie sich diese Primeln an! Ich glaube, diesen Rosaton habe ich noch nie gesehen – wunderschön!"

Ihre Begeisterung ließ Hoffnung in Poppy aufkeimen. Insgeheim addierte sie die Preise der Pflanzen auf, die die alte Dame bewundert hatte, und rechnete sich ihre Einnahmen aus. Mit begeistertem Lächeln sagte sie: „Möchten Sie zwei von jeder Farbe? Dann können Sie sie in Ihren Pflanzkübeln mischen und -"

„Nein, mein Kind, so viele kann ich mir nicht leisten." Die alte Dame zuckte bedauernd die Schultern. „Ich würde ja gerne, aber leider reicht meine Rente nicht sehr weit." Sie streckte die Hand aus. „Ich nehme erst einmal nur diese beiden Alpenveilchen. Vielleicht kann ich nächste Woche noch einmal vorbeikommen und noch mehr kaufen."

„Ja, selbstverständlich." Poppy versuchte, sich die Enttäuschung nicht anmerken zu lassen.

Trotz allem war sie froh, überhaupt etwas verkauft zu haben. Behutsam stellte sie die beiden Töpfe mit den Alpenveilchen in eine flache Pappschachtel, dann half sie der Dame, sie in ihrem Einkaufstrolley zu verstauen. Sie begleitete ihre Kundin zum Eingangstor und sah ihr nach, wie sie langsam mit ihrem Einkaufswagen die Gasse hinunterging.

Poppy kehrte zu ihrem Verkaufstisch zurück und

verbrachte ein paar Augenblicke damit, die restlichen Blumentöpfe so ansprechend wie möglich zu arrangieren. Ihre Bemühungen waren jedoch umsonst. Stunde um Stunde wartete sie vergeblich auf neue Kunden. Schließlich warf sie einen Blick auf ihre Uhr und seufzte. Es war fast halb fünf, eine halbe Stunde, bevor die Gärtnerei offiziell schloss. Da jedoch kaum die Aussicht bestand, dass jemand etwas kaufen oder sich nur umsehen wollte, überlegte sie, für heute Schluss zu machen.

Sie erhob sich fröstelnd von ihrem Hocker hinter dem improvisierten Verkaufstisch. Laut Kalender hatte der Frühling zwar schon begonnen, doch das Wetter war unberechenbar und abends wurde es noch empfindlich kühl. Poppy warf einen letzten prüfenden Blick über ihr Sortiment und begann dann, die kleine tragbare Kasse einzupacken. Sie holte gerade die dürftigen Einnahmen aus der Kassenschublade, als ein lautes Rascheln hinter ihr sie innehalten ließ.

Sie sah sich um, konnte aber nichts erkennen und nahm ihre Arbeit nach kurzer Zeit wieder auf. Bald darauf war das Rascheln jedoch erneut zu hören, und dieses Mal spürte Poppy, wie sich ihr die Nackenhaare aufstellten. Sie fuhr herum und starrte in die länger werdenden Schatten im Garten. Ihr Atem ging rascher, als sie plötzlich ein unbehagliches Gefühl überkam. Da war jemand, der sie nicht aus den Augen ließ …

Kapitel 2

Poppy sah sich vorsichtig um. Eine leichte Brise bewegte die Zweige der Bäume und Büsche, die den hinteren Rand der Beete säumten. Die Schatten zwischen dem Geäst nahmen immer neue und immer bedrohlichere Formen an.

Das bildest du dir nur ein, ermahnte sie sich. *Da ist nichts, niemand beobachtet dich.*

Trotzdem wurde sie das unbehagliche Gefühl nicht ganz los. Sie war den ganzen Nachmittag allein in der Gärtnerei gewesen, ohne dass es sie gestört hätte, aber jetzt fühlte sie sich plötzlich sehr einsam.

„Hallo?", rief sie. Ihre Stimme klang ein wenig piepsig. Sie räusperte sich und versuchte es erneut. „Ist da jemand?"

Außer dem leisen Rauschen des Windes in den

Bäumen war nichts zu hören. Normalerweise empfand sie diese Geräusche als beruhigend, doch nun machten sie ihr Angst. Poppy schluckte. Sie überlegte, ob sie all ihren Mut zusammenkratzen und im hinteren Teil des Gartens nachsehen sollte, ob da jemand war. Als das laute Rascheln erneut erklang, schlug ihr das Herz bis zum Hals. Sie konnte sehen, wie sich hohe Gräser bewegten, wie die Büsche bebten, Zweige sich bogen … irgendetwas kam durch das Unterholz auf sie zu.

Unwillkürlich tasteten ihre Hände auf dem Verkaufstisch nach einer Waffe, doch außer einer kleinen rosa Gießkanne war nichts zu finden. *Toll,* dachte sie. *Ein Angreifer lauert im Gebüsch und ich kann ihn allenfalls zu Tode gießen.*

Das Rascheln hörte so plötzlich auf, wie es begonnen hatte. Einen Moment lang war alles still. Aber Poppy wusste, dass da irgendjemand jede ihrer Bewegungen beobachtete.

„Zeig dich!", rief sie und klang mutiger, als sie sich fühlte. „Ich weiß, dass du da draußen bist! Komm raus, du Feigling!"

„Mau?"

Aus dem Gebüsch neben ihr brach ein riesiger roter Kater hervor. Poppy spürte plötzlich, dass sie die Luft angehalten hatte, und atmete erleichtert aus.

„Oren!", rief sie und ließ sich gegen den Verkaufstisch sinken. „Lieber Himmel, hast du mir einen Schrecken eingejagt! Du hast dich versteckt und mich beobachtet, nicht wahr? Du verdammtes Vieh - ich dachte, du wärst ein Stalker!"

Oren warf ihr einen verächtlichen Blick zu, dann schlenderte er zu ihr und stellte sich neben sie. Als Poppy nicht reagierte, stieß er mit dem Kopf an ihr Bein und sah erwartungsvoll zu ihr auf.

„Na sowas!", schimpfte Poppy. „Erst erschreckst du mich fast zu Tode und dann willst du auch noch gekrault werden?"

„*Mau*", bestätigte Oren selbstgefällig.

Poppy verdrehte die Augen, aber irgendwann ging sie doch in die Hocke, um den Kater zu streicheln.

Warum setzen Katzen immer ihren Willen durch?, fragte sie sich mit einem resignierten Grinsen, während sie dem kampferprobten Kater über die narbigen Ohren strich und ihn unterm Kinn kitzelte, und bald schnurrte er zufrieden. Trotz ihres Ärgers musste sie einräumen, dass er ein Charmeur war, der sich seit ihrer Ankunft in Bunnington in ihr Herz geschlichen hatte. Eigentlich gehörte Oren dem Krimiautor Nick Forrest, der in einem schönen georgianischen Haus auf einem großen Grundstück neben Hollyhock Cottage wohnte, doch der Kater war mindestens so oft bei ihr wie bei seinem Herrchen. Wenn er nicht gerade lautstark Streicheleinheiten einforderte oder ihr mit seiner herrischen Art Anweisungen zu geben schien, wie sie ihre Gartenarbeit zu erledigen hatte, wartete er in der Küche auf Leckerbissen oder machte es sich auf dem besten Sessel im Wohnzimmer bequem. Inzwischen ließ sie sogar ein Fenster in dem Gewächshaus offen, das sich an der Rückseite des Cottage anschloss, damit Oren nach Belieben ein- und ausgehen konnte.

Als Poppy nun Anstalten machte, ins Haus zurückzukehren, lief Oren anders als sonst nicht vor ihr her, um sich einen Snack vor dem Abendbrot zu holen. Zu ihrer Überraschung verschwand er in dem Gebüsch, aus dem er gekommen war. Es war so untypisch für ihn, dass sie stehen blieb, um ihn zu beobachten. Sie sah, wie er sich mit gesenktem Kopf hinter einige hohe Gräser schob. Gleich darauf kam er mit etwas Weichem im Maul wieder zum Vorschein. Es war hellbraun, fast fleischfarben, und Poppy erschauderte. Hatte Oren eine Ratte gefangen?

Sie wusste, dass es in der Gegend Ratten gab. Vor einiger Zeit hatte sie das Pech gehabt, in einem Schuppen im hinteren Teil des Gartens ein Rattennest zu entdecken. Das Erlebnis bereitete ihr immer noch Albträume. *Vielleicht hat Oren das fade, vom Tierarzt verschriebene Diätfutter satt und ist selbst auf die Jagd nach etwas Nahrhaftem gegangen*, dachte sie mit einem schiefen Lächeln. Zum Glück trug der Kater seine Beute zum Nachbarhaus und nicht zu ihrem Cottage.

Poppy sammelte ihre Sachen vom Verkaufstisch ein und ging zum Gewächshaus, durch das sie einen Zugang zum Cottage hatte. Sie hielt einen Moment inne, um den stabilen Bau mit seinen funkelnden neuen Glasscheiben zu bewundern. Als im Spätherbst bei einem schweren Sturm ein umstürzender Baum das Dach des Gewächshauses durchschlagen hatte, war Poppy überzeugt, alles verloren zu haben. Das Gewächshaus ihrer Großmutter war zwar alt und baufällig, doch es erfüllte seinen Zweck. Ohne einen geschützten Ort hätte sie keine Chance gehabt, die Setzlinge und einjährigen Pflanzen anzubauen, die sie für den Verkauf im Frühjahr brauchte.

Zum Glück hatte Hubert sie aus dieser misslichen Lage gerettet. Poppy begriff zwar immer noch nicht ganz, warum ihr ansonsten so selbstsüchtiger Cousin ihr ein nagelneues Gewächshaus hatte bauen lassen, aber das tat ihrer Dankbarkeit keinen Abbruch. Man schaut einem geschenkten Gaul eben nicht ins Maul.

Wenn ich es nicht schaffe, mehr Pflanzen zu verkaufen, nützt mir auch das beste Gewächshaus der Welt nichts, dachte Poppy düster, als sie durch die Verbindungstür in die Küche des Cottage trat.

„Oh je, Poppy, warum machst du so ein langes Gesicht?", fragte die Frau mittleren Alters, die am Küchentisch saß und eine alte Schürze flickte.

Ihr rundes, freundliches Gesicht mit den rosigen Wangen war von grauen Locken umrahmt, und sie sah genauso aus wie Mrs Claus, die oft auf Weihnachtskarten abgebildet war. Und wie die Frau des Weihnachtsmannes war auch sie der Inbegriff mütterlicher Fürsorge. Poppy betrachte Nell Hopkins voller Liebe und Zuneigung. In London war sie ihre Vermieterin gewesen, doch inzwischen war sie eine ihrer besten Freundinnen geworden und die einzige „Familie", die Poppy nach dem Tod ihrer Mutter geblieben war.

Nun sank Poppy auf einen Stuhl am Küchentisch und schüttete Nell wieder einmal das Herz aus. Es war ein vertrautes und beruhigendes Ritual, all ihre Sorgen und Enttäuschungen bei ihr abzuladen.

„Ich weiß nicht, was ich tun soll", schloss sie mit einem Seufzer. „Ein paar Alpenveilchen am Tag zu verkaufen, wird die Gärtnerei kaum über Wasser halten."

„Vielleicht könntest du ein paar Pflanzen zum Sonderpreis anbieten und damit Werbung machen?", schlug Nell vor.

Poppy schüttelte den Kopf. „Ich brauche schon jetzt jeden Cent, um die Kosten zu decken. Obwohl ich heute tatsächlich einer Dame zwei zum Preis von einer angeboten habe", räumte sie ein. „Wenn ich wüsste, wie tief ich mit dem Preis gehen kann, würde ich vielleicht ein paar zusätzliche Verkäufe machen."

„Du brauchst einen guten Buchhalter", sagte Nell. „Den braucht jedes Unternehmen, vor allem, wenn man noch unerfahren ist und gerade erst anfängt."

„Ja, du hast recht. Ich kenne zwar keinen, aber im Branchenbuch müsste ich fündig werden."

„Am besten lässt du dir jemanden empfehlen. Du solltest dich im Dorf umhören. Was ist mit Martin?"

„Martin?"

„Du weißt schon, der Besitzer der Dorfkneipe. Er ist ein schlauer Bursche, und im Lucky Ladybird ist immer reichlich Betrieb."

„Das ist eine gute Idee. Wenn ich das nächste Mal vorbeikomme, werde ich ihn fragen, wer seine Buchhaltung macht", erwiderte Poppy und kratzte sich geistesabwesend am Arm.

Nell sah sie eindringlich an. „Mir ist gestern Abend schon aufgefallen, dass du dich am Arm gekratzt hast. Hast du einen Ausschlag?"

„N-nein ... es ist kein Ausschlag", antwortete Poppy zögernd. Sie krempelte ihren Ärmel hoch, sodass eine bedenkliche rote Schwellung an ihrem Unterarm zum Vorschein kam.

Nell stieß einen Entsetzensschrei aus. „Oh, mein Gott, Poppy! Was ist passiert?"

Poppy zuckte mit den Schultern. „Es ist nichts Schlimmes, Nell - nur ein Kratzer, den ich mir im Garten geholt habe, wahrscheinlich an einem Rosenstrauch." Sie betrachtete die gerötete Haut. „Die Stelle hat sich wohl ein wenig entzündet."

„Wie lange ist das schon so?"

„Ich weiß nicht ... ein paar Tage? Ich dachte eigentlich, es würde besser werden, aber es scheint noch stärker geschwollen zu und juckt wie verrückt."

Nell schnalzte missbilligend mit der Zunge. „Das sieht mir nach einer Infektion aus. Du musst damit zum Arzt, Liebes."

„Ach Nell, es ist doch nur ein Kratzer ..."

„Aus einem Kratzer kann eine ernsthafte

Verletzung werden, wenn man nicht aufpasst! Nein, das ist nicht zum Kopfschütteln, junge Dame. Ich habe schreckliche Geschichten von Leuten gehört, die sich bei der Gartenarbeit einen kleinen Kratzer geholt haben und denen man die Hände amputieren musste oder die wochenlang im Krankenhaus lagen." Nell nickte nachdrücklich mit dem Kopf. „Im Boden lauern alle möglichen furchtbaren Pilze und Bakterien ..."

„Es ist ein Garten, Nell", sagte Poppy und lachte. „Natürlich sind Bakterien und Pilze in der Erde! Ich dachte, darum ginge es - man soll Pilze und Bakterien in der Erde fördern; das ist gut für die Pflanzen."

„Aber nicht für deine Haut", erklärte Nell. „Glaub mir, wenn du das nicht untersuchen lässt, könnte es dir sehr leidtun. In der Sonntagszeitung habe ich von einem armen Mann gelesen, der hatte nekrotisierende Fasziitis. Jawohl! Seine Hand war völlig zerfressen! Und dann landete er mit Septikämie und Organversagen im Krankenhaus. Er konnte von Glück sagen, dass er überlebt hat!"

Poppy rutschte voller Unbehagen auf ihrem Stuhl hin und her. Sie gab es nur ungern zu, aber Nells Worte machten sie langsam nervös. „Ich könnte morgen zum Dorfarzt gehen, wenn ich Zeit habe ..."

„Nein, das machst du sofort. Heute ist die Praxis länger geöffnet. Du kannst zu Fuß gehen - mehr als zehn oder fünfzehn Minuten wirst du nicht brauchen. Ich bin mir sicher, dass Dr. Seymour sich deinen Arm ansieht. Du sagst einfach, dass es sich um einen Notfall handelt."

„Das ist doch kein Notfall!", protestierte Poppy.

„Das wird es aber, wenn du nichts unternimmst", prophezeite Nell düster.

Poppy seufzte. Es hatte keinen Sinn, mit ihrer Freundin zu diskutieren, wenn sie sich in eine Idee verrannt hatte.

„Schon gut, ich gehe", sagte sie und stand auf. Sie holte sich eine Strickjacke gegen die Abendkühle und machte sich auf den Weg ins Dorf.

Kapitel 3

Dr. Ralph Seymour, der Dorfarzt, hatte nach seiner Ausbildung nicht wie üblich bei einer etablierten Allgemeinarztpraxis angefangen, sondern hatte ein Nebengebäude auf seinem großen Anwesen am Rande des Dorfes umgebaut und dort seine eigene Praxis eröffnet. Das hatte für reichlich Aufsehen in Bunnington gesorgt, und manch ein Dorfbewohner fand es befremdlich, dass ein Arzt gewissermaßen in seinem eigenen Wohnzimmer praktizierte. Aber die Leute wussten es bald zu schätzen, dass sie sich direkt vor ihrer Haustür behandeln lassen konnten. Die helle, moderne Praxis mit ihrer geschmackvollen Einrichtung, dem komfortablen Wartezimmer und dem gut ausgestatteten Sprechzimmer - ganz zu schweigen von Dr. Seymours einfühlsamer und sympathischer Art, mit seinen Patienten umzugehen – lockte inzwischen Ratsuchende aus dem gesamten Umland an.

Als Poppy langsam durch die Gassen des Dorfes schlenderte, vorbei an schönen Villen und alten Cottages aus honigfarbenem Sandstein, war sie froh, nicht in eine der umliegenden Städte fahren zu müssen, um einen Arzt aufzusuchen. Und sie stellte fest, dass sie den Spaziergang durch das Dorf in der beginnenden Dämmerung genoss. Es war tatsächlich noch nicht so dunkel, wie es im Garten von Hollyhock Cottage den Anschein hatte, da er von einer hohen Steinmauer und alten Bäumen umgeben war. In den Straßen war es noch hell genug, um die Gärten zu bewundern, an denen sie vorbeikam. Am liebsten wäre sie immer wieder stehen geblieben, um sich die Pflanzen anzusehen und sie zu bestimmen.

Natürlich war dies nicht ihr erster Gang durchs Dorf. Sie kannte die Gärten schon, doch sie stellte immer wieder fest, dass jede Jahreszeit mit überraschenden Veränderungen und Freuden aufwartete. Sie hatte den Frühling noch nie als „Gärtnerin" erlebt, und betrachtete nun alles mit anderen Augen. Außerdem war das Gärtnern für sie etwas Neues, sodass sie selbst die bescheidensten Pflanzen immer noch faszinierend fand. Am meisten interessierte sie die unterschiedliche Gestaltung der Gärten - von den traditionellen Cottage-Gärten wie ihrem bis hin zu den eher minimalistischen, modernen mit geometrisch angelegten Beeten, in denen vor allem hohe elegante Gräser und Blattpflanzen wuchsen. Es gab sogar einige, die wie Zierhöfe aussahen, mit ordentlich gestutzten Büschen, Bäumen in Holzkübeln und großen Kräutertrögen an der Eingangstür.

Die Gartendekorationen ließen Poppy über die Persönlichkeit der Bewohner nachdenken. Der Besitzer des weitläufigen Gartens mit den hübschen einjährigen Blumen in einem rustikalen Schubkarren war sicher ein altmodischer Romantiker? Und der sorgfältig gemähte Rasen mit den seltsamen modernen Skulpturen gehörte vielleicht einem trendigen Geschäftsmann oder einem Kunstgaleristen? Und wer in dem Haus mit dem von aufblasbaren Flamingos umgebenen Buddha-Brunnen wohnte, mochte sie sich lieber nicht ausdenken!

Die einzige Zierde, die fast allgegenwärtig zu sein schien, war der Gartenzwerg. Überall sah Poppy kleine bärtige Männer mit spitzen roten Hüten, gegürtetem Mantel, dunkler Hose und großen schwarzen Schuhen. Zu ihrer Überraschung gab es jedoch auch Variationen: Manche Gartenzwerge waren modern gekleidet und surften, andere angelten, spielten Gitarre, machten Yoga – und einer zeigte dem Betrachter sein blankes Hinterteil. Poppy kicherte vergnügt.

Dieser Bewohner hat einen schrägen Sinn für Humor, dachte sie.

Sie bog um die Ecke und kam schließlich zu einem stattlichen Haus. Es war modern mit klassischen Linien und stand in weitläufigen, eleganten Gartenanlagen (obwohl Poppy amüsiert feststellte, dass auch hier ein paar Gartenzwerge in den Ecken versteckt waren). Sie folgte den Hinweisschildern um das Haupthaus herum zu dem separaten, von sorgfältig gestutzten Sträuchern umgebenen Gebäude, in dem die Praxis untergebracht war. Poppy betrat ein einladend eingerichtetes Wartezimmer, in dem auf der einen Seite eine junge Frau hinter einem Schreibtisch saß. Auf der anderen Seite war eine Reihe von Stühlen aufgebaut.

„Hallo. Ich bin Yvonne, die Praxismanagerin. Kann ich Ihnen helfen?", sagte die junge Frau sanft.

Poppy musste sie einfach anstarren. Auf den ersten Blick hatten sie und die junge Frau eine ähnliche Hautfarbe und ähnliche Gesichtszüge, das gleiche schulterlange, dunkelbraune Haar, eine schlanke Figur und eine kesse Nase mit ein paar Sommersprossen. Aber während Poppy ihr eigenes Aussehen bestenfalls als „passabel" einstufte, musste sie feststellen, dass die gleichen Komponenten bei der Praxismanagerin etwas Exotisches und Verführerisches hervorgebracht hatten. Die gerüschte Seidenbluse mit dem tiefen Ausschnitt zeigte viel Haut, der enge Bleistiftrock, der selbst im Sitzen jeden Zentimeter ihrer wohlgeformten Hüften umschmeichelte, und die glänzenden Lackstilettos verstärkten diesen Eindruck. Für eine Dorfarztpraxis sah sie viel zu glamourös aus!

Poppy merkte plötzlich, dass die junge Frau immer noch auf eine Antwort wartete. Sie blinzelte und sagte hastig: „Äh … ja, ich hatte gehofft, ich könnte Dr. Seymour sprechen. Ich habe keinen Termin, aber es ist … es könnte etwas Ernstes sein. Ich habe mir im Garten eine Kratzwunde zugezogen und habe Angst, dass sich die Wunde entzündet haben könnte." Poppy krempelte ihren Ärmel hoch, um der Praxismanagerin ihren Unterarm zu zeigen.

Die Augen der anderen Frau weiteten sich. „Oh ja, Ralph - ich meine, Dr. Seymour - sollte sich das besser mal ansehen." Sie warf einen Blick auf ihren Computerbildschirm. „Er hat heute Nachmittag einen ziemlich vollen Terminkalender, aber wenn es Ihnen nichts ausmacht, zu warten, könnte ich Sie am Ende noch reinquetschen. Sind Sie das erste Mal hier?"

„Oh, danke! Ja, ich war noch nie hier. Ich bin erst letzten Sommer nach Oxfordshire gezogen und habe mich noch nicht bei einem Hausarzt angemeldet."

„Dann füllen Sie bitte diese Formulare aus."

Poppy nahm das Klemmbrett und den Stift, die sie ihr reichte, und ging zu der Sitzreihe auf der anderen Seite des Wartezimmers. Sie setzte sich neben eine junge Mutter mit einem Baby im Arm, die versuchte, einem etwa dreijährigen Jungen die Nase zu putzen. Der Kleine sah rot und erhitzt aus, die Haare klebten ihm an der Stirn, die Augen glänzten fiebrig und seine Nase lief. Er wimmerte und zappelte, während seine Mutter ihn dazu bringen wollte, in ein Taschentuch zu schnäuzen. Plötzlich riss er sich los und taumelte nach hinten gegen Poppys Beine.

„Oh, Tommy!" Die junge Frau versuchte, ihren Sohn zu packen. Sie warf Poppy einen gehetzten Blick zu. „Tut mir leid!", entschuldigte sie sich atemlos.

„Kein Problem." Poppy lächelte sie an. Tommys Mutter bemühte sich immer noch, mit einer Hand den kleinen Jungen festzuhalten, während sie das Baby im anderen Arm hielt, und Poppy fragte spontan: „Soll ich Ihnen das Baby abnehmen?"

Sie erntete zunächst einen erstaunten Blick, dann ein dankbares Strahlen. „Oh, das wäre wunderbar."

Poppy nahm das warme kleine Bündel und blickte entzückt in das pausbäckige Gesicht und die weit aufgerissenen Augen, die sie unverwandt anstarrten. Das Baby gab ein gurgelndes Geräusch von sich, und als Poppy versuchte, es nachzumachen, schenkte ihr der Säugling ein zahnloses Grinsen.

„Du bist ein zufriedener kleiner Kerl, nicht wahr?", sagte Poppy sanft.

„Ja, der ist immer zufrieden, während Tommy ..." Die junge Frau blickte seufzend auf ihren älteren Sohn hinunter, der nun versuchte, auf ihren Schoß zu klettern, weil er kuscheln wollte. Die Nase lief wieder, und er heulte laut los.

„Oh ... der Arme! Wahrscheinlich fühlt er sich

elend", meinte Poppy voller Mileid.

„Ja, da haben Sie wohl recht." Sie strich dem Kleinen das feuchte Haar aus der Stirn. „Leider kriegt er immer wieder etwas Neues, kaum hat er die eine Krankheit überstanden, kommt die nächste. Letzte Woche war es eine Ohrenentzündung ... die Woche davor eine Allergie, von der er eine Bindehautentzündung bekommen hat ... und diese Woche hat er eine Erkältung und kann nicht richtig schlafen, sodass er die ganze Zeit schlecht gelaunt ist." Sie stieß einen weiteren Seufzer aus. „Heute Morgen dachte ich, er hätte das Schlimmste hinter sich, aber nach dem Mittagessen bekam er Fieber, und da hab ich hier angerufen und Yvonne - das ist die Praxismanagerin - hat gesagt, Dr. Seymour hätte nur noch einen Termin frei. Ich dachte, wenn ich früher komme, könnte er Tommy vielleicht zwischen zwei früheren Patienten drannehmen ..."

„Sie können vor mir reingehen, wenn Sie wollen", meldete sich eine Stimme.

Beide wandten den Kopf der Frau mittleren Alters zu, die bisher stumm auf der anderen Seite neben Poppy gesessen hatte. Sie trug einen altmodischen Tweedrock, der an einer Seite mit einer großen Sicherheitsnadel zusammengehalten war, und eine weiße, bis zum Hals zugeknöpfte Bluse. Der rosa Lippenstift auf ihren schmalen Lippen wirkte im Kontrast zu ihrer blassen Haut viel zu grell, ebenso wie der großzügig aufgetragene puderblaue Lidschatten. Es war offensichtlich, dass sie sich durchaus Mühe mit ihrem Aussehen gegeben hatte, aber leider wirkte sie dadurch noch altbackener.

Verdammt, wenn jemand reif für eine Generalüberholung ist, dann sie, dachte Poppy und schämte sich im selben Moment für ihren garstigen Gedanken, denn die Frau war offensichtlich eine freundliche Seele.

„Mir macht es nichts aus, ein bisschen zu warten", sagte sie gerade zu der jungen Mutter.

„Danke, das ist wirklich nett von Ihnen", antwortete diese. „Sind Sie sicher, dass es Ihnen nichts ausmacht? Wenn Sie etwas Dringendes zu erledigen haben ..."

„Nein, nein." Die Frau lächelte sie an. „Ich habe nur ein bisschen Bauchweh. Es plagt mich schon seit Tagen, deshalb dachte ich, ich lasse den Doktor mal nachsehen. Aber eine Viertelstunde mehr oder weniger ist kein Problem."

„Nun, wenn Sie sich sicher sind ... Vielen Dank!", strahlte die junge Mutter. „Dann bin ich rechtzeitig zu Hause und kann meinem Mann den Tee machen."

Zu Poppy gewandt sagte die ältere Frau: „Sie können auch vor mir rein, wenn Sie möchten."

„Oh nein, ich kann warten. Aber trotzdem danke."

Die Frau beäugte die rote Schwellung an Poppys Unterarm. „Das sieht wirklich übel aus, wenn ich das mal so sagen darf. Ich habe gehört, was Sie zu Yvonne gesagt haben ... ist bei der Gartenarbeit passiert, stimmt's?"

„Ja", antwortete Poppy. „Ich glaube, ich habe

mich an einem Rosenstrauch verletzt. Wahrscheinlich ist es nicht der Rede wert, aber ich dachte, ich lasse besser einen Arzt draufschauen, für alle Fälle."

„Ich bin sicher, Dr. Seymour kriegt das wieder hin", erklärte die Frau. „Er ist wunderbar. Immer so geduldig und so freundlich ..."

„... und sehr attraktiv!", fügte die junge Mutter schmunzelnd hinzu.

Die Frau sah sie empört an. „Ich glaube nicht, dass wir so über ihn reden sollten", sagte sie hochtrabend.

„Ach, kommen Sie", meinte Tommys Mutter. „Niemandem, der Augen hat, kann entgehen, dass unser guter Doktor umwerfend aussieht. Glauben Sie mir, wenn ich Single wäre ..." Sie brach mit einem anzüglichen Kichern ab.

In diesem Moment ging die Tür zum Sprechzimmer auf und eine hochschwangere Frau kam heraus, gefolgt von einem großen Mann. Er geleitete sie zu seiner Praxismanagerin hinüber und sagte: „Yvonne, machen Sie Mrs Wilson einen Termin für in zwei Wochen, ja? Und sorgen Sie bitte auch dafür, dass ihre Blutproben so schnell wie möglich ins Labor geschickt werden."

„Ja, Dr. Seymour", antwortete die Praxismanagerin mit einem verführerischen Augenaufschlag.

Poppy musterte den Arzt verstohlen und musste einräumen: Ralph Seymour sah tatsächlich sehr attraktiv aus, er hätte glatt als Model durchgehen können. Sie schätzte ihn auf Ende vierzig oder Anfang fünfzig, was ihm gut zu Gesicht stand. Wie Yvonne wirkte er fast zu glamourös für eine kleine Dorfarztpraxis.

Die beiden würden sich gut in einem Modemagazin machen, vor einem Himmel, über den die Sturmwolken rasen, dachte Poppy, während sie sie aus den Augenwinkeln beobachtete. *Oder vielleicht sogar auf der Titelseite eines dieser erotischen Liebesromane, die Nell so gerne liest ...*

Der Arzt drehte sich um und musterte die Patienten auf ihren Stühlen. Als sein Blick über Poppy glitt, errötete sie schuldbewusst und hoffte, dass sich ihre überbordende Fantasie nicht in ihrem Gesicht spiegelte. Er bedachte sie jedoch nur mit einem höflichen Lächeln und sagte zu dem älteren Herrn auf der anderen Seite des Wartezimmers: „Colonel Bradley? Wenn ich bitten darf ...“

Der ältere Herr stand steifbeinig auf und folgte dem Arzt, auf seinen Stock gestützt, ins Sprechzimmer. Sobald sich die Tür hinter ihnen geschlossen hatte, beugte sich die junge Mutter mit verschwörerischer Miene vor und sagte zu Poppy und der Frau mittleren Alters: „Sehr ansehnlich! Und außerdem -“, sie warf einen verstohlenen Blick zur Anmeldung, wo sich die Hochschwangere immer noch mit Yvonne unterhielt, und fuhr mit leiser Stimme fort: „Ich wette, zwischen ihm und der Praxismanagerin läuft etwas.“

„Oh nein, bestimmt nicht", sagte die Frau im Tweedrock entgeistert.

„Oh ja!", gab die junge Mutter genüsslich zurück. „Sehen Sie sich nur die Körpersprache an ... und die Blicke, die sie tauschen ..."

„Aber sie ist höchstens halb so alt wie er."

„Na und?" Die junge Mutter zuckte die Schultern. „Viele Frauen stehen auf ältere Männer." Sie sah erneut zu Yvonne hinüber und ließ den Blick über ihre freizügige Kleidung schweifen. „Keine Frau kommt derart aufgetakelt zur Arbeit, es sei denn, sie will einen Mann verführen."

„Dr. Seymour würde niemals ... Er ist verheiratet und ein Ehrenmann", sagte die Frau mittleren Alters steif.

Die junge Mutter stieß ein zynisches Lachen aus. „Er ist trotz allem ein Mann, oder etwa nicht? Und ein Mann kann auf Abwege gelockt werden, vor allem von einer jungen Frau, die ihre Reize einzusetzen weiß." Sie nickte und sah alle strahlend an. „Ich wette, die beiden haben eine leidenschaftliche Affäre, direkt vor den Augen seiner Frau."

Kapitel 4

Eine fordernde Stimme - erst leise, dann immer lauter - unterbrach ihr Geplauder und eine Minute später schwang die Tür der Praxis auf und eine große Frau mit Kopftuch, Mackintosh und dunkelgrünen Gummistiefeln marschierte ins Wartezimmer. Sie hatte dauergewelltes, eisengraues Haar und einen verkniffenen Mund, an dem sich auf beiden Seiten tiefe Furchen der Missbilligung eingegraben hatten. Sie sprach herrisch in ihr Telefon und Poppy zuckte leicht zusammen, als ihre dröhnende Stimme das Wartezimmer erfüllte.

„... nein, nein, nein! Ich habe Ihnen doch bereits von der Nachbarschaftswache erzählt und dafür brauche ich die Unterstützung von ortsansässigen Unternehmen wie Ihrem. Nun, wenn Sie überfallen und ausgeraubt worden und skrupellosen Verbrechern ausgeliefert sind, wird es Ihnen leidtun, dass Sie nicht auf mich gehört haben!"

Sie beendete das Gespräch und baute sich vor Yvonne an der Anmeldung auf. „Ich bin Valerie Busselton. Ich habe heute Nachmittag einen Termin bei Dr. Seymour. Ich bin etwas spät dran, aber das macht sicher nichts, schließlich sind die Arztpraxen immer überfüllt, also würde ich hier nur sitzen und meine Zeit verschwenden, wenn ich pünktlich gekommen wäre."

Yvonne presste verärgert die Lippen zusammen, sie sah aus, als müsse sie sich eine scharfe Bemerkung verkneifen. Stattdessen bedachte sie die herrische Dame mit einem knappen Lächeln und sagte: „Bitte nehmen Sie Platz, Mrs Busselton. Sie sind als Nächste an der Reihe."

Mrs Busselton drehte sich schwungvoll um und ließ den Blick durch das Wartezimmer schweifen. „Ah! Miss Payne!", sagte sie zu der Frau neben Poppy. „Sie hier? Waren Sie nicht erst letzte Woche in der Sprechstunde?"

„Ja ... mein Magen ... er ist immer noch nicht ganz in Ordnung", murmelte Miss Payne.

„Hmm ... ja, man kann nicht vorsichtig genug sein!" Mrs Busselton setzte sich mit einem Seufzer neben sie. „Das habe ich auch meinem Sohn Arthur am Telefon erklärt. Er hat mir nicht geglaubt, als ich ihm von meinem Zeh erzählt habe und meinte, ich würde mir das wahrscheinlich nur einbilden." Zu

Poppy gewandt rief sie entrüstet: „Als würde ich mir so etwas einbilden!"

„Äh ... was ist denn mit Ihrem Zeh?", fragte Poppy höflich.

„Pilz", sagte Mrs Busselton knapp und streckte einen Fuß vor. „Auf meinem großen Zehennagel. Ziemlich eklig. Ich kann es Ihnen zeigen -"

„Oh nein, danke, nicht nötig." Poppy rutschte hastig auf ihrem Stuhl zur Seite.

„Sie sollten ihn sich ansehen." Mrs Busselton musterte sie streng. „Zehenpilz befällt viele Menschen. Sie könnten ihn auch haben, ohne es zu ahnen!"

Der kleine Junge, der Mrs Busselton mit großen Augen angestarrt hatte, stieß plötzlich einen Schrei aus und klammerte sich an seine Mutter.

„Es ist alles in Ordnung, Tommy, du brauchst keine Angst zu haben", beruhigte sie ihn.

Poppy warf einen Blick auf das Baby in ihren Armen und stellte erleichtert fest, dass es immer noch zufrieden lächelte. Es achtete nicht auf Mrs Busselton, sondern spielte eifrig mit Poppys Halskette, zog an dem goldenen Medaillon, das daran baumelte, und versuchte, es in den Mund zu stecken.

„Nein, nein ..." Poppy schob sanft seine pummeligen Finger weg.

Mit vergnügtem Glucksen griff der Kleine wieder nach der Halskette. Um ihn abzulenken, ließ Poppy ihn auf den Knien auf und ab hüpfen und schnalzte mit der Zunge, was das Baby vor Vergnügen quietschen ließ.

„Wie es aussieht, sind Sie mehr als bereit für ein eigenes Kind", sagte Miss Payne mit einem Lächeln.

„Um Himmels willen, ganz bestimmt nicht!", widersprach Poppy lachend. „Ich bin erst fünfundzwanzig und schaffe es kaum, Ordnung in mein eigenes Leben zu bringen, geschweige denn, mich um jemand anderen zu kümmern. Außerdem habe ich gerade das Familienunternehmen übernommen. Ich muss mich erst einmal auf die Arbeit konzentrieren, bevor ich eine Familie gründe."

„Das sagen heutzutage alle jungen Frauen. Karriere, Karriere, Karriere!" Mrs Busselton verzog das Gesicht. Sie warf Poppy einen missbilligenden Blick zu. „Seien Sie lieber vorsichtig, sonst sind Sie bald eine vertrocknete, einsame alte Jungfer, wie Miss Payne hier."

Angesichts dieser herablassenden Grobheit zuckte Poppy zusammen und auch die junge Mutter sah schockiert aus. Miss Payne wurde knallrot und senkte den Kopf, während sie nervös die Sicherheitsnadel an ihrem Tweedrock befingerte.

„Ich ... ich habe die Karriere nicht über die Familie gestellt", stammelte sie. „Ich habe nur nie ... nie den richtigen Partner gefunden."

„Außerdem ist es nicht schlimm, allein zu leben", sagte Tommys Mutter entschlossen und lächelte Miss Payne ermutigend an. „Glauben Sie mir, wenn man wie ich eine Woche mit schlaflosen Nächten hinter sich hat, den ganzen Tag Windeln wechselt und Schnoddernasen putzt, dann klingt der Gedanke, allein zu leben und für niemanden verantwortlich zu sein, paradiesisch!"

„Ja", mischte sich Poppy ein, die ebenfalls ihre Unterstützung zeigen wollte. „Mit dem Baby anderer Leute zu spielen, macht Spaß, aber das Beste daran ist, dass man es wieder abgeben und in sein egozentrisches Singledasein zurückkehren kann. Wenn mir danach zumute ist, kann ich bis spät in der Nacht ausgehen und -"

„Ich hoffe, Sie laufen nicht mitten in der Nacht allein durch das Dorf!" Mrs Busselton sah Poppy stirnrunzelnd an. „Haben Sie sich nie überlegt, wie gefährlich das ist?"

„Nun, ich ..." Poppy hielt inne.

Daran hatte Poppy bis jetzt noch keinen Gedanken verschwendet. Bunnington war zwar nicht winzig, doch es war immerhin so klein, dass es sich gemütlich und heimelig anfühlte. Wenn man durchs Dorf ging, war es fast, als würde man seinen eigenen Hinterhof durchqueren, und obwohl sie längst nicht alle Bewohner des Dorfes kannte, gab es viele, mit denen sie zumindest einen knappen Gruß tauschte.

„Nein, daran habe ich noch nie gedacht", gab sie ehrlich zu. „Ich fühle mich immer vollkommen sicher, wenn ich spät abends unterwegs bin."

„Dann sind Sie sehr naiv!", tönte Mrs Busselton mit selbstgefälliger Überlegenheit. „Das Böse lauert überall und in diesem Dorf wimmelt es nur so von

Übeltätern!"

Poppy biss sich auf die Unterlippe, um nicht laut loszulachen. „Ist das nicht ein wenig übertrieben?", sagte sie. „Ich meine, ich habe früher in London gelebt, und Bunnington ist kein Vergleich zu Soho, um nur ein Beispiel zu nennen. Hier laufen Sie wohl kaum Gefahr, überfallen oder sexuell belästigt zu werden."

„Oh nein, da irren Sie sich!", rief Mrs Busselton im Brustton der Überzeugung. „Sie halten unser Dorf vielleicht für ein verschlafenes Nest, aber hier treibt sich ein Unhold herum, der uns allen nachstellt!"

„Was meinen Sie damit?", fragte die junge Mutter und legte schützend den Arm um Tommy. „Was für ein Unhold?"

Mrs Busselton beugte sich vor und senkte ihre Stimme zu einem dramatischen Flüstern: „Ein dreckiger, ekelhafter Spanner, der Leute ausspioniert!"

„Oh nein!", quiekte Miss Payne und hielt sich erschrocken die Hand vor den Mund. „Sind Sie sicher?"

„Natürlich bin ich mir sicher", schnauzte Mrs Busselton. „Ich habe es mir zur Aufgabe gemacht, solche Dinge herauszufinden. Und obwohl wir in Bunnington keine offizielle Nachbarschaftswache haben - ein sträflicher Mangel, gegen den ich schon seit Jahren vorgehe -, habe ich ein paar Bekannte zusammengetrommelt, die mir bei der Überwachung des Dorfes helfen. Wir nennen uns die Bunnington-

Brigade und behalten das Kommen und Gehen aller Dorfbewohner im Auge, um so unseren Teil zum Schutz der Gemeinschaft beizutragen."

Und um Ihre Nase in Angelegenheiten zu stecken, die Sie nichts angehen, dachte Poppy zynisch. Laut sagte sie: „Haben Sie denn konkrete Hinweise, dass sich ein ‚Spanner' im Dorf herumtreibt? Haben Sie ihn gesehen?"

„Nun, nicht direkt", räumte Mrs Busselton ein. „Aber ich habe ihn gehört: Er raschelte im Gebüsch und schlich in der Dunkelheit durch meinen Garten."

„Das könnte doch ein Tier gewesen sein", wandte Poppy ein.

„Oh nein ... kein Tier macht solche Geräusche", erklärte Mrs Busselton entschieden. „Außerdem hatte ich das Gefühl, dass ich ... beobachtet werde."

„Vielleicht haben Sie sich das nur eingebildet?"

Doch Poppy erinnerte sich plötzlich, dass es ihr vor ein paar Stunden selbst so gegangen war, als sie dieses unbehagliche Gefühl hatte, ein Augenpaar verfolge jede ihrer Bewegungen. Sie hatte sich eingeredet, dass es nur Oren war, der sie aus dem Gebüsch beobachtete ... aber was, wenn es nicht der Kater war?

„Haben Sie mit der Polizei gesprochen?", fragte Poppy.

„Die Polizei!" Mrs Busselton schnaubte. „Die Polizei ist unfähig! Ich habe mehrmals auf der örtlichen Polizeiwache angerufen und wiederholt

Anzeige erstattet, aber sind die Beamten der Sache nachgegangen? Nein! Sie haben keinen Finger gerührt."

„Nun, wenn Sie außer einem ‚Gefühl' nichts vorzuweisen haben, können Sie kaum erwarten, dass man Sie ernst nimmt", wandte die junge Mutter ein.

„Es ist nicht nur ein Gefühl", entrüstete Mrs Busselton sich. „Ich weiß, dass hier ein Perverser herumschleicht, denn er hat auch mich bestohlen!"

„Was hat er gestohlen?", fragte Miss Payne atemlos.

Mrs Busselton straffte die Schultern und antwortete mit großer Würde: „Nach der letzten Wäsche musste ich feststellen, dass einige meiner … äh … Unaussprechlichen fehlten."

„Ihrer … was?", fragte Poppy verwirrt.

„Sie meint ihre Schlüpfer", kicherte die junge Mutter.

„Ganz sicher nicht!", rief Mrs Busselton empört. „Ich spreche von meinen Büstenhaltern."

„Ihre Büstenhalter?"

„Ja, zwei meiner besten Büstenhalter von Marks & Spencer sind verschwunden. Morgens hingen sie an der Wäscheleine und am Abend waren sie weg!"

„Könnte der Wind sie von der Leine geweht haben?", schlug Miss Payne vor.

„Unmöglich! Das habe ich der Polizei auch gesagt, als man dort diese lächerliche Vermutung äußerte. Ich achte darauf, dass meine gesamte Wäsche mit

Wäscheklammern sicher befestigt ist. Jemand muss meine Büstenhalter heruntergerissen haben."

Mrs Busselton sah ihre Zuhörerinnen finster an. „Dieser Perverse, der nachts durch das Dorf schleicht, spioniert nicht nur Frauen aus, sondern stiehlt auch ihre Unterwäsche, als Trophäe!"

„Wie schrecklich!", rief die junge Mutter mit einem Schaudern. „Aber die Polizei würde sicher ermitteln, wenn es tatsächlich so sein sollte, meinen Sie nicht?"

„Es besteht nicht der geringste Zweifel daran, dass sich ein Verrückter an unserer Wäsche zu schaffen macht! Die Polizei will es nur nicht wahrhaben. ‚Warten Sie's ab', habe ich ihnen gesagt, ‚Sie werden schon sehen, dass ich recht habe!'" Mrs Busselton sah aus, als sei es ihr gar nicht unlieb, wenn ein Sexualtriebtäter die Straßen von Bunnington unsicher machen würde.

„Aber ich lasse mich nicht mit ein paar lapidaren Bemerkungen abspeisen", fuhr sie in kämpferischem Ton fort. „Ich habe an den Police Commissioner persönlich geschrieben und verlangt, dass er ein Team der Kriminalpolizei schickt, das sich meiner Unterwäsche annimmt."

Poppy konnte nur mit Mühe ein Lachen unterdrücken. Zum Glück ging in diesem Moment die Tür zum Sprechzimmer auf und Dr. Seymour kam heraus, gefolgt von dem Colonel mit seinem Gehstock. Der Arzt begleitete den älteren Herrn zur Anmeldung, dann rief er ins Wartezimmer: „Der Nächste bitte!"

Mrs Busselton erhob sich majestätisch und ging vor ihm her ins Sprechzimmer. Noch bevor sich die Tür hinter ihnen geschlossen hatte, begann sie, Dr. Seymour die Leidensgeschichte ihres pilzbefallenen Zehennagels zu erzählen.

„Puh!", sagte die junge Mutter und grinste Poppy an. „Ich dachte schon, sie hört nie mehr auf zu reden!" Dann wurde sie ernst. „Glauben Sie, dass sie recht hat? Ist tatsächlich ein Triebtäter im Dorf unterwegs?"

„Aus meinem Garten ist ebenfalls das eine oder andere Wäschestück verschwunden", meldete sich Miss Payne besorgt zu Wort. „Socken und solche Sachen, Sie wissen schon. Ich habe nicht weiter darüber nachgedacht, aber jetzt frage ich mich, ob ich womöglich ebenfalls ein Opfer dieses Verrückten bin? Der Gedanke, dass mir jemand nachspioniert und meine Wäsche stiehlt, ist schrecklich!" Sie erschauderte.

„Ich glaube, ein Sexualverbrecher steht eher auf Unterwäsche als auf Socken", beruhigte Poppy sie. „Eine Socke hat sicher jeder mal verloren oder falsch einsortiert. Das ist normal."

„Bei mir ist allerdings kürzlich ein BH verschwunden", sagte die junge Mutter stirnrunzelnd. „Es war so, wie Mrs Busselton es beschrieben hat: Ich habe ihn am Abend zum Trocknen aufgehängt und am Morgen war er nicht mehr auf der Leine."

„Hat sonst noch etwas gefehlt?", fragte Poppy.

„Nein, nur der BH." Sie zog ihren Sohn an sich und sah Poppy besorgt an. „Glauben Sie, dass ein Unhold in Bunnington sein Unwesen treibt?"

42

Kapitel 5

Eine Stunde später folgte Poppy Dr. Seymour in sein Sprechzimmer und setzte sich ihm gegenüber an seinen Schreibtisch.

„Nun, was kann ich für Sie tun, Miss Lancaster?", fragte er mit geübtem Lächeln.

Statt zu antworten krempelte Poppy den Ärmel hoch, um ihm ihren geschwollenen Unterarm zu zeigen.

„Oh je … das sieht ja gar nicht gut aus", meinte der Arzt. „Aber keine Sorge – das ist nichts, was nicht mit ein paar Antibiotika in den Griff zu kriegen wäre." Er untersuchte Poppys Arm eingehend, stellte ihr ein paar Fragen und schrieb ihr dann ein Rezept. „Ist sonst alles in Ordnung? Irgendwelche anderen Sorgen?" Er sah sie neugierig an. „Sie sind neu im

Dorf, nicht wahr? Ich glaube nicht, dass Sie schon einmal hier waren."

„Ja, ich bin vor ein paar Monaten aus London hergezogen, letztes Jahr im Sommer", erklärte Poppy. „Ich hätte mich eigentlich gleich nach meiner Ankunft in der Praxis anmelden sollen, aber ... nun ja, ich hatte viel zu tun und zum Glück bin ich nicht krank gewesen."

Dr. Seymour lächelte nachsichtig. „Ah, das Privileg der Jugend. Nun, das wird Ihnen auch bei diesem Kratzer zugutekommen, er sollte rasch verheilen. Wahrscheinlich wäre Ihr Körper mit der Infektion allein fertiggeworden, aber ich gehe lieber auf Nummer sicher. Bitte sehr ..." Er reichte ihr das ausgedruckte Rezept. „Bringen Sie das in die Dorfapotheke, das Medikament müsste dort vorrätig sein."

„Danke", sagte Poppy. „Was meinen Sie, wann die ganze Sache ausgestanden ist?"

„Oh, wahrscheinlich in ein paar Tagen. Bis dahin sollten Sie bei der Gartenarbeit lange Ärmel tragen. Außerdem muss die Stelle jeden Tag sorgfältig gereinigt und abgetrocknet werden. Falls der Juckreiz zunimmt und die Schwellung schlimmer wird, falls Sie Fieber bekommen oder Ihnen übel wird, dann zögern Sie nicht, Yvonne, das heißt Miss Nash, meine Praxismanagerin, anzurufen und einen weiteren Termin zu vereinbaren. In dringenden Fällen können Sie auch nach Feierabend in der Praxis anrufen – Sie werden dann zu mir nach Hause durchgestellt. Zögern Sie nicht, sich zu melden, es macht mir nichts aus, Anrufe von Patienten entgegenzunehmen."

„Das ist ein großzügiges Angebot", sagte Poppy überrascht. „Wahrscheinlich werden Sie nachts oft gestört, nicht wahr?"

Er lachte. „Nein, bisher hatte ich Glück. Die meisten Patienten sind recht rücksichtsvoll und rufen nur an, wenn es ihnen wirklich schlecht geht. Natürlich kann der eine oder andere schon mal ein bisschen lästig werden, aber das macht mir nichts aus. Manchmal brauchen die Leute einfach nur ein offenes Ohr, wissen Sie? Ansonsten kann ich mich nicht beklagen, im Gegensatz zu manchen Kollegen. Einige Kommilitonen von der Uni sind jetzt als Spezialisten in großen Kliniken beschäftigt. Ihre Tätigkeit und die Titel, die damit einhergehen, sind natürlich wesentlich prestigeträchtiger, aber sie arbeiten unglaublich hart, ihr Leben ist furchtbar hektisch. Im Vergleich dazu gleicht mein Leben hier einem ländlichen Idyll", sagte er lachend. „Nach meinen Sprechstunden habe ich viel Zeit für alles Mögliche, vor allem für die Gartenarbeit."

Poppy wurde hellhörig. „Oh, Sie interessieren sich fürs Gärtnern?"

„Nun, für die groben Arbeiten haben wir jemanden eingestellt, der schneidet die Hecken und so weiter", räumte Dr. Seymour ein. „Meine ganze Liebe gilt den Aurikeln, ich verbringe täglich mehrere Stunden bei meiner Sammlung."

„Aurikeln?" Poppy runzelte fragend die Stirn. „Sind das Blumen? Von denen habe ich noch nie gehört."

„Aber Primeln kennen Sie, nicht wahr?"

„Oh ja, Primeln, Schlüsselblumen – die kenne ich."

„Die Gattung der Primeln umfasst mehr als 425 Spezies. Die Pflanzen, wie man sie in Gartencentern bekommt und in den Gärten sieht, sind nur die am weitesten verbreiteten Sorten. Es gibt jedoch zahllose andere Varianten und Hybriden innerhalb dieser Klasse. Die Aurikeln sind ein Zweig der Familie: Sie sehen ein bisschen aus wie Schlüsselblumen, sie haben die gleiche grundständige Rosette der Laubblätter, aber die Blüten auf den langen geraden Stängeln sind einfach herrlich! Es gibt sie in den schönsten leuchtenden Farben, mit verschiedenen Mustern auf den Blütenblättern und einer wundervollen Farina ..."

Ralph Seymour brach plötzlich mit einem verlegenen Lächeln ab. „Tut mir leid. Meine Frau sagt immer, dass ich mit meiner Leidenschaft für Aurikeln alle Welt zu Tode langweile. Schließlich hat nicht jeder so viel Interesse an Pflanzen und Gartenarbeit -"

„Oh nein, das interessiert mich sehr! Man könnte sogar sagen, dass ich ebenfalls ‚infiziert' bin", lachte Poppy. „Mir gehört die Hollyhock-Gärtnerei, ich habe sie von meiner Großmutter geerbt. Ich hatte früher nie mit Gärtnern und Pflanzen zu tun und versuche, so viel wie möglich zu lernen. Also bitte, tun Sie sich keinen Zwang an und langweilen Sie mich!"

Dr. Seymours Augen leuchteten begeistert. „Ah, Sie sind also die Enkelin von Mary Lancaster! Vom Tod Ihrer Großmutter habe ich natürlich gehört, und wusste, dass die Gärtnerei in andere Hände übergegangen ist, aber bisher habe ich es nicht geschafft, vorbeizukommen. Und Sie haben den Betrieb übernommen? Das ist großartig!", sagte er eifrig. „Sie sollten sich überlegen, ob Sie nicht ein paar Aurikeln in der Gärtnerei anbieten. Es sind wirklich wunderbare Pflanzen, wissen Sie, und man sollte sie einem größeren Kreis von Leuten bekannt machen. Aurikeln sind keineswegs so empfindlich und schwierig in der Pflege, wie man gemeinhin annimmt. Gerade die alpine Gruppe wäre ideal für Anfänger. Diese Pflanzen sind vielleicht nicht so spektakulär wie die Exemplare, die auf Ausstellungen gezeigt werden, aber sie haben wunderschöne Blüten. Mein Favorit ist die Gruppe der Gold-Laced-Aurikel: Sie haben tiefdunkle Blütenblätter mit einem gelben Rand, der wie goldene Spitze aussieht - prachtvoll!"

„Das klingt wirklich wunderschön", sagte Poppy höflich. Sie hatte Mühe, seinem begeisterten Redeschwall zu folgen.

Ihr Mienenspiel musste sie verraten haben, denn Dr. Seymour lehnte sich verlegen lächelnd in seinem Stuhl zurück. „Bitte entschuldigen Sie, wenn ich einmal anfange, kann ich nicht wieder aufhören. Es ist nicht nur ein Hobby, wissen Sie. Ich bin auch der Präsident des OAC, des Oxfordshire Auricula Clubs, und wir sind immer auf der Suche nach Möglichkeiten, die Aurikel ins Bewusstsein der Öffentlichkeit zu rücken. Wir finden, dass mehr Leute lernen sollten, sie wertzuschätzen." Er grinste. „Ich nehme nicht an, dass Sie Mitglied werden wollen? Es ist kostenlos und wir veranstalten einmal im Jahr eine Ausstellung. Die nächste ist in ein paar Wochen. Dort können Sie die schönsten Pflanzen in ihren Aurikeltheatern bewundern -"

„In Theatern?", fragte Poppy verwirrt. „Wie in einem Theaterstück?"

Der Arzt schmunzelte. „Nein, nein, ein Aurikeltheater ist eine überdachte Holzetagere, auf der die Schau-Aurikeln präsentiert werden. Sie schützt die Pflanzen vor Wind und Wetter und außerdem kann man sie auf diese Weise besonders vorteilhaft zeigen. Wissen Sie was?", sagte er plötzlich. „Ich baue Ihnen ein Aurikeltheater, bestücke es mit ein paar geeigneten Exemplaren und bringe es Ihnen in die Gärtnerei. So sehen Ihre Kunden sie und bekommen vielleicht Lust, sich selbst welche anzuschaffen."

„Oh, das ist sehr nett von Ihnen, aber -"

„Nein, nein, es wäre mir ein Vergnügen. Außerdem hätte ich auf diese Weise eine Ausrede, noch mehr Zeit mit meinen Aurikeln zu verbringen", fügte er lachend hinzu.

Poppy lachte ebenfalls und wollte gerade etwas

antworten, doch in diesem Moment ging die Tür zum Sprechzimmer auf und eine Frau mit einer Plastiktüte von einem Supermarkt trat ein. Sie blieb wie angewurzelt stehen und verengte die Augen zu Schlitzen, als sie Poppy und ihren Mann zusammen lachen sah. Die Feindseligkeit in ihrem kalten Blick, überraschte Poppy. Sie hatte das Gefühl, als verabscheute die Frau sie, was lächerlich war, da sie einander noch nie zuvor begegnet waren. Das Gelächter verstummte abrupt. Ralph Seymour wurde auf der Stelle ernst und sprang auf.

„Hallo, Schatz!" Zu Poppy gewandt sagte er: „Miss Lancaster, darf ich vorstellen? Das ist meine Frau Emma."

Emma Seymour war eine gutaussehende Frau Ende vierzig, mit hohen, gewölbten Augenbrauen, stechenden grauen Augen und einer markanten Nase. Sie war elegant gekleidet - fast zu elegant. Ihr Wollkleid mit der Perlenbrosche am Revers passte eher zum Nachmittagstee im Ritz als zu einem Dorf auf dem Lande. Poppy schenkte Mrs Seymour ein zaghaftes Lächeln und wurde von einem leichten Zucken der schmalen Lippen der Frau belohnt.

„Ralph" – Emma sprach den Vornamen ihres Mannes so aus, wie es im traditionellen britischen Englisch der Oberschicht üblich war – er reimte sich auf „Safe". „Ich dachte, die Sprechstunde sei vorbei", sagte sie mürrisch.

„Tut mir leid, Liebling", sagte Dr. Seymour. „Ich bin ein bisschen im Verzug ..."

„Ein bisschen?" Seine Frau presste die Lippen zusammen. „Du hättest schon vor einer Stunde fertig sein müssen! Und das ist nicht das erste Mal, dass das passiert. Du kommst immer zu spät."

„Du weißt doch, dass sich eine Hausarztpraxis nicht nach einem festen Zeitplan leiten lässt", meinte er milde.

„Wenn du nicht so viel Zeit damit verbringen würdest, mit deinen Patienten zu lachen und zu plaudern, ginge es vielleicht schneller." Emma sah Poppy eindringlich an.

Sie ist doch nicht etwa eifersüchtig?, dachte Poppy. Es war ein lächerlicher Gedanke, doch das besitzergreifende Funkeln in den Augen der Frau war nicht zu leugnen.

„Tut mir leid!" Poppy stand auf. Die Situation war ihr peinlich, doch gleichzeitig ärgerte sie sich, dass die Frau ihr dieses Gefühl vermittelte.

„Nein, nein, es war meine Schuld", sagte Dr. Seymour schnell. Er bedachte seine Gattin mit einem verlegenen Lächeln. „Wir sprachen über Gartenarbeit und haben uns ein wenig verzettelt. Und was die Sprechstunde betrifft, so wäre Miss Payne eigentlich die letzte Patientin für heute gewesen, aber Miss Lancaster kam als Notfall herein."

„Um Himmels willen, diese Payne war doch nicht schon wieder da?" Emma verdrehte die Augen. „Sie ist praktisch jede Woche hier! Und die meiste Zeit fehlt ihr nicht das Geringste. Sie erfindet immer wieder einen Vorwand, herzukommen und dir ein Ohr abzuschwätzen."

„Emma, ich glaube, die arme Frau ist einsam und ist froh, wenn sie jemanden hat, mit dem sie über ihre Sorgen reden kann", sagte Dr. Seymour mit einem Seufzer. „Weißt du, als Allgemeinmediziner müssen wir nicht nur Krankheiten diagnostizieren. Wir spielen auch eine wichtige Rolle bei der Erhaltung der psychischen Gesundheit in einer Gemeinschaft. Manchmal brauchen die Menschen einfach nur ein offenes Ohr und das Gefühl, dass sich jemand um sie kümmert. Das kann wichtiger sein als jede Medizin -"

„Unfug!", unterbrach ihn Emma. „Du hast doch nicht Medizin studiert, um den barmherzigen Samariter zu geben! Wenn diese Frau eine Portion Tratsch und eine Schulter zum Ausweinen braucht, kann sie in die Teestube im Dorf gehen und sich eine andere Schwatzbacke suchen. Sie sollte nicht hier sitzen und den anderen Patienten den Platz im Wartezimmer wegnehmen. Oft kommt sie schon zur Mittagszeit, obwohl ihr Termin erst um vier Uhr nachmittags ist! Es ist offensichtlich, dass sie ein trauriges Leben führt und keine Freunde hat, also nutzt sie die Termine als Ausrede, sich in unserem Wartezimmer festzusetzen. Dann hängt sie sich wie eine Klette an andere Patienten, die zu höflich sind, um sich nicht in ein Gespräch verwickeln zu lassen."

Poppy fühlte sich unbehaglich. Emmas grausame Worte und ihre herzlose Haltung schockierten sie.

Wahrscheinlich war Miss Payne tatsächlich eine einsame alte Jungfer, die die Besuche in der Hausarztpraxis nutzte, um ihren Bedarf an sozialen Kontakten zu decken, aber sie fand es eher bedauernswert als lächerlich. Poppy warf einen Blick auf die Tür und überlegte, ob sie einfach gehen sollte. Es erschien ihr unhöflich, sich auf dem Fuße umzudrehen und hinauszueilen, aber sie hatte keine Lust, sich den Streit der Eheleute anzuhören, zumal sie überzeugt war, dass Emmas Worte eigentlich nicht für ihre Ohren bestimmt waren.

Ralph Seymours Gedanken schienen in eine ähnliche Richtung zu gehen, denn er warf ihr einen verlegenen Blick zu und räusperte sich: „Ja … nun … danke für Ihren Besuch. Zögern Sie nicht, anzurufen, wenn der Arm schlimmer wird."

Poppy folgte ihm dankbar aus dem Sprechzimmer, wobei sie sich Emmas übellauniger Präsenz in ihrem Rücken nur zu bewusst war. Sie kam sich vor wie ein Kind, das es eilig hat, das Büro des Schulleiters hinter sich zu lassen. Im Wartezimmer sah sie sich um. Es waren keine Patienten mehr da, doch Yvonne saß nicht allein an ihrem Empfangstresen. Ein Mann mittleren Alters mit Spitzbart hockte auf der Kante ihres Tisches und unterhielt sich ernsthaft mit ihr. Er sprang auf, als sich die Tür öffnete und Mr und Mrs Seymour mit Poppy herauskamen.

„Tim!", rief Ralph Seymour. „Was machst du denn hier, alter Knabe?"

„Oh ... ich hatte etwas mit Yvonne wegen des OAC zu besprechen. Ich wollte einige Punkte der letzten Ausschusssitzung mit ihr durchgehen, da sie uns jetzt hilft -“

„Wie bitte?“, unterbrach Emma scharf. „Ich wüsste nicht, was Yvonne mit den Angelegenheiten des Oxfordshire Auricula Clubs zu tun hätte.“

„Yvonne hat freundlicherweise angeboten, bei einigen administrativen Aufgaben zu helfen, wie dem Abtippen der Protokolle und der ordnungsgemäßen Führung unserer Konten“, erklärte Dr. Seymour und lächelte seine Praxismanagerin an. „Jemanden mit mehr Organisationstalent, der sich um alles kümmert, können wir gut gebrauchen.“ Er stieß den anderen Mann mit dem Ellbogen an und sagte neckend: „Tim ist der offizielle Schatzmeister, aber er ist ein hoffnungsloser Fall! Wie es scheint, herrscht bei den Geldern des Clubs ein heilloses Durcheinander.“ Zu seiner Frau gewandt meinte er: „Und du weißt, dass die Dinge jetzt in Ordnung gebracht werden müssen, Schatz, nachdem wir diesen Forschungszuschuss erhalten haben.“

„Du hättest mich um Hilfe bitten können“, sagte Emma.

Ihr Mann sah sie überrascht an. „Aber, Liebes, du hast nie Interesse an dem Club gezeigt. Yvonne hingegen sagt, sie würde gerne mitmachen, und sie hat abends Zeit. Sie könnte einfach ein paar Abende in der Woche etwas länger bleiben, sodass wir die Dinge gemeinsam durchgehen können. Aber keine

Sorge, wir bleiben hier in der Praxis, damit du im Haus nicht gestört wirst."

Emma presste die Lippen zusammen und warf Yvonne einen finsteren Blick zu. „Nun, ich würde gerne helfen", beharrte sie. „Ich kümmere mich im Moment um die Buchhaltung der Praxis, also kann ich auch die des Clubs übernehmen. Yvonne muss sich da nicht einmischen. Überhaupt hat Miss Nash keinerlei Ausbildung in Buchhaltung", fügte sie herablassend hinzu. „Sie kann sich auf einfache Schreibarbeiten und andere Sekretariatstätigkeiten konzentrieren, für die sie geeignet ist."

Yvonne errötete und sah aus, als wolle sie etwas erwidern, aber Dr. Seymour schaltete sich hastig ein:

„Ah … das wäre wunderbar, Schatz … wunderbar, wenn du dich mehr für Aurikeln erwärmen könntest." Er wandte sich dem Spitzbärtigen zu und nahm ihn beim Ellbogen. „Ich bin froh, dass du vorbeigekommen bist, Tim. Ich wollte dich fragen, was du davon hältst, die Abfolge der Wertung in der Kategorie der Alpinen zu ändern. Vielleicht sollten wir die Klasse ‚Seedling Light-Centre' vorziehen, vor die Klassen ‚Matched Pair' und ‚Fancy'? Und sollten wir die Klasse ‚Named Variety raised by the Exhibitor' ganz streichen? Dann kämen die Sämlinge mit hellem Auge an erster Stelle, gefolgt von den Paaren mit gleicher Größe und Höhe der Blüten und der Blütendolden und zum Schluss die Fancies mit ihrem weißen Auge und farbigen Blütenblättern. Und bei den selbst gezüchteten Sorten hatten wir in den letzten Jahren gar keine Meldungen, ich denke, diese Kategorie können wir vergessen."

Die beiden Männer entfernten sich, ins Gespräch vertieft. Emma Seymour zog einen Strauß Lilien aus der Plastiktüte, die sie bei sich trug, und ging damit zur Rezeption. Poppy starrte überrascht auf die Blumen, die einen zarten Duft verströmten: Sie waren wunderschön - riesige Trompeten in reinem Weiß, mit orangefarbenen Staubgefäßen. Sie wusste, dass Lilien in England erst in den Sommermonaten blühten, also musste Emma teure Importblumen gekauft haben.

„Hier. Stellen Sie die in eine Vase. Ich möchte sie hier auf dem Schreibtisch stehen haben", wies Emma die junge Frau an.

Miss Nash verzog das Gesicht. Die Lilien schienen sie nicht zu beeindrucken. „Sind Sie sicher? Der Blütenstaub verteilt sich überall und hinterlässt unschöne Flecken."

„Lilien sind die perfekte Mischung aus Kultiviertheit, Schönheit und schlichter Eleganz. Sie gehören zu den wenigen Blumen, die zu jedem Einrichtungsstil passen", dozierte Emma. Sie rümpfte die Nase angesichts der Stillosigkeit der Praxismanagerin. „Aber ich nehme an, dass jemand mit Ihrem Bildungsstand das nicht weiß."

Yvonnes Augen blitzten auf. „Ich muss kein Einstein sein, um zu wissen, dass Lilien nerven", erwiderte sie.

Emma wurde vor Wut puterrot. Einen Moment

schien sie nach einer passenden Antwort zu suchen, dann sagte sie plötzlich: „Wie sind Sie denn angezogen?" Sie musterte Yvonnes durchscheinende Bluse mit dem tiefen Ausschnitt, der einen Blick auf ihr üppiges Dekolleté gewährte.

Yvonnes Augenbrauen schossen in die Höhe. „Wieso? So etwas trägt man heute - aber ich nehme nicht an, dass jemand in Ihrem Alter das weiß", fügte sie mit einem frechen Lächeln hinzu.

Die Frau des Doktors errötete. Dass Yvonne den Spieß umdrehte, ärgerte sie. Dennoch schaffte sie es, kühl und kontrolliert zu antworten: „Trotzdem ist es kaum angemessen für eine Arztpraxis."

„Solange ich die Briefe tippen, Termine machen und die Anrufe entgegennehmen kann, ist es doch egal, was ich trage", konterte Yvonne.

„Ein seriöser Eindruck ist wichtig, da kann die Praxismanagerin nicht wie ein Straßenmädchen aussehen", schnauzte Emma. „Achten Sie bitte darauf, künftig nicht mehr in dieser Aufmachung zur Arbeit zu erscheinen."

„Wenn Ralph nichts dagegen hat, verstehe ich nicht, was Ihr Problem ist", sagte Yvonne. Den Vornamen ihres Chefs betonte sie unüberhörbar. „Heute Morgen meinte er sogar, dass ich sehr gut aussehe." Sie hielt inne und fügte dann mit provokantem Unterton hinzu: „So hat er zur Abwechslung mal was Hübsches vor Augen."

Emmas Gesicht nahm einen gefährlichen Farbton an. Ihrer Kehle entwich ein Geräusch wie ein

Knurren, während sie Yvonne hasserfüllt anstarrte. *Wenn Blicke töten könnten!*, dachte Poppy.

Im nächsten Moment drehte sich Emma Seymour auf dem Absatz um, stürmte aus der Praxis und schlug die Tür hinter sich zu.

Kapitel 6

Als Poppy in die Sackgasse einbog, in der sich Hollyhock Cottage befand, sah sie sich zu ihrer Überraschung einer Gruppe von Leuten gegenüber. Beim Näherkommen stellte sie jedoch fest, dass sie nicht an ihrer Gartenmauer standen, wie sie zunächst angenommen hatte, sondern an dem angrenzenden Grundstück, das Nick Forrest gehörte. Poppy blieb nahe der großen schmiedeeisernen Tore stehen, die die Einfahrt zu Nicks Anwesen versperrten, und beäugte die Menge neugierig. Die Männer und Frauen hielten Mikrofone und Kameras bereit und versuchten, einen Blick durch die Gitterstäbe zu erhaschen.

Die sehen aus wie ... Paparazzi!, dachte Poppy überrascht.

In diesem Moment hörte sie das Brummen eines Automotors hinter sich, drehte sich um und sah den Wagen des Krimiautors die Gasse hinunterkommen. Sie fragte sich, was Nick nun tun würde. Normalerweise fuhr er direkt in seine Garage, doch dazu musste er das Tor öffnen, und dann würden die Paparazzi sein Grundstück stürmen. Nick hatte das Problem offensichtlich erkannt, denn er brachte den Wagen in der Gasse zum Stehen und stieg schnell aus. Sofort ertönten aufgeregte Rufe, ein Blitzlichtgewitter brach los und zahllose Fragen prasselten auf ihn nieder.

„Mr Forrest! Mr Forrest, was sagen Sie zu der Behauptung, dass Ihr Buch die Inspiration für eine brutale Mordserie geliefert hat?"

„Mr Forrest, würden Sie sagen, dass das Leben die Kunst imitiert?"

„Nick, stützen sich Ihre Schilderungen der kaltblütigen Morde auf wahre Begebenheiten aus Ihrer Zeit bei der Kripo?"

„Mr Forrest, fühlen Sie sich als ehemaliger Polizist verantwortlich, weil Ihre Bücher Kriminelle dazu ermutigen, ihre krankhaften Fantasien auszuleben?"

„Lassen Sie mich durch!", knurrte Nick Forrest und versuchte, die Mikrofone zu ignorieren, die von allen Seiten auf ihn gerichtet waren.

Dank seiner großgewachsenen und durchtrainierten Statur schaffte er es, sich durch die Meute von Reportern und Fotografen zum Tor zu drängen. Sein Blick fiel auf Poppy, die ihn mit offenem Mund anstarrte.

„Was ist hier -?", wollte sie sagen, doch Nick packte sie ohne ein Wort am Arm, öffnete schnell einen der Torflügel und zerrte sie mit sich. Es gelang ihm, das Tor zu schließen, bevor die Paparazzi sich hindurchdrängen konnten. Stumm schob er Poppy den Weg entlang zu den Stufen, die zum Haus führten. Erst als die Eingangstür hinter ihnen ins Schloss gefallen war, sagt er wütend: „Verdammte Journaille! Ich habe die Schnauze voll von diesem Pack! Am liebsten würde ich sie alle umbringen!"

„Warum sind sie hier?", fragte Poppy.

„Weil irgendeine dämliche Boulevardzeitung behauptet, die jüngste Mordserie in London hätte Ähnlichkeit mit den Morden in meinem letzten Buch", knurrte Nick. „Also haben sie irgendeinen Pop-Psychologen aufgetrieben, der seinen Moment im Rampenlicht genießt und davon schwafelt, dass mein Buch dem Mörder wahrscheinlich als Inspiration gedient hat."

„Aber das ist doch lächerlich!", rief Poppy.

In Nicks dunklen Augen blitzte Ärger auf. Er nickte grimmig. „Seit die Zeitung das Interview mit diesem Idioten veröffentlicht hat, ist die Hölle los. Eine der Frühstückssendungen im Fernsehen geht sogar noch weiter. Sie behaupten allen Ernstes, in meinen Büchern komme übermäßig viel ‚inspirierende Gewalt' vor. Und da meine Romane sich allgemeiner Beliebtheit erfreuen, seien sie vermutlich für eine ganze Reihe von Verbrechen im ganzen Land verantwortlich." Er zuckte gereizt die Schultern. „Ich bin Krimiautor! Ich schreibe über die schlimmsten Auswüchse der menschlichen Natur! Die Leute kaufen meine Bücher nicht, weil sie von niedlichen Hundewelpen und prachtvollen Regenbögen lesen wollen - sie kaufen sie, um etwas über die Verkommenheit der Gesellschaft zu erfahren. Krimis sind eine Möglichkeit, unsere Angst vor sittlicher Verrohung zu überwinden, indem wir zu verstehen versuchen, was Verbrecher antreibt, und Genugtuung verspüren, wenn der Gerechtigkeit Genüge getan wird. Wenigstens funktioniert es in Büchern so, wenngleich es im wirklichen Leben weit weniger gerecht zugeht. Aber nur weil ich über etwas schreibe, heißt das nicht, dass ich es gutheiße!"

„Vielleicht legt sich die ganze Aufregung bald wieder", versuchte Poppy, ihn zu beruhigen.

„Das glaube ich kaum", brummte Nick. „Jetzt, wo die Aasgeier in den sozialen Medien Wind davon bekommen haben, wird die Sache wahrscheinlich noch weiter aufgeblasen werden." Er stieß einen wütenden Seufzer aus. „Und ich bin kurz davor, mit meinem Verleger einen neuen Vertrag für zwei weitere Bücher zu unterschreiben ... Es würde mich nicht wundern, wenn er kalte Füße bekommt."

„Nun, Ihre Drohung, alle Journalisten umzubringen, ist nicht gerade hilfreich", meinte Poppy trocken.

Nick musste grinsen. „Wenigstens hat es keiner mitbekommen. Jedenfalls lassen sich die Zeitungen bereits über meinen Ruf und mein Image aus. Angeblich bin ich der übellaunigste Autor überhaupt."

Womit sie gar nicht so falschliegen, dachte Poppy amüsiert. Als sie ihrem temperamentvollen Nachbarn zum ersten Mal begegnet war, hatte Nicks jähzornige Art sie abgeschreckt. Inzwischen hatte sie ihn jedoch besser kennengelernt und wusste, dass sich hinter der für Künstler typischen Launenhaftigkeit und der schroffen Fassade ein aufrichtiger und mitfühlender Mann verbarg. Er konnte auch unglaublich charmant sein, wenn es ihm passte. Tatsächlich hatte Nick mit seiner grüblerischen Miene schnell Heerscharen von weiblichen Fans für sich gewonnen, auf die seine männliche Ausstrahlung wahrscheinlich ebenso wirkte wie seine spannenden Krimis. Selbst Poppy musste einräumen, dass Nick sehr attraktiv war ... Natürlich nur theoretisch, ermahnte sie sich rasch, während sie dem Krimiautor in sein Wohnzimmer folgte. Nicht, dass ich mich persönlich zu ihm hingezogen fühle ...

Nick blieb plötzlich wie angewurzelt stehen. „Was ist ...?" Er bückte sich und hob etwas auf, das wie eine Socke aussah, und murrte: „Diese neue Putzfrau taugt nichts! Was zum Teufel hat das hier zu suchen? Sieht nicht mal aus, als würde es mir gehören."

„Sie haben eine neue Putzhilfe?", fragte Poppy überrascht.

Nick verzog das Gesicht. „Dorothy, die seit Jahren kommt, musste nach Poole zurück - ihre Mutter hatte einen Schlaganfall. Deshalb habe ich vorübergehend eine Aushilfe engagiert - auf Empfehlung einer Dorfbewohnerin, um genau zu sein." Er schüttelte angewidert den Kopf. „Das wird mich lehren, im Pub zu Mittag zu essen, wenn ich mitten in einem Buch stecke."

„Was meinen Sie damit?"

„Vor ein paar Tagen kam ich mit meinem Plot nicht weiter und beschloss, eine Pause einzulegen – um den Kopf freizubekommen. Also ging ich zum Mittagessen ins Lucky Ladybird. Kaum hatte ich an einem Tisch Platz genommen, als sich dieses verdammte Weibsbild zu mir setzte und sofort anfing, auf mich einzureden." Nick runzelte die Stirn. „Ich bin noch nie einer so herrischen Person begegnet. Sie hat sich sogar erdreistet, mir zu sagen, wie ich meine Bücher schreiben soll! Zwischendurch hat sie mir in allen Einzelheiten über ihren Fußpilz erzählt."

„Oh." Poppy kicherte. „Ich glaube, ich weiß, wen Sie meinen."

Nick stieß einen gereizten Seufzer aus. „Als ich erwähnte, dass meine Putzfrau überraschend verreisen musste, empfahl sie mir sofort ihre Freundin Theresa. Sie hat nicht lockergelassen. Am Ende wollte ich nur noch, dass sie die Klappe hielt und mich in Ruhe ließ, sodass ich zustimmte, es mit dieser Theresa zu versuchen. Und jetzt muss ich mich mit dieser Wichtigtuerin herumschlagen. Okay, Theresa macht ihre Sache ganz gut, aber ich wünschte, sie wäre nicht so verdammt neugierig!"

„Neugierig?"

„Ja, diese Frau wühlt ständig in meinen Notizen und stöbert in all meinen Akten und Ordnern herum. Ich habe ihr von Anfang an gesagt, dass sie in meinem Arbeitszimmer nichts verloren hat, aber ich ertappe sie immer wieder dabei, dass sie dort hineingeht. Sie liegt mir ständig in den Ohren, dass dort ein heilloses Durcheinander herrscht und sie es unbedingt aufräumen will."

Poppy verspürte einen Anflug von Mitleid mit der Frau. Sie kannte das Chaos in Nicks Arbeitszimmer, die schiefen Bücherstapel, die Papierfetzen, die Klebenotizen auf allen Oberflächen und die halb vollen Kaffeebecher, die überall herumstanden, und wunderte sich nicht, dass jede Putzhilfe, die etwas auf sich hielt, dort Ordnung schaffen wollte.

„Ihr Arbeitszimmer ist nicht gerade ordentlich", wandte sie mit einem Seitenblick auf Nick ein. „Es könnte nicht schaden, wenn Sie diese Theresa ein bisschen aufräumen ließen. Dann müssten Sie nicht ewig nach Dingen suchen, wissen Sie, und -"

„Das Arbeitszimmer muss nicht aufgeräumt werden. Ich weiß, wo alles liegt", unterbrach Nick sie barsch. „Ich habe ein System."

Poppy verkniff sich ein verächtliches Schnauben. In ihren Augen grenzte es an ein Wunder, dass Nick in seinem Arbeitszimmer einen zusammenhängenden Absatz zustande brachte, erst recht einen ganzen Roman. Sie war jedoch klug genug, den Mund zu halten.

„Jedenfalls räumt sie nicht nur auf, sondern schnüffelt auch herum", fuhr Nick fort. „Außerdem stellt sie mir ständig Fragen zu meinem Privatleben."

„Was zum Beispiel?"

„Ach, Sie wissen schon - ob ich eine Freundin habe, wo meine Eltern wohnen und so weiter. Ich bin mir sicher, dass sie die Schubladen und Schränke in meinem Schlafzimmer durchwühlt hat, auf der Suche nach persönlichen Unterlagen oder Dingen wie Fotos oder einem Tagebuch."

„Hauptsache, sie gräbt nichts aus, was sie an die Paparazzi dort draußen verkauft", meinte Poppy trocken.

„Oh Gott, das hätte mir jetzt noch gefehlt", stöhnte Nick. „Schlimm genug, dass ich mich nicht aus dem Haus wagen kann, ohne von dieser Meute mit Fragen überfallen zu werden. Aber wenigstens steht in nächster Zeit keine Lesereise an, also kann ich mich hier verkriechen und abwarten, bis sie das Interesse verlieren und verschwinden. Ich habe nur einen Termin: Oren muss übermorgen zum Tierarzt in Oxford, zur Nachsorge."

„Oh, ist es schon so weit? Meinen Sie, der Tierarzt setzt das Spezialfutter ab?", fragte Poppy hoffnungsvoll.

„Wahrscheinlich. Wir haben vor einem halben Jahr damit angefangen und Oren hat fast wieder

Normalgewicht. Aber das heißt noch lange nicht, dass Sie ihm wieder alle möglichen Leckereien geben dürfen." Nick sah Poppy streng an.

Sie lächelte schuldbewusst. „Oh … na gut. Aus etwas so Harmlosem wie einem Besuch beim Tierarzt können selbst die sensationslüsternsten Reporter keine Gruselgeschichte spinnen, oder?"

Nick warf ihr einen säuerlichen Blick zu. „Darauf würde ich nicht wetten. Diese Aasgeier können aus allem eine Geschichte machen. Aus jeder noch so alltäglichen Tätigkeit basteln sie heutzutage eine anzügliche Schlagzeile für die Titelseite!"

„Wenn das so ist, werden sie sich vergnügt die Hände reiben, weil Sie mich am Arm gepackt und ohne ein Wort ins Haus geschleift haben."

Nick sagte mit einem reumütigen Lächeln: „Ah … tut mir leid. Ich habe nicht richtig nachgedacht. Sie haben recht. Wahrscheinlich reimen sie sich jetzt alle möglichen schmuddeligen Geschichten über uns zusammen. Sobald sie herausfinden, wer Sie sind und wo Sie wohnen, werden sie mit vielsagenden Andeutungen nicht sparen."

Poppy lachte. „Heißt es nicht, jede Werbung sei gute Werbung? Wenn ich dadurch ein paar Pflanzen mehr verkaufe, soll es mir recht sein."

Kapitel 7

Poppy war hundemüde, als sie sich zum Schlafengehen fertig machte. Sie hatte das Gefühl, als sei es ein sehr langer Tag gewesen, obwohl sie eigentlich nichts anderes gemacht hatte als sonst - abgesehen von ihrem Besuch beim Dorfarzt. Trotzdem fühlte sie sich ausgelaugt und freute sich darauf, sich unter die Bettdecke zu kuscheln. Als sie jedoch am Waschbecken im Badezimmer stand, sich die Zähne putzte und dabei in den Spiegel schaute, stutzte sie. Irgendetwas stimmte nicht ... Plötzlich stockte ihr der Atem und sie fasste sich erschrocken an den Hals.

Ihr Medaillon! Sie hatte es am Morgen angelegt, aber jetzt war es nicht mehr da. Wo konnte es nur sein? Poppy überlegte, wo sie im Laufe des Tages gewesen war: Sie war sich sicher, dass sie die Kette auf dem Weg zur Arztpraxis getragen hatte, aber danach? Hatte sie sie in Nicks Haus noch um den Hals gehabt?

Spontan griff sie zum Telefon und wählte Nicks Nummer, in der Hoffnung, dass er noch nicht zu Bett gegangen war. Sie wusste, dass der Krimiautor eine Nachteule war – eine ihrer ersten Begegnungen mit ihm hatte mitten in der Nacht stattgefunden, als er im Garten von Hollyhock Cottage herumgewandert war. Damals hatte sie sich furchtbar erschrocken, doch dann erklärte Nick ihr, dass ihre Großmutter ihm erlaubt hatte, in ihrem Garten spazieren zu gehen, wann immer er wollte. Der Anblick ihrer wild wuchernden Blumenbeete half ihm, wenn er mit seinen Büchern nicht weiterkam, sagte er. Poppy beschloss, das großzügige Angebot ihrer Großmutter aufrechtzuerhalten, und so kam es, dass sie Nick gelegentlich spätabends über die Gartenwege schlendern oder in den frühen Morgenstunden auf einer der Steinbänke sitzen sah, weil er eine Schreibblockade hatte.

Jetzt atmete sie erleichtert auf, als er sich gleich nach dem ersten Klingeln meldete, doch dann sackte ihr das Herz in die Hose, weil er noch übellauniger klang als sonst.

„Was ist?", schnauzte er. „Ich bin gerade mitten in einer Szene und musste sie schon zwei Mal umschreiben, also sollten Sie besser einen guten Grund für Ihren Anruf haben."

„Es tut mir leid, ich wollte Sie nicht stören, aber ... ich kann mein Medaillon nicht finden", sagte sie schnell. „Es gehörte meiner Mutter und ist das einzige, was ich von ihr habe ..."

Ihre Stimme bebte und plötzlich spürte sie einen Kloß im Hals. Das Schmuckstück hatte ihre Mutter ihr wenige Tage vor ihrem Tod geschenkt. Es hatte keinen großen materiellen Wert, es war nur ein goldenes Medaillon an einer Kette, doch als eines der wenigen Erinnerungsstücke an ihre Mutter hütete Poppy es wie ihren Augapfel.

Nicks Ton wurde versöhnlicher. „Wissen Sie, wann Sie es zuletzt getragen haben?"

„Ich ... ich glaube, das war in der Arztpraxis. Ich war heute beim Dorfarzt", erklärte sie, „und auf dem Rückweg sah ich all die Leute vor Ihrem Tor. Ich weiß, dass ich das Medaillon um den Hals trug, als ich beim Hausarzt war, aber ich weiß nicht, ob es noch da war, als wir uns begegnet sind. Natürlich werden Sie sich nicht erinnern, wie ich ausgesehen habe, aber vielleicht könnten Sie nachsehen, ob -"

„Natürlich weiß ich noch, wie Sie aussahen. Sie hatten Jeans und einen rosafarbenen Pullover an, Sie hatten das Haar zu einem Pferdeschwanz gebunden, wie Sie es oft tun, wenn Sie im Garten arbeiten", antwortete Nick. „Sie hatten eine Armbanduhr um, aber keine Kette. Außerdem trugen Sie einen leichten Duft - Orangenblüten, glaube ich."

„Ich ... ich hätte nicht gedacht, dass Ihnen so viel an mir auffällt", sagte Poppy überrascht.

„Mir fällt alles an Ihnen auf", erwiderte Nick amüsiert. „Als Schriftsteller beobachtet man die Leute eben genau. Jedenfalls trugen Sie Ihr Medaillon nicht um den Hals, als wir uns getroffen haben, also haben Sie es vermutlich beim Arzt verloren. Vielleicht hat es sich irgendwo verfangen, während Sie -"

„Oh, da fällt es mir ein", rief Poppy. „Das Baby!"

„Welches Baby?"

„Im Wartezimmer habe ich das Baby einer Frau gehalten, die sich um ihr anderes Kind kümmern musste. Der Kleine hat versucht, mit meinem Medaillon zu spielen - er griff nach der Kette und wollte das Medaillon in den Mund stecken. Vielleicht hat er die Kette abgerissen, ohne dass ich es gemerkt habe, und dann hat er sie fallen lassen. Ja, so muss es gewesen sein."

„Nun, dann würde ich mir an Ihrer Stelle keine Sorgen machen", meinte Nick. „Gehen Sie einfach morgen früh in die Praxis. Wahrscheinlich liegt es auf dem Boden zwischen den Stühlen im Wartezimmer."

Als Poppy ihm kurze Zeit später Gute Nacht wünschte, fühlte sie sich bereits viel besser. Irgendwie schaffte Nick es, sie trotz seiner mürrischen Art immer wieder aufzumuntern und zu beruhigen. Sie legte sich ins Bett und schlief innerhalb weniger Minuten ein.

Am nächsten Morgen wachte sie kurz vor Sonnenaufgang auf, wusch sich und zog sich an. Um

Nell nicht zu stören, die als Putzfrau arbeitete und am Abend spät nach Hause gekommen war, ging sie leise die Treppe hinunter und verließ das Haus.

Sie nahm denselben Weg durchs Dorf, den sie gestern zur Arztpraxis gegangen war, ohne jedoch auf die Gärten zu achten, an denen sie vorbeikam. Nach ihrem zügigen Spaziergang waren ihre Wangen gerötet, als sie am Grundstück der Seymours ankam. Sie zögerte, unschlüssig, ob sie sie so früh am Morgen stören sollte. Dann stellte sie erfreut fest, dass die Tür zum Praxisanbau einen Spalt offen stand. Vermutlich waren der Doktor oder seine Praxismanagerin schon erschienen, um noch ein paar Dinge zu erledigen, bevor die Sprechstunde begann und es hektisch wurde.

Poppy ging den Weg zur Praxis hinauf. Sie war froh, dass sie nicht an der Tür des Wohnhauses klopfen und Emma Seymour bitten musste, sie ins Wartezimmer zu lassen. Zu so früher Stunde war deren bissige Art schwer zu verkraften! Poppy blieb am Eingang stehen, klopfte an die halb geöffnete Tür und rief: „Hallo?"

Sie bekam keine Antwort.

„Hallo? Guten Morgen?" Poppy versuchte es erneut. Dann stieß sie die Tür auf und trat ein.

Einen Moment lang dachte sie, der Raum sei leer. Das Wartezimmer sah fast genauso aus wie gestern, nur dass einige Stühle umgestellt und die Zeitschriften, die verstreut herumgelegen hatten, zu ordentlichen Stapeln aufgetürmt worden waren.

Dann sah Poppy zu ihrer Überraschung eine zerbrochene Vase auf dem Boden. Der Strauß weißer Lilien, den Emma gestern mitgebracht hatte, lag in einer großen Wasserpfütze. Schließlich fiel ihr Blick auf etwas anderes, das ihr den Atem verschlug.

Hinter dem Empfangstresen ragte die Rückseite eines wohlgeformten Beins hervor. Poppy versuchte, das unheilvolle Gefühl zu ignorieren, das in ihr aufstieg, und ging langsam um den Tresen herum. Dabei achtete sie darauf, nicht auf die Scherben oder in die Wasserlache zu treten. Dann hielt sie kurz inne, als sie die Gestalt auf dem Boden sah.

Es war Yvonne, die Praxismanagerin, und sie war tot.

Kapitel 8

Poppy starrte auf die Leiche und wollte nicht glauben, was sie da sah. Yvonne lag auf dem Boden, die Arme ausgebreitet, die Beine halb von den Falten ihres Kleides verdeckt. Poppy war sofort klar, dass die junge Frau tot sein musste: Die schreckliche blutige Wunde am Hinterkopf überlebte man nicht. Dennoch hatte sie das Gefühl, sich vergewissern zu müssen – für alle Fälle. Also holte sie tief Luft, schluckte die Übelkeit hinunter und zwang sich, sich über die Leiche zu beugen.

„Y... Yvonne?", sagte sie mit zitternder Stimme und berührte zögernd den Arm der Toten.

Ihre Haut fühlte sich kalt an und Poppy zog rasch ihre Hand zurück. Am liebsten wäre sie schreiend aus dem Zimmer gerannt, doch stattdessen richtete sie sich auf und trat langsam von der Leiche zurück, wobei ihr das Herz bis zum Hals schlug.

Ich muss Hilfe holen, dachte sie wie betäubt. Ich muss die Polizei rufen ...

„Ah ... Miss Lancaster!", hörte sie eine Männerstimme hinter sich.

Poppy wirbelte herum und sah Ralph Seymour in der Tür zur Praxis stehen. Er kam lächelnd auf sie zu.

„Ist Ihr Arm schlimmer geworden? Kein Problem, ich kann vor dem ersten Termin noch einmal einen kurzen Blick darau-"

Er brach plötzlich ab, als er Yvonnes Leiche wahrnahm. Zitternd tastete er nach dem Tresen, um sich festzuhalten. Dann stürzte er mit einem erstickten Schrei auf die tote Frau zu. „Yvonne!"

„Sie fassen besser nichts an", sagte Poppy schnell. „Es sieht so aus, als sei sie niedergeschlagen worden. Wir dürfen keine Beweise zerstören."

Der Arzt unterdrückte ein Schluchzen. Er streckte die Hand aus, als wolle er die Wange der Toten streicheln, dann hielt er inne und richtete sich langsam mit tränenüberströmtem Gesicht auf. Poppy starrte ihn verblüfft an. Sie wusste, dass manch ein Chef ein sehr enges Verhältnis zu seinen Angestellten aufbaute, etwa zu einer pflichtbewussten und engagierten Sekretärin, die sich aufopfernd um ihn kümmerte, doch Dr. Seymours Reaktion erschien ihr ungewöhnlich emotional. Man könnte fast denken, dass Ralph

Seymour um den Tod einer Geliebten trauerte! Sie musste an den Klatsch denken, den sie am Vortag im Wartezimmer gehört hatte.

Bevor sie weiter darüber nachdenken konnte, näherten sich draußen zügige Schritte, und im nächsten Moment betrat Emma Seymour die Praxis. Beim Anblick von Poppy hielt sie kurz inne, dann ging sie auf ihren Mann zu.

„Ralph? Was ist hier los?" Dann erblickte sie Yvonnes Leiche. Im Gegensatz zu ihrem Mann war ihre Reaktion jedoch sehr kontrolliert, fast kalt. Sie starrte einen Moment lang schweigend auf das tote Mädchen, dann sagte sie: „Wir müssen die Polizei anrufen. Und die Patienten. Du musst die Sprechstunde heute Morgen absagen."

Ohne ein Wort zu Poppy nahm sie ihren Mann beim Arm und führte ihn hinaus. Er leistete keinen Widerstand, als sei er in Trance, obwohl Poppy nicht entging, dass er über die Schulter einen letzten gequälten Blick auf Yvonnes Leiche warf. Sie zögerte, dann folgte sie den beiden nach draußen. Emma Seymour hatte sie überhaupt nicht beachtet, und sie war sich nicht sicher, ob sie das Ehepaar in ihr Haus begleiten sollte. Außerdem hatte sie genügend Erfahrung mit Tatorten und wusste, dass sie auch nicht einfach verschwinden durfte - sie musste bleiben und eine Aussage zu Protokoll geben, selbst wenn das bedeutete, dass sie allein vor der Praxis wartete.

Als sie nach draußen trat, stellte sie fest, dass

Emma ihren Mann im Garten hatte stehen lassen und allein ins Haus zurückgekehrt war. Poppy gesellte sich zu Dr. Seymour und stand unschlüssig neben ihm, während er um Fassung rang.

„Ähm ... hat Yvonne gestern Abend lange gearbeitet?", fragte Poppy schließlich, weil sie das Gefühl hatte, das Schweigen brechen zu müssen.

Der Arzt sagte mit leiser Stimme: „Nein, eigentlich nicht. Ich meine, die Sprechstunde hat länger gedauert als sonst, aber als Sie gegangen waren, habe ich zu Yvonne gesagt, sie könne gehen, während ich abschließe. Ich glaube, sie war gestern Abend mit ihrem Freund verabredet."

„Yvonne hatte einen Freund?" Poppy schaute ihn überrascht an. Nach dem Klatsch und Tratsch im Wartezimmer und dem koketten Verhalten der jungen Frau war sie überzeugt, dass Yvonne – falls sie überhaupt eine romantische Beziehung hatte – mit dem Arzt zusammen war.

Dr. Seymour nickte. „Ja, einer der Jungs aus dem Dorf, glaube ich. Ich habe ihn manchmal draußen auf der Straße auf Yvonne warten sehen."

„Waren sie schon lange zusammen?"

„Nun, ich glaube, sie kannten sich schon als Kinder und waren immer mal wieder zusammen. Ich glaube nicht, dass es Yvonne ernst damit war, aber er schien sich große Hoffnungen zu machen."

„Hat er gestern Abend auf sie gewartet?", fragte Poppy.

Dr. Seymour zuckte mit den Schultern. „Wenn ja,

dann habe ich ihn nicht gesehen.“

„Wie kommen Sie darauf, dass sie verabredet waren - hat Yvonne Ihnen das erzählt?“

„Nein, aber da drin, gerade eben ...“ Er schluckte und zeigte auf das Praxisgebäude. „Yvonne hat ein anderes Kleid an. Sie sieht aus, als hätte sie sich schick gemacht, um auszugehen.“

„Oh ja, natürlich ...“ Poppy schüttelte insgeheim den Kopf, dass ihr das nicht früher aufgefallen war. Ja, Yvonne trug ein glitzerndes Satinkleid und hatte sich offensichtlich viel Mühe mit ihrem Haar und ihrem Make-up gegeben. Irgendwie ließ der Gedanke an ihr hübsches Kleid und ihre glamouröse Aufmachung den Tod der jungen Frau noch tragischer erscheinen.

Dr. Seymours Gedanken schienen in eine ähnliche Richtung zu gehen, denn er sagte plötzlich mit erstickter Stimme: „Sie war so schön, so voller Leben ... Ich kann nicht glauben, dass sie tot ist!“ Er brach erneut in Tränen aus.

Poppy sah ihn bestürzt an und wusste nicht, was sie tun oder sagen sollte. Sie war fast erleichtert, als Emma aus dem Haus kam und sich zu ihnen gesellte.

„Die Polizei wird jeden Moment hier sein. Wie es der Zufall will, wurde heute Morgen bereits ein Beamter ins Dorf geschickt - der alte Drache Mrs Busselton hatte darauf bestanden. Die Ordnungshüter sind also sozusagen schon vor Ort“, sagte Emma. Mit einem Blick auf ihren Mann, der immer noch weinte, zischte sie: „Um Gottes willen, Ralph - reiß dich zusammen!" Sie zog ein frisches weißes Taschentuch aus ihrer Tasche und drückte es ihm in die Hand. „Du widerst mich an!"

Die gefühllose Haltung der Frau ihrem Mann gegenüber erschien Poppy schockierend, aber sie funktionierte. Als das Polizeiauto vor dem Haus vorfuhr, hatte Ralph Seymour seine Tränen getrocknet, und nur ein besonders aufmerksamer Beobachter hätte seine rotgeränderten Augen bemerkt. Das Paar demonstrierte dem Polizisten gegenüber traute Einigkeit. Der junge Mann war offensichtlich überfordert mit seiner Rolle, als Erster am Tatort eines Mordfalls aufzutauchen.

„Ähm ... äh ... wann haben Sie die Leiche entdeckt?", fragte er mit gewichtiger Miene.

„Es war diese junge Dame hier, die Yvonne entdeckt hat", antwortete Ralph und deutete auf Poppy.

„Ah ..." Der Constable drehte sich zu ihr um und sagte nervös: „Ich ... ich muss Ihnen ein paar Fragen stellen, Madam. Die Kripo ist unterwegs, aber man hat mir gesagt, ich solle schon mal die nötigen Schritte einleiten."

„Vielleicht sollten Sie den Tatort absperren", sagte Poppy freundlich und wies auf das Praxisgebäude. „Stellen Sie sicher, dass niemand hineingehen und forensische Beweise vernichten kann. Ich fürchte, sowohl ich als auch Dr. Seymour haben die Türklinke angefasst, sodass wir wahrscheinlich alle

Fingerabdrücke verwischt haben, die der Mörder möglicherweise hinterlassen hat. Aber im Raum selbst könnten Fingerabdrücke zu finden sein - es sei denn, der Mörder trug Handschuhe."

„Oh ... äh ... okay." Der junge Polizist sah gleichzeitig dankbar und verwirrt aus. „Ich nehme an -" Er brach ab, als ein weiteres Auto mit quietschenden Bremsen vor dem Grundstück der Seymours anhielt. Eine schlanke brünette Frau stieg aus, gefolgt von einem Mann mittleren Alters in Zivil.

„Ah! Die Kripo ist da." Der Constable atmete erleichtert auf.

Der Mann in Zivil ging mit großen Schritten Richtung Praxis, während die Frau zu ihnen kam. Mit ihrem schicken Hosenanzug und den perfekt frisierten dunklen Haaren sah sie eher aus wie die Redakteurin eines Modemagazins als wie eine hochrangige Polizistin, aber Poppy wusste, dass sich hinter Detective Inspector Suzanne Whittakers elegantem Aussehen der wache Verstand einer scharfsinnigen Ermittlerin verbarg. Als Frau in einem von Männern dominierten Beruf hatte Suzanne hart arbeiten müssen, um sich zu beweisen, und Poppy fand es bewundernswert, dass sie gleichzeitig kühle Autorität und mitfühlende Wärme ausstrahlen konnte. Jetzt sah sie ihr eifrig entgegen. Sie hatten sich zwar bei einer Mordermittlung kennengelernt, waren jedoch schnell zu Freundinnen geworden, und Poppy hatte manchmal das Gefühl, dass Suzanne wie eine ältere

Schwester war.

„Poppy!", rief Suzanne. „Ich wusste nicht, dass du hier bist."

„Diese junge Dame hier hat die Leiche entdeckt, Ma'am", erklärte der Polizeibeamte.

„Ah ..." Suzanne bedachte Poppy mit einem ironischen Blick. „Warum überrascht es mich nicht, dich hier zu sehen? Wenn in Bunnington ein Mord passiert, bist du nicht weit."

„Glaub mir, das ist keine Absicht", sagte Poppy mit einem schiefen Lächeln.

Sie wartete mit den Seymours, während Suzanne den Tatort begutachtete. Danach erzählte sie ihr, wie sie Yvonnes Leiche gefunden hatte.

„Und Sie, Dr. Seymour - wann haben Sie Ihre Praxismanagerin das letzte Mal gesehen?", fragte Suzanne.

„Gestern Abend ... kurz ... kurz nachdem die letzten Patienten gegangen waren", stammelte Dr. Seymour.

„Die Sprechstunde endet um fünf, nicht wahr?", fragte Suzanne.

„Ja, aber oft haben wir so viele Patienten, dass wir später Schluss machen. Gestern Abend waren wir erst gegen sieben Uhr fertig. Ich habe Yvonne gesagt, dass ich abschließe, damit sie gehen konnte."

„Wissen Sie, ob sie noch irgendwo hingehen wollte?"

Ralph Seymour wiederholte, was er Poppy über Yvonnes Freund erzählt hatte, und fügte hinzu: „Ich habe ihn gestern Abend allerdings nicht auf sie warten sehen, also nehme ich an, dass sie sich anderswo mit ihm getroffen hat. Sie hat mir nichts gesagt.“

„Und Sie? Wo waren Sie gestern Abend, Sir?“

„Nun, ich blieb noch etwas länger in der Praxis, nachdem Yvonne gegangen war. Ich diktierte einige Anmerkungen zu den Patienten, dann habe ich abgeschlossen und ging zum Abendessen ins Haupthaus. Ich war ziemlich spät dran und Emma war deswegen ein bisschen verärgert.“ Er warf seiner Frau einen raschen Blick zu.

„Und nach dem Essen?“

„Äh … nun, ich …“

„Er war den ganzen Abend mit mir zu Hause“, warf Emma schnell ein. Sie schenkte ihrem Mann ein süßliches Lächeln. „Wir haben uns zusammen einen Film angesehen … nicht wahr, Schatz?“

„Oh? Was war das für ein Film, Dr. Seymour?“, fragte Suzanne.

Ralph Seymour fühlte sich sichtlich unbehaglich unter ihrem scharfen Blick. „Es war … äh … ich fürchte, ich erinnere mich nicht an den Titel.“ Er stieß ein nervöses Lachen aus. „Es ist schrecklich, ich kann mir nie merken, wie die Filme heißen, die ich mir ansehe.“

„Was für ein Film war es denn?“, fragte Suzanne. „Daran können Sie sich doch sicher erinnern?“

„Oh … äh … es war … äh …“

„Ein Science-Fiction-Thriller“, sagte Emma sanft.

„Sie wissen schon, wo Roboter die Welt erobern. Ein Film gleicht dem anderen, es gibt so viele, dass ich mich kaum an die Namen erinnern kann." Sie brach in schallendes Gelächter aus. „Wir haben uns eigentlich nicht wirklich auf den Film konzentriert - es war nur etwas, um uns die Zeit zu vertreiben."

„Verstehe", sagte Suzanne und musterte sie nachdenklich.

Poppy dachte, sie würde weiter nachhaken, doch mit ihrer nächsten Frage wandte sie sich an den Hausarzt: „Sind Sie sicher, dass Sie gestern Abend die Tür zur Praxis abgeschlossen haben?"

Dr. Seymour nickte. „Auf jeden Fall. Ich überprüfe das immer zwei Mal."

„Wie ist Yvonne dann hereingekommen? Das Schloss wurde nicht aufgebrochen."

„Sie hatte einen Schlüssel", sagte Dr. Seymour. „Sie war manchmal morgens vor mir da, um zu lüften und aufzuräumen, bevor die ersten Patienten kommen." Er zögerte, dann fragte er: „Wurde sie ... wurde sie letzte Nacht umgebracht?"

Suzanne legte den Kopf schief. „Ich glaube, ja. Natürlich muss ich das Ergebnis der Autopsie abwarten, um es genau sagen zu können. Der Gerichtsmediziner wird wahrscheinlich eine ungefähre Zeitangabe machen, sobald er eintrifft, aber aufgrund des Zustands der Leiche würde ich sagen, dass sie schon seit mehreren Stunden tot ist." Sie hielt einen Moment inne, dann sagte sie: „Ihrer Kleidung nach zu schließen, könnte sie gestern

Abend nach ihrer Verabredung hierhergekommen sein. So war sie bei der Arbeit sicher nicht gekleidet, oder?"

„Da gab es keinen großen Unterschied", murmelte Emma. Suzannes Augenbrauen schnellten in die Höhe.

„Wie bitte?"

Ralph räusperte sich. „Meine Frau wollte sagen, dass Yvonne immer ... äh ... modisch gekleidet war. Aber nein, das war nicht das, was sie gestern in der Praxis anhatte. Bei der Arbeit trug sie ... äh ... konservativere Kleidung."

Emma schnaubte, woraufhin Suzanne erneut die Augenbrauen hob. Bevor sie jedoch etwas sagen konnte, trat der Mann in Zivil zu ihnen, der sie begleitete. Beim Anblick von Detective Sergeant Amos Lee verspürte Poppy die vertraute Abneigung in sich aufsteigen. Sie mochte ihn nicht, fand ihn arrogant und herablassend. Er neigte zu voreiligen Schlüssen und letztendlich war ihm jedes Mittel recht – Hauptsache, er konnte eine rasche Verhaftung vorweisen. Jetzt schwenkte er triumphierend einen durchsichtigen Plastikbeutel, wie sie die Spurensicherung zur Aufbewahrung von Beweisstücken verwendete.

„Sehen Sie mal, was wir in ihrer Handtasche gefunden haben, Chef", sagte er mit einem süffisanten Lächeln.

Suzanne betrachtete stirnrunzelnd den zerknitterten Zettel in dem Beutel. Poppy reckte neugierig den Hals. Sie meinte, ein paar handgeschriebene Wörter auf dem Papier erkennen zu können.

Suzanne hob den Kopf und musterte den Hausarzt eindringlich. „Dr. Seymour, Sie sagten, Sie hätten Yvonne das letzte Mal gesehen, als sie gestern Abend die Praxis verließ.“

„Ja, das stimmt“, bestätigte der Hausarzt nervös.

„Wenn das so ist, warum lag dann ein Zettel in Yvonnes Handtasche, mit der Bitte, Sie gestern Abend hier in der Praxis zu treffen?“

Kapitel 9

Poppy ging langsam zu ihrem Cottage zurück. Unterwegs dachte sie über die Ereignisse der letzten Stunden nach. Sie war ein wenig schockiert gewesen, als Suzanne den Zettel mit Ralph Seymours Handschrift vorgelegt hatte. Auch seine Frau war darauf offenbar nicht vorbereitet, denn Poppy hatte gesehen, wie Emma erschrocken die Luft anhielt und ihren Mann vorwurfsvoll anblickte.

Dr. Seymour hatte jedoch vehement bestritten, dass der Zettel von ihm stammte. Er behauptete, der Brief sei eine Fälschung: „Das habe ich nicht geschrieben! Das muss jemand anderer gewesen sein."

„Wollen Sie damit sagen, dass das nicht Ihre Handschrift ist?", hatte Suzanne gefragt und das zerknitterte Stück Papier hochgehalten, auf dem das typische, kaum leserliche Gekrakel eines Arztes zu sehen war.

„Es sieht aus wie meine Schrift", gab er zu. „Aber ich sage Ihnen, dass ich diesen Zettel nicht geschrieben habe. Jemand muss meine Schrift imitiert haben, um Yvonne in die Praxis zu locken!"

„Nun, das können wir leicht feststellen, wenn Sie unseren Handschriftenexperten eine Probe zum Vergleich geben", sagte Suzanne.

„Ja, ja, natürlich", sagte der Doktor schnell. „Jederzeit."

Suzanne musterte ihn nachdenklich. „Es ist allerdings interessant, dass Yvonne ohne weitere Nachfrage getan hat, was auf dem Zettel steht. Ich kann mir vorstellen, dass die meisten Angestellten angerufen hätten, um sich zu erkundigen, warum sie spät abends in die Praxis kommen sollten. War es normal für sie, sich nach der Arbeit mit Ihnen hier zu treffen?"

Emma erstarrte und bedachte ihren Mann mit einem vernichtenden Blick.

Ralph Seymour räusperte sich. „Ähm ... nun, ich habe Yvonne gebeten, gelegentlich Überstunden zu machen ... also ... ähm ... manchmal war sie am Wochenende hier oder ... ähm ... sie ist nach der Sprechstunde manchmal länger geblieben. Vielleicht ... vielleicht dachte sie, es sei etwas Ähnliches."

Seine Erklärung hatte wenig überzeugend geklungen, und es war offenkundig, dass Suzanne ihm nicht glaubte, obwohl sie eine zu erfahrene Ermittlerin war, um sich zu früh in die Karten schauen zu lassen. Zur Überraschung der Seymours hatte sie nicht weiter nachgefragt, sondern hatte den Sergeanten abschließend gebeten, eine Handschriftprobe vom Hausarzt zu besorgen. Dann hatte sie Poppy kurz zugelächelt und sich verabschiedet, um mit dem Gerichtsmediziner zu sprechen.

Könnte Ralph Seymour der Mörder sein?, überlegte Poppy, als sie in die Gasse einbog, die zu Hollyhock Cottage führte. Der Schock und die Verzweiflung des Arztes beim Anblick der Leiche hatten echt gewirkt. Natürlich war es möglich, dass er sich verstellt hatte, doch dann musste er ein verdammt guter Schauspieler sein.

Sie seufzte, als sie an ihrem Tor ankam. *Was immer passiert sein mag, ich habe keine Zeit, über den Mord an Yvonne nachzudenken – ich habe andere Dinge zu tun,* schärfte sie sich ein. Es war beinahe Zeit, die Gärtnerei zu öffnen – sie war zwar früh aufgestanden, doch der Aufenthalt bei den Seymours hatte länger gedauert als erwartet. Ein hastiges Frühstück musste reichen, dann begann ihr Arbeitstag.

Poppy eilte den Weg zum Haus hinauf und ging an der Seite entlang zum Gewächshaus an der Rückseite, um von dort in die Küche zu gelangen. Nell lehnte an der Spüle und beobachtete einen alten Mann, der an den Füßen etwas trug, das aussah wie riesige Moonboots mit Schwämmen an den Sohlen. Ein struppiger kleiner schwarzer Terrier, der bei dem alten Mann gesessen hatte, rannte auf Poppy zu, als sie eintrat, und tanzte schwanzwedelnd und aufgeregt bellend um sie herum.

„Hallo Einstein." Poppy fuhr dem Hund liebevoll über den Kopf. Dann warf sie einen Blick auf den Mann, der in der Küche herumschlurfte, während er auf Nell einredete.

„... während Sie herumlaufen, reinigen Ihre Schuhe gleichzeitig den Boden und neutralisieren Schmutz, Staub und Bakterien durch die Rotationsmotoren ..."

„Nun, ich weiß nicht", sagte Nell skeptisch. „Warum sollte ich nicht so putzen, wie ich es immer gemacht habe – mit einem Mopp?"

„Meine Erfindung ermöglicht Ihnen Multitasking, meine Liebe! Sie gehen einfach Ihren täglichen Aufgaben im Haus nach, und die Böden werden gleichzeitig erstklassig gereinigt. Man könnte sogar ein Trainingsprogramm daraus machen, indem man die Geschwindigkeit der Bewegungen erhöht ..."

Der alte Mann machte es vor: Er drückte auf einen Knopf an der Seite eines Moonboots. Sofort wurden die Schlurfbewegungen der Schuhe schneller, sodass seine Beine mit doppelter Geschwindigkeit über den Boden gezogen wurden. Plötzlich gab es einen Funken, als die Moonboots aneinanderstießen, und im nächsten Moment ertönte ein Zischen und die Holzdielen gingen in Flammen auf.

„Oh nein!", schrie Poppy und wich hastig zurück, während Nell den Feuerlöscher packte, den sie neben der Spüle aufbewahrte, und die Düse auf die Flammen richtete.

Als der Brand gelöscht war, starrte Nell den Erfinder vorwurfsvoll an und deutete auf das getrocknete Pulver und die verbrannten Stellen auf dem Holzboden.

„Jetzt habe ich noch mehr Putzarbeit!"

„Bertie! Ist alles in Ordnung?", fragte Poppy und sah besorgt den alten Mann an, dessen graues Haar leicht angesengt war.

„Alles bestens, meine Liebe", antwortete Dr. Bertram Noble und strahlte sie an. „Das muss das Bohnerwachs auf Ihren Dielen sein. Unter bestimmten Umständen ist es leicht entflammbar. Aber keine Sorge! Beim nächsten Prototyp baue ich eine Miniatur-Feuerlöschdüse in die Absätze ein."

Poppy sah ihn liebevoll an. Es war kaum zu glauben, dass dieser etwas ungepflegte alte Herr mit seinem wilden grauen Haarschopf, den eulenhaften Augen hinter den dicken Brillengläsern, der abgewetzten Tweedjacke und den unterschiedlichen Socken einer der brillantesten Köpfe des Vereinigten Königreichs war. Früher war er ein angesehener Professor an der Universität Oxford, doch inzwischen befand sich Bertie mehr oder weniger im Ruhestand, und wenn er nicht gerade von staatlichen Sicherheitsbehörden für streng geheime Tätigkeiten angeheuert wurde, tüftelte er an immer verrückteren

Erfindungen.

Jetzt wandte er sich mit eifriger Miene an Poppy: „Ah! Ich freue mich so, Sie zu sehen, denn ich habe auch etwas für Sie, meine Liebe."

„Für mich?", wiederholte Poppy nervös. Bei Geschenken von Bertie war Vorsicht geboten.

„Ja, Nell hat mir von Ihren Problemen mit den Setzlingen erzählt, die nicht kräftig genug wachsen, sodass Ihr Bestand sich nicht gut verkauft. Nun, dafür habe ich die perfekte Lösung! Hm ... wo habe ich es nur hingetan ...?" Er kramte in den verschiedenen Taschen seiner Tweedjacke, seiner Weste und seiner alten Cordhose, bis er schließlich ein kleines Glasfläschchen hervorholte, das er Poppy reichte.

„Was ist das?" Poppy hielt das Fläschchen vorsichtig hoch. Es enthielt eine zähe, bernsteinfarbene Flüssigkeit und sah ganz harmlos aus, aber sie hatte auf die harte Tour gelernt, dass man sich bei Berties Erfindungen nie auf die äußere Erscheinung verlassen konnte.

„Das ist ein Pflanzenwachstumsserum!", sagte Bertie aufgeregt. „Es ist eine experimentelle Mischung aus Pflanzen-DNA, aktivierten Wachstumshormonen, aus Tumorzellen extrahierten Zytokinen und regenerativem Gewebe von Süßwasserpolypen - mit einer Prise bioaktiven Gibberellinen als Zugabe. Ein paar Tropfen davon auf Ihre Setzlinge und sie schießen in die Höhe wie Unkraut!"

„Wow, wirklich?" Poppy war fasziniert. Dann dachte sie an ihre Erfahrungen mit Berties Erfindungen und zügelte ihre Begeisterung. An Nells Gesichtsausdruck erkannte sie, dass ihre Freundin es für das Beste hielt, das Fläschchen sofort in den Mülleimer zu werfen. Doch der alte Erfinder sah sie so eifrig an wie ein Hündchen, das gelobt werden wollte, dass sie es nicht übers Herz brachte, sein Angebot abzulehnen.

„Danke, Bertie, das klingt toll", sagte sie und lächelte ihn an. „Es ist so lieb von Ihnen, dass Sie an mich denken. Ich werde … ähm … das auf jeden Fall an meinen Setzlingen ausprobieren."

Sie verstaute das Fläschchen in ihrer Jeanstasche und vergaß es bald wieder, als sie die Gärtnerei öffnete und ihr Arbeitstag begann. Poppy hatte mit einem ähnlich ruhigen Verlauf wie gestern gerechnet, doch sie hatte kaum das Schild am Tor auf „OFFEN" gedreht, als zu ihrer Überraschung ein steter Strom von Kunden eintraf.

Es waren hauptsächlich Leute aus dem Dorf, und Poppy merkte schnell, dass sie nicht so sehr an Alpenveilchen und Topfprimeln interessiert waren, sondern eher gekommen waren, um den neuesten Klatsch und Tratsch auszutauschen. Es schien sich in Windeseile herumgesprochen zu haben, dass sie diejenige war, die Yvonnes Leiche entdeckt hatte, und ihre Kundschaft wollte nun weitere blutige Details aus erster Hand erfahren. Poppy war natürlich froh, dass sie etwas mehr verkaufte als sonst, aber am späten Nachmittag hatte sie es satt, immer wieder dieselben Fragen zu beantworten.

„Wie hat sie ausgesehen, als Sie sie gefunden haben?"

„Lag sie in einer Blutlache?"

„Geht die Polizei von Mord aus?"

„Ich habe gehört, dass man ihr den Kopf eingeschlagen hat - wie eine zermatschte Melone! Stimmt das?"

Poppy sah die Sprecherin schaudernd an: eine weißhaarige Dame in den Siebzigern in einem geblümten Kleid, mit einem Taschentuch im Ärmel ihrer Strickjacke. Seit wann waren nette alte Damen derart blutrünstig?

„Ich habe nicht so genau hingesehen", antwortete sie ehrlich. „Yvonne sah aus, als hätte sie einen Schlag auf den Hinterkopf bekommen."

„Wissen Sie, womit?", fragte die alte Dame eifrig.

Poppy schüttelte den Kopf. „Nein, es tut mir leid, ich ..."

„Es war ein schwerer, stumpfer Gegenstand", erklärte eine Stimme hinter ihr. „Die Polizei sucht nach einer solchen Mordwaffe."

Poppy drehte sich um und sah Mrs Peabody den Weg heraufkommen, gefolgt von einigen Freundinnen. Ihr wurde ein wenig mulmig bei der Aussicht, einer der schlimmsten Tratschtanten des Dorfes gegenüberzustehen. Gleichzeitig empfand sie auch Zuneigung und Dankbarkeit für die Frau. Im Laufe der letzten Monate hatte ihr Mrs Peabody freundlich und klug mit vielen Ratschlägen ausgeholfen, vor allem im Hinblick auf den Anbau von Pflanzen für die Gärtnerei.

Darüber hinaus suchte Mrs Peabody ihresgleichen, wenn es darum ging, alle möglichen inoffiziellen Informationen aufzuschnappen. Poppy sah sie bewundernd an und fragte: „Woher wissen Sie das? Die Leiche wurde doch erst heute Morgen entdeckt, ein Autopsiebericht kann also noch nicht vorliegen."

„Ah ... aber die Nichte meiner Nachbarin kennt einen jungen Mann, dessen Tante beim Gerichtsmediziner arbeitet, und sie ... ähm ... hat zufällig mitbekommen, wie der Pathologe mit ihrem Chef die vorläufigen Ergebnisse besprochen hat." Mrs Peabody schien sehr mit sich zufrieden zu sein. „Es steht fest, dass Yvonne durch einen Schlag mit etwas Stumpfem und Schwerem getötet wurde."

„Und die Polizei hat am Tatort nichts gefunden, was als Mordwaffe in Betracht käme?"

„Nein", bestätigte eine Freundin von Mrs Peabody atemlos. „Die Tatwaffe liegt also noch irgendwo herum."

„Wahrscheinlich in einem Haus im Dorf versteckt", fügte eine weitere Frau hinzu. Der Gedanke schien sie zu begeistern.

„Natürlich ist uns allen klar, in welchem Haus man sie höchstwahrscheinlich findet", meinte Mrs Peabody vielsagend.

Ihre Freundinnen schienen zu wissen, was sie

meinte, denn sie nickten und tauschten vielsagende Blicke. Poppy dagegen sah verwirrt in die Runde.

„Von welchem Haus sprechen Sie?"

Mrs Peabody kam näher und sagte in dramatischem Flüsterton: „Bryan Murrays Haus. Er war Yvonnes Freund."

„Wie kommen Sie darauf?"

„Gewalttätige Tendenzen", erwiderte Mrs Peabody kurz und bündig.

Poppy runzelte die Stirn. „Sie meinen, Bryan ist bereits polizeibekannt wegen Körperverletzung?"

„Nun, er ist bisher noch nie verhaftet worden", räumte Mrs Peabody ein.

„Er ist um Haaresbreite drumherum gekommen", sagte eine ihrer Freundinnen. „So oft, wie er sich im Pub geprügelt hat! Martin, der Besitzer, musste ihn schon mehrere Male rausschmeißen."

„Ja, beim letzten Mal habe ich gehört, wie Martin ihn gewarnt hat: Wenn er sich noch einmal so aufführt, kriegt er Lokalverbot", berichtete eine andere.

„Der Alkohol ist schuld. Wenn er betrunken ist, wird er ziemlich reizbar", meldete sich eine weitere Dame zu Wort.

„Ja, und dann wird er schon mal handgreiflich", sagte eine andere Frau. „Wisst ihr noch, wie Margarets jüngerer Bruder Ron zu Besuch kam und im Pub mit Yvonne flirtete? Man konnte förmlich sehen, wie es in Bryan anfing zu brodeln – und dann packte er Ron plötzlich am Hemd."

„Oh ja, zufällig war ich an diesem Abend gerade im Pub", sagte die erste Frau. „Ich dachte, Bryan würde ihn gegen die Wand schleudern!"

„Er drohte Ron, dass es ihm leidtun werde, wenn er seine Yvonne nicht in Ruhe ließ", fügte ihre Freundin hinzu.

„Das hört sich an, als sei er sehr besitzergreifend und eifersüchtig", sagte Poppy. „Aber sein Zorn scheint sich eher gegen andere Männer zu richten. Wieso sollte er seine Freundin ermorden?"

„Wahrscheinlich hat sie es mit ihrer Flirterei zu weit getrieben", vermutete die erste Frau.

„Ja, in dieser Hinsicht war Yvonne schlimm", nickte ihre Freundin.

„Sie hatte gerne ihren Spaß und eigentlich war es ihr egal, mit wem", ergänzte eine dritte Frau.

„Ich glaube, sie hat es genossen, wenn sich Männer ihretwegen gegenseitig an die Gurgel gegangen sind, und hat sie ermuntert, mit ihr zu flirten, nur um Bryan zur Weißglut zu treiben", sagte die erste Frau.

„Und dieser Dummkopf ist natürlich darauf hereingefallen", erklärte Mrs Peabody. „Aber Sie wissen ja: Wer mit dem Feuer spielt, sollte sich nicht wundern, wenn er sich die Finger verbrennt. Bei einem Mann wie Bryan kann man bis zu einer gewissen Grenze gehen, doch wenn man die überschreitet, rastet er aus."

„Meinen Sie wirklich, dass er Yvonne aus Eifersucht getötet hat?", fragte Poppy zweifelnd.

„Nun, gestern Abend im Pub klang er jedenfalls sehr eifersüchtig, als sich die beiden gestritten haben", sagte Mrs Peabody.

„Gestern Abend? Yvonne und Bryan waren im Pub? Und haben sich gestritten?", fragte Poppy überrascht.

„Oh, wussten Sie das nicht? Ja, wir waren dort und haben sie gesehen – und gehört!", sagte Mrs Peabody. „Sie hatten einen furchtbaren Streit. Yvonne hatte sich herausgeputzt, also haben sie vermutlich irgendwo zu Abend gegessen und sind dann auf einen Drink in den Pub gekommen. Sie schienen sich allerdings nicht zu amüsieren, das kann man nicht behaupten. Sahen aus wie drei Tage Regenwetter, die beiden!"

„Bryan hat Yvonne beschuldigt, ihn zu betrügen", bemerkte eine der anderen Frauen genüsslich. „Er sagte, sie würde sich hinter seinem Rücken mit einem anderen Mann treffen."

„Ja, und wir wissen alle, wer dieser Mann sein könnte." Mrs Peabody und ihre Freundinnen tauschten vielsagende Blicke.

Poppy ahnte natürlich, wen sie meinte, tat aber so, als hätte sie keine Ahnung. „Ach? Wer?"

Mrs Peabody rümpfte die Nase. „Nun, ich bin keine, die Klatsch und Tratsch verbreitet", erwiderte sie tugendhaft. „Sagen wir es einfach so: Ich meine, dass Ärzte nicht allzu gut aussehen sollten. Das schadet ihrem Ruf."

Poppy entschied sich für eine andere

Schlagrichtung. „Sah Bryan so aus, als würde er Yvonne etwas antun? Wirkte sie verängstigt, als Sie sie im Pub gesehen haben?“

„Oh nein, sie hat Bryan frech ins Gesicht gelacht“, kam es von einer der Umstehenden.

„Ja, sie sagte, er sei eifersüchtig, weil er nicht mit ihrem anderen Liebhaber mithalten könne“, meinte eine andere aus der Gruppe.

„Das hat Bryan rasend gemacht“, bemerkte eine weitere Frau, die die Erinnerung an die Szene sichtlich auskostete. „Er fing an, Yvonne zu beschimpfen. Schrecklich, die Ausdrücke, mit denen er sie bedacht hat. Da hat sie ihm eine Ohrfeige gegeben und ist rausgestürmt.“

„Und das“, schloss Mrs Peabody mit unheilvoller Stimme, „war das letzte Mal, dass sie lebend gesehen wurde.“

Kapitel 10

Poppy zuckte zusammen, als außerhalb der Gartenmauern plötzlich aufgeregte Stimmen laut wurden. Sie eilte hinaus, Mrs Peabody und ihre Freundinnen dicht auf den Fersen. Sie riss erstaunt die Augen auf, als sie Mrs Busselton die Gasse hinaufkommen sah. Sie war in Begleitung einer anderen Frau mittleren Alters und des jungen Polizisten, der als erster Gesetzeshüter am Tatort gewesen war. Das Trio marschierte auf Nick Forrests Haus zu, gefolgt von einer Schar eifriger Paparazzi, wie Jagdhunde, die Blut gerochen hatten.

Am Tor angekommen, wandte sich Mrs Busselton zu der Frau um, die sie begleitete. Die zückte zu Poppys Überraschung einen Schlüssel und nach einigen vergeblichen Versuchen gelang es ihr, aufzuschließen. Kaum war der Torflügel aufgeschwungen, gingen sie entschlossenen Schrittes zur Haustür. Poppy drängte sich durch die Meute der Paparazzi zum Tor, schlüpfte hindurch und sah aus den Augenwinkeln, dass Mrs Peabody und ihre Freundinnen versuchten, ihrem Beispiel zu folgen. Sie erreichte die Haustür gerade noch rechtzeitig, um zu sehen, wie Mrs Busselton laut anklopfte.

Stille senkte sich über die versammelte Menge, als die Haustür aufschwang und Nick Forrest heraustrat.

„Ja?", sagte er missgelaunt.

Das dunkle Haar war zerzaust, dass Kinn unrasiert und die Augen waren leicht blutunterlaufen. Er schien sich nicht umgezogen zu haben, seit Poppy ihn zuletzt gesehen hatte. Vermutlich hatte er – wie schon so oft - die ganze Nacht über seinem Romanmanuskript gebrütet, und seiner finsteren Miene nach zu urteilen, war es nicht gut gelaufen. Sie verspürte einen Anflug von Mitleid mit seinen Besuchern, die seine schlechte Laune zu spüren bekommen würden.

Mrs Busselton ließ sich jedoch nicht beeindrucken. Bevor sich der Polizist zu Wort melden konnte, trat sie vor und sagte so laut, dass es alle hörten: „Wir werden Sie entlarven, Sie Widerling!"

Nick betrachtete sie stirnrunzelnd. „Was?"

Der Constable sah sehr verlegen aus, als er sich räusperte und sagte: „Äh ... Mr Forrest? Es tut mir schrecklich leid, Sie zu stören, Sir, aber würden Sie vielleicht ein paar Fragen beantworten?"

„Wieso?", fragte Nick. „Ich habe die ganze Nacht an einer Szene gearbeitet und habe endlich eine Lösung für das Problem gefunden, das mir keine Ruhe gelassen hat. Es ist äußerst wichtig, dass ich ohne Unterbrechung weiterschreibe."

„Äh ..." Der Constable wand sich vor Unbehagen. „Also ... es ist so: Mrs Busselton hat darauf bestanden und ... äh ... sie behauptet, dass Sie ... äh ..."

„Wir sind hier, um Ihr schmutziges Geheimnis zu lüften", unterbrach ihn Mrs Busselton mit Genugtuung.

„Wovon zum Teufel reden Sie?", fragte Nick ungeduldig.

Mrs Busselton baute sich entschlossen vor ihm auf. „Ich spreche von den Beweisen für Ihre Sexualverbrechen!"

Die Begeisterung der Paparazzi war nicht zu übersehen. Ihre Kameras klickten wie wild, um Nicks verblüfften Gesichtsausdruck festzuhalten.

„Meine *was?*", fragte er.

„Oh, versuchen Sie nicht, es zu leugnen", dröhnte Mrs Busselton. „Sie sind genau wie diese schrecklichen Männer, über die Sie schreiben - Sie sind selbst widerlich und sittlich verwahrlost!"

„Hat das mit dem Unfug zu tun, den sich die Boulevardblätter ausgedacht haben?" Nick starrte sie wütend an. „Ich habe keine Zeit für diesen

Blödsinn! Ich habe zu tun!" Er drehte sich um und wollte ins Haus zurückgehen, aber Mrs Busselton packte ihn am Arm und rief: „Nicht so schnell! Ich lasse nicht zu, dass Sie die Beweise vernichten!"

Nick wirbelte herum und starrte sie an. „Welche Beweise? Was faseln Sie da?"

„Beweise für Ihre abscheulichen perversen Neigungen!", schmetterte Mrs Busselton ihm entgegen. „Oh ja – Sie hätten nicht gedacht, dass jemand Ihr schmutziges Geheimnis aufdeckt, nicht wahr? Aber mir entgeht nichts. Ich weiß, dass Sie durchs Dorf geschlichen sind, Frauen ausspioniert und ihre Unterwäsche gestohlen haben."

„Was? Sie haben nicht alle Tassen im Schrank!", sagte Nick und fing an zu lachen.

„Das ist keinesfalls zum Lachen!", rief Mrs Busselton empört. „Und glauben Sie ja nicht, dass Sie den Kopf aus der Schlinge ziehen und so tun können, als wüssten Sie von nichts. Ich habe Beweise! Theresa hat mir geholfen, sie zu beschaffen!"

Sie drehte sich um und deutete auf ihre Begleiterin, die mit gesenktem Kopf hinter ihr stand. Nicks Miene verfinsterte sich, als er sie erkannte, und sie wand sich unter seinem zornerfüllten Blick. Als Mrs Busselton sie mit dem Ellbogen aufmunternd anstieß, hob sie jedoch das Kinn und sagte mit schneidender, näselnder Stimme: „Ja, ich habe im Haus von Mister Forrest geputzt, und gestern habe ich sein Versteck entdeckt!"

Ein aufgeregtes Japsen ging durch die Menge, ein Blitzlichtgewitter folgte. Der Eifer der Fotografen schien Theresa das nötige Selbstvertrauen zu geben, denn sie wandte sich um und sprach sie direkt an. Ihre Wangen waren gerötet und sie genoss offensichtlich ihren Moment im Rampenlicht.

„Ich habe unter seinem Bett gesaugt, und der Staubsauger blieb an irgendetwas hängen, und ich dachte: Was ist das? Und siehe da, es war ein schwarzer Spitzen-BH!"

„Das war alles? Ein schwarzer BH?", sagte Nick ungläubig. „Ist das der Beweis für meine sexuelle Perversion?" Er stieß einen übertriebenen Seufzer aus. „Auf die Gefahr hin, dass ich Ihnen etwas sage, was Sie längst alle wissen: Ich bin Junggeselle. Vielleicht hat eine Freundin das vermeintlich verdächtige Kleidungsstück vergessen, als sie bei mir übernachtet hat."

„Nun, was Herren und ihre … ihre Freundinnen angeht … da kann mir keiner was erzählen", meinte Theresa geziert. „Aber ich sage Ihnen: Ich habe diesen BH erkannt, ganz sicher."

„Sie haben ihn erkannt? Sie meinen, Sie kennen seinen Namen und seinen Stammbaum?", fragte Nick sarkastisch.

Theresa ging nicht darauf ein, sondern wandte sich an die Menge. „Sehen Sie, ich putze auch bei Mrs Fuller am anderen Ende des Dorfes, und sie hat mir erzählt, dass einer ihrer BHs von der Wäscheleine verschwunden war. Ein schwarzer

Spitzen-BH, sagte sie. Von Marks & Spencer. Mit einer roten Schleife zwischen den Körbchen und abnehmbaren Trägern ... so wie dieser!"

„Um Himmels willen ...", stöhnte Nick und fasste sich an den Kopf. „Haben Sie schon mal daran gedacht, dass Marks & Spencer mehr als einen schwarzen Spitzen-BH verkauft haben könnte?"

„Es war der von Mrs Fuller", beharrte Theresa. „Ich habe ihn ihr gezeigt, und sie sagte, es sei ihrer. Sie hat ihren Namen auf das Etikett geschrieben", fügte sie mit einem triumphierenden Blick auf Nick hinzu. „Das ist eine Angewohnheit aus der Schulzeit, als sie ständig ihre Sachen hat liegen lassen und ihre Mutter ihr gesagt hat, dass sie überall ihren Namen hineinschreiben soll. Und so macht sie es heute noch. Da stand mit schwarzem Filzstift auf dem Etikett: ihre Initialen ‚LF' - für Louise Fuller."

„Und Louise Fuller kann auf keinen Fall eine Ihrer ‚Freundinnen' sein", fügte Mrs Busselton hinzu und musterte Nick eindringlich. „Sie ist eine anständige, respektable Hausfrau mit zwei kleinen Kindern und das dritte ist unterwegs. Sie würde sich nie mit Leuten wie Ihnen einlassen!"

Bevor Nick etwas erwidern konnte, wandte sich Mrs Busselton an den Polizisten: „Wir müssen da rein und das Haus durchsuchen, bevor er die Gelegenheit hat, die Beweise für seine Verbrechen zu beseitigen."

„Das geht nicht", protestierte der junge Mann. „Erstens braucht man einen

Durchsuchungsbeschluss, zweitens können Sie nicht einfach einen Unschuldigen beschuldigen und -"

„Er ist nicht unschuldig!", rief Mrs Busselton mit Donnerstimme und hob drohend die Faust. „Er ist ein Krimineller, ein sexuell Abartiger, und er darf seine Untaten nicht vertuschen -"

„Ach, verdammt!" Nick gab einen Laut der Verzweiflung von sich und riss die Eingangstür weit auf. „Hereinspaziert! Suchen Sie, wo immer Sie wollen! Aber beeilen Sie sich, damit ich weiterarbeiten kann!"

Mrs Busselton rauschte hoch erhobenen Hauptes an ihm vorbei ins Haus. Theresa folgte ihr auf dem Fuße, und nach einem verlegenen Blick auf Nick schloss sich auch der Wachtmeister an. Poppy eilte zu Nick, doch bevor sie etwas sagen konnte, ertönte aus dem Haus ein triumphierender Schrei.

„Oh nein, was ist jetzt los?", murmelte Nick und ging ins Haus.

Poppy eilte ihm nach und fand sich einige Minuten später in einem Schlafzimmer wieder. Mit seinen waldgrün gestrichenen Wänden und den dunklen Mahagonimöbeln war es ein sehr maskulin wirkender Raum, sodass die Spitzenunterwäsche auf dem Boden unter der Kante des Kingsize-Bettes umso befremdlicher aussah.

„Aha!", rief Mrs Busselton. Sie errötete vor Schadenfreude, als sie auf den Stapel zeigte. „Und was ist das?"

Nick starrte nur stumm und fassungslos auf die bunte Mischung aus BHs in den verschiedensten Stoffen und Farben. Da waren knappe rote Spitzen-BHs, seidige Balconette-BHs aus Satin, bestickte gepolsterte Körbchen und bequeme Baumwoll-Bralettes.

Der junge Constable räusperte sich und sagte zaghaft: „Sir, können Sie mir erklären, warum diese BHs unter Ihrem Bett liegen?"

Langsam schüttelte Nick den Kopf. „Ich habe keine Ahnung. Die habe ich noch nie in meinem Leben gesehen."

„Lügner!", rief Mrs Busselton. „Die haben Sie den Frauen im Dorf gestohlen! Leugnen ist zwecklos!"

Dann bückte sie sich mit einem empörten Aufschrei und zog etwas aus dem Stapel, das aussah wie ein Zeppelin aus dem Ersten Weltkrieg.

„Das … das ist meiner!", stotterte sie. Sie drückte das voluminöse Kleidungsstück an ihre Brust. „Wie können Sie es wagen! Sie abscheulicher Mann! Sie haben sich an meinem Full-Cup-BH vergriffen!"

Nick starrte sie an, als wüsste er nicht, ob er sie erdrosseln oder in schallendes Gelächter ausbrechen sollte.

Eilig ergriff Poppy das Wort: „Hören Sie, ist es nicht möglich, dass diese BHs irgendwie ohne Mr Forrests Wissen hierhergekommen sind?"

„Ja, genau", sagte der Wachtmeister eifrig. Er schien erleichtert, dass sich eine gütliche Lösung der Situation anbot. Zu Nick gewandt fragte er:

„Schließen Sie immer Ihre Tür ab, wenn Sie das Haus verlassen, Sir?"

„Ja, natürlich. Wofür halten Sie mich?", antwortete Nick ungeduldig.

„Mir ist aufgefallen, dass Sie eine Alarmanlage haben - stellen Sie sie immer an?"

„Nein, ich benutze sie eigentlich nicht", räumte Nick ein. „Ich habe eine Katze, und das verdammte Vieh geht nach Lust und Laune ein und aus. Oren hat eine Katzenklappe. Also kann ich die Alarmanlage nicht einstellen, sonst würde er die Bewegungsmelder auslösen."

„Hören Sie nicht auf das, was er sagt!", rief Mrs Busselton. „Er ist Schriftsteller! Er erfindet Geschichten. Schließlich wurden die BHs nicht draußen im Garten gefunden oder gar durch ein Fenster ins Haus geworfen. Nein, sie waren unter seinem Bett versteckt! Wer sonst sollte dafür verantwortlich sein, wenn nicht er?" Sie musterte Nick misstrauisch. „Wenn ich so darüber nachdenke ... es würde mich nicht überraschen, wenn er auch für den Mord an dem armen Mädchen verantwortlich wäre!"

„He, Moment mal", sagte Nick. Allmählich sah er ernsthaft verärgert aus.

„Jawohl!", rief Mrs Busselton. Ihr Geistesblitz erfüllte sie mit neuem Eifer. „Es ist allgemein bekannt, dass der Diebstahl von Damenunterwäsche ein Einstiegsdelikt ist - als erster Hinweis auf Sexualstraftaten." Sie fixierte den jungen Polizisten.

„Constable, wenn Sie diesen Mann nicht verhaften, lassen Sie einen Mörder entkommen!"

Dem Constable schien sehr unbehaglich zumute zu sein. Mit einem Seitenblick auf Nicks finstere Miene wog er ab, was schlimmer war: dass er möglicherweise einen Mordverdächtigen entwischen ließ, oder dass er einen berühmten Krimiautor verärgerte. Zu Nick gewandt sagte er schließlich: „Es tut mir leid, Sir, aber ich denke, es wäre das Beste, wenn Sie mit aufs Polizeirevier kommen - nur um einige Fragen zu beantworten", fügte er hastig hinzu.

Nick zuckte resigniert die Schultern. „Also gut. Zum Schreiben komme ich sowieso nicht mehr. Je schneller wir diesen Unsinn aufklären, desto eher kann ich wieder an meinem Manuskript arbeiten!"

Er drehte sich um und ging zur Haustür. Poppy folgte ihm schweigend, die anderen bildeten das Schlusslicht. Sobald sie aus der Haustür traten, ergoss sich eine Flut von Fragen über sie:

„Mr Forrest! Mr Forrest, stimmt es, dass Sie den Frauen im Dorf nachspioniert haben?"

„Nick! Sind Sie ein Voyeur?"

„Mr Forrest, wie stehen Sie zu der Anschuldigung, Sie seien pervers?"

„Kein Kommentar", knurrte Nick, als der Constable hinter ihm aus der Tür trat. Die BHs hielt er mit beiden Händen umklammert.

Sofort schwenkten die Kameraobjektive auf den unglücklichen jungen Polizisten, der einen Moment lang, offenbar überwältigt von dem Tumult, stehen blieb. Das Gedränge wurde immer schlimmer, alle wollten einen möglichst günstigen Blick auf das Bündel in seinen Händen erhaschen. Dazu ertönte lautes Rufen: „Mr Forrest, sind das Ihre Sex-Trophäen?"

Plötzlich durchschnitt ein schriller Schrei den Lärm. Die Schar der Paparazzi wich überrascht zurück, als ein riesiger rothaariger Kater von der Gasse durch das Tor schoss und die Stufen zur Haustür hinaufsprang, gefolgt von einem struppigen schwarzen Terrier, der wie wild bellte. Mit einem Satz war Oren bei einer der dorischen Säulen, die Nicks Haustür flankierten, und schaffte es irgendwie, auf der glatten Oberfläche bis zu einem Vorsprung im Giebel über der Tür zu klettern. Der Kater drehte sich um, ohne das Gleichgewicht zu verlieren, setzte sich hin und sah grinsend auf den Hund hinab. Einstein rannte empört jaulend und bellend um den Sockel der Säule herum und schien seinen Erzfeind auf das Übelste zu beschimpfen. Oren beäugte ihn einen Moment lang und begann dann in aller Ruhe, sich zu putzen.

Die Umstehenden hatten die Auseinandersetzung zwischen Hund und Katze amüsiert beobachtet und drehten sich nun alle wie auf Kommando um, als eine Stimme rief: „Einstein! Komm zurück, Junge!"

Eine Minute später trat Bertie von der Gasse durchs Tor. In der einen Hand hielt er eine Hundeleine, in der anderen eine Bratpfanne – warum auch immer. Er blieb überrascht stehen, als er die

Meute aus Dorfbewohnern, Reportern und Fotografen sah. Dann fiel sein Blick auf Nick und er eilte mit freudigem Lächeln die Eingangstreppe hinauf.

„Hallo, mein Junge! Ich habe einen fantastischen Durchbruch erzielt", sagte er und strahlte. „Weißt du noch, dass du überlegt hast, ob man ein Gerät bauen kann, das durch die Kleidung von Menschen hindurchsieht? Nun, ich habe an einem Prototyp herumgebastelt und ich glaube, ich habe ein brauchbares Exemplar fertiggestellt!"

Mrs Busselton stieß einen entsetzten Laut aus und presste beide Hände schützend an ihren üppigen Busen, während die Menge unverhohlene Begeisterung zeigte.

Nick stöhnte auf. „Das war eine theoretische Frage, Dad. Es ging um eine fiktive Situation in einem Buch - nicht um die Realität."

„Oh, aber Fiktion kommt der Realität oft zuvor. Man sagt nicht zu Unrecht, dass Science-Fiction-Romane die Zukunft perfekt vorhersagen. Was der Mensch sich vorstellen kann, das kann er auch verwirklichen - und du hast eine wunderbare Fantasie, mein Sohn", sagte Bertie stolz.

Mrs Busseltons Brust entrang sich etwas, das man nur als Triumphgeheul bezeichnen konnte, und in der Menge wurden wilde Spekulationen laut.

„Danke, Dad. Du bist wirklich eine große Hilfe", brachte Nick zwischen zusammengepressten Lippen hervor.

Der Constable trat einen Schritt vor. „Ähm ... ja ... äh ... nun ... ich denke, wir sollten so schnell wie möglich zur Polizeiwache aufbrechen." Er sah aus, als würde er überall lieber sein als hier. Er machte eine höfliche Geste in Richtung Nick. „Wenn Sie bitte mitkommen würden, Sir -"

„Ich würde lieber meinen eigenen Wagen nehmen", sagte Nick grimmig.

„Oh, wo willst du hin?", fragte Bertie fröhlich. „Können Einstein und ich mitkommen?"

Kapitel 11

Als Poppy schließlich nach Hollyhock Cottage zurückkehrte, war die offizielle Öffnungszeit der Gärtnerei schon lange vorbei, wie sie erleichtert feststellte. Außerdem waren sowieso keine Kunden mehr zu sehen, denn alle schienen sich den Paparazzi angeschlossen zu haben, die sich Nick und dem Polizisten an die Fersen hefteten.

Poppy räumte auf, warf einen prüfenden Blick auf ihre Jungpflanzen im Gewächshaus, ging dann ins Haus und ließ sich aufatmend aufs Sofa sinken. Es war schon recht spät, und eigentlich hätte sie das Abendessen zubereiten sollen, doch da ihr Nachmittagstee bei der ganzen Aufregung ausgefallen war, kochte sie sich jetzt eine Tasse Tee und aß dazu ein paar Schokoladenkekse. Als Nell eine Stunde später von einer ihrer Putzstellen nach Hause kam, lag sie immer noch auf dem Sofa.

„Meine Güte, Poppy - warum isst du Schokoladenkekse?", tadelte Nell. „Es ist Zeit fürs Abendessen!"

Poppy folgte ihrer Freundin in die Küche und sah zu, wie sich Nell emsig an die Essensvorbereitungen machte.

„Der Mord ist das Gesprächsthema, sogar in dem Büro in Oxford, in dem ich heute Nachmittag geputzt habe. Ich wette, in den Nachrichten bringen sie auch etwas darüber", sagte Nell, ging zu dem kleinen Fernseher auf der Küchentheke und schaltete ihn ein.

Die Mattscheibe erwachte flackernd zum Leben, und Poppy erstarrte, als sie sich selbst auf dem Bildschirm erkannte. Nick hatte sie am Arm gepackt und zerrte sie die Treppe zu seinem Haus hinauf. Der Kameramann hatte es irgendwie geschafft, sie beide so aussehen zu lassen, als führten sie etwas Verbotenes im Schilde. Er zoomte auf Nicks gutaussehendes, finsteres Gesicht, als er sie durch die Eingangstür schob und dann nach ihr im Haus verschwand.

Eine Stimme berichtete: „... während der Bestsellerautor Nick Forrest zur Befragung in Polizeigewahrsam bleibt, ist beunruhigendes Filmmaterial aufgetaucht, das den Krimiautor mit einer unbekannten jungen Frau zeigt. Diese Aufnahmen entstanden gestern vor seinem Haus.

Man sieht, wie Forrest die junge Frau packt und sie in sein Haus zwingt. Man befürchtete, er habe sie als Geisel genommen, aber später hieß es, sie sei seine Nachbarin."

Auf dem Bildschirm erschien eine Frau, die auf der Straße interviewt wird.

„Nun, wer sagt, dass das stimmt? Sie könnte seine Geliebte sein oder eine Komplizin, die ihm bei seinen Verbrechen geholfen hat ... oder ein Missbrauchsopfer, das gezwungen wurde zu lügen ..."

„Das ist lächerlich!", platzte Poppy wütend heraus. „Woher nehmen die Leute nur ihre verrückten Ideen?"

„In den Aufnahmen sieht es tatsächlich so aus, als würde Nick dich herumschubsen", sagte Nell.

„Er wollte, dass ich schnell ins Haus gehe, weil uns all diese Paparazzi auf den Fersen waren. Du weißt doch, wie ungeduldig Nick sein kann!"

„Er sollte sich angewöhnen, sein Temperament zu zügeln, sonst taucht er öfter in den Fernsehnachrichten auf, als ihm lieb ist. Das ist keine gute Werbung für ihn", bemerkte Nell spitz.

Vor der Hintertür des Cottage ertönte ein lautes Miauen, gefolgt von mehreren klagenden Rufen: „Mau? Miaaauuu?"

„Oh, das ist Oren", rief Poppy. „Er hat noch nicht zu Abend gegessen. Ich gehe schnell nach nebenan und füttere ihn; wer weiß, wie lange Nick auf der Polizeiwache festgehalten wird. Wenn es spät werden sollte, wird Oren einen Bärenhunger haben."

„Was er uns unmissverständlich mitteilen wird", sagte Nell schmunzelnd.

Poppy holte den Ersatzschlüssel zu Nicks Haus, den der Krimiautor ihr der Einfachheit halber überlassen hatte, da sie Oren immer fütterte, wenn er auf Lesereise ging oder andere Termine wahrnahm. Mit Oren auf dem Arm ging sie ins Nachbarhaus, füllte die vorgeschriebene Menge Diätkekse in seine Schüssel, ohne auf seine Protestschreie zu achten, und sah ihm zu, wie er schmollend begann, seine Portion zu verspeisen.

Hatte Nick nicht erwähnt, dass Oren bald einen Check-up-Termin beim Tierarzt hatte? Ich hoffe wirklich, dass das Diätfutter abgesetzt wird, dachte sie, während sie einen kurzen Rundgang durchs Haus machte, in einigen Räumen die Lichter einschaltete, bevor sie abschloss und zu ihrem Cottage ging.

Am nächsten Morgen stand der Kater zu ihrer Überraschung wieder vor der Küchentür und verlangte lautstark nach Futter. Poppy schaute stirnrunzelnd zu Nicks Haus hinüber. War er gestern Abend nicht zurückgekommen? Mit Oren an ihrer Seite ging sie erneut zu dem großen georgianischen Haus und fand es still und leer vor. In der Küche stand noch das ungespülte Geschirr, im Arbeitszimmer waren die halb leeren Kaffeebecher nicht angerührt worden. Voller Sorge wurde ihr klar, dass Nick wahrscheinlich nach wie vor auf dem

Polizeirevier festgehalten wurde.

Hätte man ihn nicht längst nach Hause entlassen müssen? Nachdem sie den Kater gefüttert hatte, ging sie langsam zum Cottage zurück, holte ihr Telefon heraus und rief Suzanne Whittaker an. Als leitende Ermittlerin in diesem Fall – und als Nicks Ex-Freundin - wusste Suzanne sicher, was los war.

„Oh hi, Poppy", meldete Suzanne sich. Sie klang ein wenig gehetzt. „Tut mir leid, ich kann nicht lange reden, ich habe gleich eine Besprechung."

„Tut mir leid, dass ich dich störe. Ich wollte mich nur nach Nick erkundigen. Ich hatte angenommen, er sei gestern Abend zurückgekommen, aber heute Morgen war ich in seinem Haus, um Oren zu füttern, und wie es scheint, ist er immer noch auf der Wache."

Suzanne seufzte. „Ja, ich fürchte, er ist weiterhin in Gewahrsam."

„Aber warum? Wegen der lächerlichen Anschuldigungen von Mrs Busselton?"

„Nein, das ist es nicht allein. Es hat sich herausgestellt, dass einer der BHs aus der Sammlung, die unter Nicks Bett gefunden wurde, Yvonne gehörte. Er gehörte sogar zu einem Set, und sie trug den dazu passenden Slip, als sie gefunden wurde. Aber keinen BH."

„Oh."

„Ich muss dir sicher nicht sagen, was das bedeutet", fügte Suzanne finster hinzu. „Es stellt sich die Frage, ob Yvonne an jenem Abend absichtlich ohne BH ausgegangen ist oder ob sie den passenden BH anhatte und der Mörder ihn ihr ausgezogen hat ..."

„Die Polizei hält es für möglich, dass Nick sie angegriffen und ihren BH mitgenommen hat?", fragte Poppy entsetzt.

„Es ist eine berechtigte Überlegung", sagte Suzanne. „Er hat ein Kleidungsstück, das zu dem passt, was das Mordopfer anhatte, und er kann nicht schlüssig erklären, warum es in seinem Besitz war. Nicht nur in seinem Besitz, sondern unter seinem Bett versteckt. Dann ist da noch sein Alibi - oder vielmehr die Tatsache, dass er kein Alibi hat. Nick behauptet, dass er die ganze Nacht zu Hause war und an seinem Buch gearbeitet hat, aber es gibt niemanden, der das bestätigen kann."

„Ich habe Nick gesehen", sagte Poppy schnell. „Ich meine, früher an dem Abend, bevor Yvonne starb. Ich kam von der Arztpraxis. Nick kehrte gerade nach Hause zurück und da warteten die Paparazzi vor seinem Tor -"

„Ah ja, das habe ich im Fernsehen gesehen." Ein Anflug von Heiterkeit schwang in Suzannes Stimme mit. „Die Berichterstattung hat eine Menge interessanter Spekulationen ausgelöst."

„Das ist alles Unsinn!", sagte Poppy scharf. „Die absurde Behauptung, dass Nick mich als Geisel hält, oder ... dass wir ein Liebespaar sind - das ist nicht wahr! Du weißt doch, wie die Klatschtanten im Dorf sind ... nur weil Nick Single ist und zufällig nebenan

wohnt. Zwischen uns ist nichts! Überhaupt nichts!"
Sie hielt inne, als sie plötzlich die verwunderte Stille
am anderen Ende der Leitung wahrnahm, die ihr
vehementes Dementi auslöste. Poppy räusperte sich
und fuhr eilig fort: „Du glaubst doch nicht etwa, dass
Nick schuldig ist?"

„Nein, natürlich nicht ..."

„Kannst du dich dann nicht für ihn verbürgen?
Schließlich respektiert man dich auf dem Revier und
du kennst Nick persönlich."

„Das ist Teil des Problems", sagte Suzanne müde.
„Ich gehe davon aus, dass man mir den Fall bald
entzieht."

„Was? Warum?"

„Interessenkonflikt", erklärte Suzanne. „Wir
waren Kollegen, als er noch bei der Kripo war, und
außerdem bin ich seine Ex-Freundin, also kann ich
nicht als unparteiische Ermittlerin gelten. Und das
bedeutet, dass ich nicht an einem Fall arbeiten
sollte, in dem er als Täter infrage kommt."

„Aber ... aber das ist doch lächerlich!", protestierte
Poppy.

„Keine Sorge, bis ich offiziell von den
Ermittlungen abgezogen werde, mache ich ganz
normal weiter, doch ich muss vorsichtig sein, Poppy.
Wenn ich an dem Fall dranbleiben will, muss ich
jeden Verdacht vermeiden, dass ich Nick eine
Vorzugsbehandlung zuteilwerden lasse. Also kann
ich mich nicht persönlich für ihn einsetzen."

Poppy wusste, dass sie sich damit zufriedengeben

musste. Sie seufzte und wollte sich schon verabschieden, als ihr plötzlich etwas einfiel: „Oh, warte - Suzanne! Weißt du, ob die Spurensicherung in der Praxis ein goldenes Medaillon gefunden hat?"

„Ein Medaillon?"

„Ja, an einer Goldkette. Das ist der Grund, warum ich gestern Morgen so früh bei Dr. Seymour war. Ich glaube, ich habe es vorgestern im Wartezimmer verloren und wollte es suchen. Es gehörte meiner Mutter und bedeutet mir sehr viel. Ich habe es gestern in der Aufregung ganz vergessen, nachdem ich Yvonnes Leiche gefunden habe, also habe ich nicht danach gesucht. Und jetzt ist der Tatort abgesperrt."

„Nein, ich glaube nicht, dass in den Berichten ein goldenes Medaillon erwähnt wurde. Aber ich werde noch einmal nachsehen, sobald ich Zeit habe, und auch mit dem Leiter des SOCO-Teams sprechen", versprach Suzanne.

Nachdem sie das Gespräch beendet hatten, machte sich Poppy mit einem flauen Gefühl in der Magengegend an die Arbeit in der Gärtnerei. Der Kundenstrom riss nicht ab, die Nachricht vom Mord und dem prominenten Mordverdächtigen lockte viele auswärtige Besucher nach Bunnington. Sie kamen aus den Nachbarstädten oder sogar von weiter her, um ihre Neugierde zu befriedigen, was Poppy geschmacklos fand. Wie am Vortag musste sie jedoch feststellen, dass die meisten Leute zwar auf Klatsch und Tratsch aus waren, aber nicht bereit waren,

Pflanzen zu kaufen. Dass ihr Warenangebot nicht besonders ansprechend aussah, war nicht gerade hilfreich, wie Poppy sich eingestehen musste, als sie einen Blick auf die ausgestellten Töpfe warf. Die meisten größeren und kräftigeren Pflanzen hatte sie verkauft, sodass nur noch die dürftigsten Exemplare übrig waren.

Wenn ich doch nur wüsste, wie ich sie schneller wachsen lassen kann!, dachte sie wehmütig. Dann erinnerte sich Poppy an Berties Geschenk, und ihre Hand glitt unwillkürlich in ihre Tasche, wo sie das kleine Glasfläschchen fand. Sie befingerte es einen Moment, dann zog sie ihre Hand hastig zurück. Nein, auf keinen Fall, ermahnte sie sich.

Schließlich neigte sich der Tag dem Ende zu, und Poppy drehte mit einem Seufzer der Erleichterung das Schild am Tor auf „GESCHLOSSEN". Langsam ging sie zum Haus zurück. Bevor Nell mit ein paar neuen Freundinnen zum Bingo gegangen war, hatte sie Poppy einen Auflauf vorbereitet und in den Kühlschrank gestellt, doch die hatte keine Lust, allein im Cottage zu sitzen und ihren trüben Gedanken nachzuhängen.

Ich gehe zum Abendessen ins Lucky Ladybird, beschloss sie plötzlich. Vielleicht nehme ich Roastbeef oder Fisch und Chips, und zum Nachtisch den berühmten Apple Crumble. Mmmmh ...

Bei dem Gedanken lief ihr das Wasser im Mund zusammen. Sie wusch sich hastig Gesicht und Hände, zog die schmutzige Arbeitskleidung aus und schlüpfte in einen weiten Pullover und dunkle Leggings, die sie von ihrer Mutter geerbt hatte und denen ein gewisses künstlerisch angehauchtes Flair anhaftete. Sie löste die Spange, die ihren Pferdeschwanz zusammenhielt, und bürstete ihre Haare kräftig aus. Zum Schluss tupfte Poppy sich noch etwas Gloss auf die Lippen, schnappte sich ihren Mantel und verließ beschwingt das Haus.

Es war empfindlich kalt geworden, der frostige Hauch in der Luft überraschte sie. Aber für einen Spaziergang zum Pub ist es perfekt, sagte sich Poppy lächelnd, als sie die Gasse hinauf Richtung Dorfmitte ging.

Kapitel 12

Der Dorfanger - eine große, dreieckige Wiese mitten in Bunnington – stellte das inoffizielle gesellschaftliche Zentrum des Dorfes dar. Hier versammelten sich die Einheimischen sonntags nach der Kirche, um den neuesten Klatsch auszutauschen, hier fand das jährliche Dorffest statt, und hier hielten die Reisebusse und die Touristen mit ihren Autos, um die Schautafel mit der Straßenkarte und den verschiedenen Attraktionen des Dorfes zu studieren: von der malerischen Hauptstraße mit ihren Antiquitätenläden und Boutiquen bis hin zum Dorfpub mit Blick auf die Wiese.

Bevor Poppy den geräumigen Pub betrat, betrachtete sie bewundernd das honigfarbene

Mauerwerk und das sanfte Licht, das durch die Fensterscheiben nach draußen drang und in der einbrechenden Dunkelheit sehr gemütlich aussah. Im Inneren schufen die massiven Deckenbalken, die dunklen Holztische und Bänke und der riesige Kamin eine behagliche Stimmung. Poppy blieb kurz in der Tür stehen und sog den wunderbaren Duft von hausgemachten Köstlichkeiten ein. Lautes Stimmengewirr, Gelächter und das fröhliche Klirren von Gläsern ließen ihre Laune im Nu steigen. Eifrig bahnte sie sich einen Weg durch die Reihen der biertrinkenden und plaudernden Gäste bis zur Bar.

Martin, der große, kräftige Mann hinter dem Tresen, lächelte, als er sie sah. „Hallo, hallo - ich habe Sie schon lange nicht mehr hier gesehen", begrüßte er sie. „Wie ich höre, sind Sie die Heldin der Stunde."

Poppy errötete leicht. „Oh nein, nicht wirklich. Ich bin nur zufällig diejenige, die die Leiche der armen Frau gefunden hat."

„In einem Ort wie Bunnington reicht das, um berühmt zu werden", grinste Martin. „Ich nehme an, alle alten Klatschbasen aus der Gegend waren bei Ihnen in der Gärtnerei und haben Sie ausgequetscht, was? Je blutrünstiger, desto besser."

„Hören Sie bloß auf! Nicht, dass es mich stört. Ich meine, es ist toll, dass überhaupt Leute kommen." Als sie merkte, dass sie ihrer Maxime zuwiderhandelte, immer ein positives Bild zu präsentieren, fügte sie hastig hinzu: „Aber das

Geschäft läuft gut."

Martin ließ sich nicht so leicht hinters Licht führen, aber er sagte nur: „Ich finde es gut, dass Sie sich entschieden haben, zu bleiben und die Gärtnerei wieder auf Vordermann zu bringen. Alle dachten, Sie würden einfach Ihr Erbe versilbern und sich vom Acker machen. Es kann nicht einfach gewesen sein, in die Fußstapfen Ihrer Großmutter zu treten, vor allem, wenn man nicht viel Ahnung von Pflanzen hat, nicht wahr?"

Poppy zögerte, doch die aufrichtige Freundlichkeit in seinen Augen überzeugte sie, und sie beschloss, die Wahrheit zu sagen. „Ja, es war hoffnungslos", gestand sie lachend. „Ich konnte nicht einmal eine Plastikpflanze aus dem Möbelhaus am Leben erhalten. Aber seit ich in Bunnington bin, habe ich viel gelernt und werde immer besser."

„Versuch und Irrtum, meine Liebe, darauf kommt es an - genau wie beim Kochen", sagte Martins Frau, eine gemütliche Person mit einer direkten Art, der ihr warmes Lächeln die Schärfe nahm. Sie war aus der Küche gekommen und setzte sich zu den beiden an den Tresen. „Erfahrung ist der beste Lehrmeister. Aber bald haben Sie alles im Griff – Sie werden sehen. Ich finde es wunderbar, was Sie bereits erreicht haben."

„Oh, danke." Poppy errötete vor Freude. „Danke, das ist wirklich nett, dass Sie das sagen."

„Oh, das ist keine Schmeichelei, sondern die Wahrheit", erwiderte sie lebhaft. „Viele hätten es nicht einmal versucht. Nicht nur die gärtnerische Seite, sondern ein Unternehmen wiederzubeleben, das zu scheitern droht. In dem halben Jahr, als Ihre Großmutter so krank war, ging es mit dem Betrieb bergab."

„Ja, das hat mir mehr Angst gemacht als die gärtnerischen Herausforderungen", räumte Poppy ein. „Zu lernen, wie man Pflanzen anbaut, ist eine Sache, aber zu lernen, wie man ein Geschäft führt, das ist etwas ganz anderes! Lagerverwaltung, Cashflow und Kostenkontrolle – damit tue ich mich schwer."

„Ah, Sie brauchen einen guten Steuerberater", befand Martin.

Poppy schaute ihn hoffnungsvoll an. „Danach wollte ich Sie eigentlich fragen. Ich nehme nicht an, dass Sie mir jemanden empfehlen können?"

„Ich könnte Ihnen den Namen meines Steuerberaters geben", sagte Martin. „Er ist nicht gerade eine Stimmungskanone, aber er macht seine Sache gut. Er spart uns jedes Jahr ein hübsches Sümmchen an Steuern und hat uns sogar eine Geldanlage empfohlen. Wir hatten allerdings gerade nicht das nötige Kleingeld, um sie wahrzunehmen. Schade, denn es hörte sich wirklich gut an: die Chance, einen Anteil an einem Ferienhaus im Ausland zu kaufen und jedes Jahr einen Platz an der Sonne zu bekommen ... wäre das nicht fantastisch? Er wohnt im Dorf, hat sein Büro aber in Oxford. Albrecht & Son, in der Nähe von St. Giles. Die

Gebühren sind auch nicht zu hoch."

„Er klingt perfekt." Poppy machte sich schnell eine Notiz auf ihrem Handy. „Ich werde mich an ihn wenden."

„So, nachdem wir das Geschäftliche erledigt haben, können wir uns den wichtigen Dingen zuwenden", sagte Martin mit funkelnden Augen. „Was darf es sein, meine Liebe? Ein Pint Apfelwein? Wodka und Cola?"

„Eigentlich hatte ich auf ein Abendessen gehofft." Poppy lächelte die Frau des Wirts an. „Nach dem Tag, den ich hinter mir habe, wollte ich mir etwas Gutes gönnen und würde mich gerne von Ihrer köstlichen Küche verwöhnen lassen."

Die Frau des Wirts strahlte. „Oh, danke, Miss. Heute Abend werden Sie richtig verwöhnt. Es gibt knusprig panierten Schellfisch mit Pommes frites, Erbsen mit Minze und Sauce Tartare ... oder einen guten Steak-and-Ale-Pudding mit Buttergemüse und Blumenkohlpüree ... oder das heutige Special: Schweinekoteletts mit Blutwurst und Biersoße."

„Das klingt alles köstlich. Ich kann mich gar nicht entscheiden", sagte Poppy lachend. „Ich denke, ich nehme das Special und zum Nachtisch Ihren Apple Crumble."

„Und wo wollen Sie sitzen?", fragte Martin, nachdem sie ihre Bestellung bezahlt hatte.

„Hmm ... ich weiß nicht. Es ist ziemlich voll, nicht wahr?" Poppy sah sich suchend um. Sie konnte keinen einzigen freien Tisch entdecken.

„Dort drüben ... wenn der Herr nichts dagegen hat, dass Sie sich zu ihm setzen", sagte der Wirt und wies auf die andere Seite des Raumes.

Poppy blickte in die Richtung, in die er zeigte, und dachte zunächst, in der Ecke stünde ein freier Tisch. Dann weiteten sich ihre Augen, als sie den Mann sah, der über ein Glas gebeugt am hinteren Ende der Nische saß.

„Oh, das ist Dr. Seymour", platzte sie heraus.

„Ja, er ist schon seit heute Nachmittag hier." Martin runzelte die Stirn. „Seltsam, dass er noch nicht nach Hause gegangen ist."

„Wenn man weiß, wer zu Hause auf ihn wartet, wundert es mich nicht, dass er hier trödelt", sagte seine Frau. „Diese miesepetrige Person würde jeden Mann davon abhalten, nach Hause zu gehen."

Die Schärfe in ihrem Ton überraschte Poppy. „Sie meinen Emma?"

Martin schnalzte missbilligend mit der Zunge. „Aber, aber, Abby, du weißt doch, du sollst nicht tratschen."

„Das ist kein Klatsch, das ist eine Tatsache", gab seine Frau säuerlich zurück. „Diese Frau kommandiert ihn herum wie einen Hund. Natürlich hat sie ihn praktisch gekauft, also hat sie vielleicht das Gefühl, sie hätte das Recht dazu."

„Abby!" Martin sah leicht schockiert aus.

„Du weißt, dass es stimmt", sagte sie und warf ihm einen vielsagenden Blick zu.

„Was meinen Sie damit - sie hat ihn gekauft?",

fragte Poppy, die ihre Neugierde nicht zügeln konnte.

Abby sah sie mit leuchtenden Augen an, in Erwartung eines interessierten Publikums. „Emma Seymour kommt von ,altem Geld'. Ihre Familie ist sehr vornehm - nicht gerade Lord oder Lady, aber ziemlich nahe dran, wenn Sie verstehen, was ich meine. Sie besitzen ein großes Anwesen in den Cotswolds, und Emma hat von Kindheit an immer das Beste vom Besten bekommen. Sie ist es gewohnt, zu kriegen, was sie will, und als sie unseren Ralph erblickte, war's das. Der arme Kerl hatte nie eine Chance."

„Aber sie ist gut zu ihm", protestierte Martin. „Sie hat ihm das Geld für den Umbau und die Einrichtung der Arztpraxis hier im Dorf zur Verfügung gestellt."

„Das hat sie nicht aus Großherzigkeit getan", spottete seine Frau. „Es war nur eine weitere Möglichkeit für sie, die Kontrolle zu behalten. Dass er mit anderen Kollegen in einer Gemeinschaftspraxis arbeitet, wo er vielleicht den ganzen Tag außer Haus ist und sich mit hübschen Krankenschwestern und Ärztinnen und anderen Frauen herumtreibt ... oh nein, das wollte Emma nicht! Nein, sie wollte den lieben Ralph in ihrer Nähe haben, damit sie ihn im Auge behalten konnte." Abby hielt inne und fügte dann schmunzelnd hinzu: „Nicht, dass es ihr etwas genützt hätte. Der gute Doktor hatte eine Affäre direkt vor ihrer Nase!"

Martin stöhnte. „Fang nicht schon wieder damit

an! Du kannst doch nicht jeden armen Kerl mit einer hübschen Sekretärin beschuldigen, eine Affäre mit ihr zu haben."

„Kein Rauch ohne Feuer", beharrte seine Frau. „Und wenn du gesehen hättest, wie Yvonne sich ihm gegenüber verhalten hat – und wie Emma sie angeschaut hat! Du hättest die Luft mit einem Buttermesser schneiden können, wenn die beiden Frauen aufeinandergetroffen sind."

Poppy musste ihr recht geben, als sie an die unangenehme kleine Szene dachte, die sie zwischen Yvonne und Emma Seymour in der Praxis beobachtet hatte. Bei ihrer hitzigen Auseinandersetzung war es nicht nur um das richtige Outfit für die Arbeit gegangen.

„Wenn Sie mich fragen", fuhr Abby in vertraulichem Ton fort, „sollte die Polizei die Frau des Arztes im Auge behalten. Es würde mich nicht wundern, wenn sie etwas mit dem Mord zu tun hätte."

„Sie meinen, Emma könnte Yvonne getötet haben?", fragte Poppy.

„Es ist allgemein bekannt, dass sie eine schlechte Verliererin ist – Sie brauchen sich nur im Dorf umzuhören. Bei unserem jährlichen Dorffest im letzten Jahr fand ein Wettbewerb für Victoria-Sponge-Cake statt und Emma wurden die größten Chancen eingeräumt. Doch dann hat Kate Doherty in letzter Minute einen selbst gebackenen Kuchen präsentiert. Kate arbeitet in der Apotheke", erklärte sie Poppy. „Sie können sich das Gezeter nicht vorstellen, als die Gewinnerin bekannt gegeben wurde! Emma tobte und schrie und behauptete, die Jury habe sie absichtlich verlieren lassen. Sie konnte einfach nicht akzeptieren, dass eine andere besser war als sie. Nach dem Wettbewerb hat sich die arme Kate im Teezelt schwer verbrüht, als das kochende Wasser aus einem Kessel über sie geschwappt ist."

„Das könnte ein Unfall gewesen sein", sagte Martin.

„Nein, kann es nicht", erwiderte seine Frau. „Ich war dabei, Martin. Der Kessel stand sicher auf einem Ständer, weit weg vom Rand der Bank, auf der Kate saß. Daran hätte Kate sich nicht versehentlich verbrühen können, jemand muss ihn absichtlich umgestoßen haben." Sie warf Poppy einen vielsagenden Blick zu. „Mehrere Leute behaupten überzeugend, Emma Seymour kurz vor dem Unfall in der Nähe der Bank gesehen zu haben. Niemand wollte es offen aussprechen, aber wir wussten alle, dass sie es getan hatte, um sich an Kate für den Sieg beim Kuchenwettbewerb zu rächen."

„Nun, selbst wenn das stimmt – von einem bösartigen Anschlag hin zum Mord ist es ein großer Schritt", wandte Martin ein.

„Der einzige Unterschied ist, wie schwer jemand verletzt wird", erwiderte seine Frau scharf. „Kate hatte Glück, dass sie nicht im Krankenhaus gelandet ist, aber das hätte leicht passieren können! Das zeigt, dass Emma jedes Mittel recht ist, um sich zu rächen." Sie wandte sich wieder an Poppy. „Wenn sie also dachte, dass Yvonne sich an ihren Mann heranmachte und die Chance bestand, dass sie ihn für sich gewinnen könnte … nun, ich würde ihr durchaus zutrauen, etwas Drastisches zu tun."

Poppy starrte die andere Frau an, ihr schwirrte der Kopf. Würde Emma Seymour etwas so Drastisches tun wie einen Mord zu begehen?

Kapitel 13

„Genug getratscht, Abby", sagte Martin und schob seine Frau zur Küchentür. „Ich bin sicher, dass Poppy nicht hierhergekommen ist, um sich von dir ein Ohr abquatschen lassen."

„Oh nein, das stört mich gar nicht", warf Poppy schnell ein, aber die Frau des Gastwirts winkte ihr fröhlich zu und zog sich in die Küche zurück.

„Bitte, meine Liebe, hier ist Ihre Bestellnummer. Ich bringe Ihnen gleich das Essen", sagte Martin, reichte ihr einen metallenen Halter mit einem nummerierten Zettel und wies in Richtung auf die Nische.

„Oh, aber ... ich möchte Dr. Seymour nicht stören", sagte Poppy.

Martin schüttelte den Kopf. „Ich bin sicher, er hat

nichts dagegen, dass Sie sich zu ihm setzen. Jedenfalls hat er den Tisch lange genug in Beschlag genommen."

Bevor Poppy weitere Einwände erheben konnte, wurde sie quer durch den Pub an den Tisch gescheucht, an dem der Dorfarzt saß. Ralph Seymour blickte überrascht auf, widersprach aber nicht, als sie am anderen Ende der Nische Platz nahm. Nachdem Martin gegangen war und sie allein gelassen hatte, sah Poppy den Arzt zögernd an. Er sah ganz anders aus als bei ihrer letzten Begegnung. Er war unrasiert, der Kragenknopf seines Hemdes war offen und das Haar war zerzaust. Mit hängenden Schultern saß er am Tisch, und sein ganzes Wesen schien Niedergeschlagenheit zu verströmen.

Poppy hatte das Gefühl, etwas sagen zu müssen, wusste jedoch nicht, was. Da sie dabei gewesen war, als er Yvonnes Leiche sah, und auch bei der polizeilichen Befragung anwesend gewesen war, konnte sie ihm nicht einfach mit den üblichen Phrasen kommen, wie „Herzliches Beileid", die er im Dorf wahrscheinlich immer wieder hörte. Andererseits konnte sie nicht schweigen und so tun, als sei nichts passiert.

Schließlich schenkte sie ihm ein schwaches Lächeln und sagte: „Ich hoffe, Sie hatten nicht zu viele Probleme mit Ihrer Sprechstunde. Ich meine, den Patienten absagen und so."

Dr. Seymour zuckte mit den Schultern. „Ich habe für den Rest der Woche geschlossen. Die ganze

Praxis ist abgesperrt. Ich kann wohl von Glück reden, dass sie mich nicht aus dem Haus geworfen haben - nicht, dass Emma das jemals erlauben würde", sagte er mit einem humorlosen Lachen.

Sie verfielen erneut in ein verlegenes Schweigen, das erst durch die Frage des Arztes unterbrochen wurde: „Sie trinken nichts?"

„Oh, ich warte auf mein Abendessen", erklärte Poppy.

„Das Essen hier ist sehr gut", bemerkte Dr. Seymour höflich.

„Ja, das stimmt", sagte Poppy. Es kam ihr lächerlich vor, dass sie diese alberne Unterhaltung führte. „Ich freue mich schon sehr darauf - ich habe einen Bärenhunger! Es war ein langer Tag in der Gärtnerei. Früher hätte ich mir nicht vorstellen können, dass die Arbeit im Garten so anstrengend ist. Vorher hatte ich immer in Büros gearbeitet -"

„Ah ja, Bürojobs, bei denen man ständig sitzt, sind das Grundübel unserer modernen Gesellschaft." Dr. Seymour klang jetzt schon eher wie ein typischer Hausarzt. „Das sage ich allen meinen Patienten. Langes Sitzen am Schreibtisch verursacht mehr Gesundheitsprobleme, als man denkt. Ich ermutige die Menschen immer wieder, häufiger Pausen zu machen und Wege zu finden, mehr körperliche Aktivität in ihren Tag einzubauen. Yvonne hat sich wunderbar mit den Patienten verstanden und sich zahlreiche Aktivitäten einfallen lassen, die sie ihnen vorgeschlagen hat. Sie suchte ihnen Fitnessstudios in der Nähe und empfahl ihnen Hobbys, die sie ausprobieren, oder Vereine, denen sie beitreten konnten. Ich weiß nicht, was ich ohne sie tun soll ..." Er seufzte. "Und der OAC-Club ... Ich habe mich auf ihre Hilfe verlassen. Besonders jetzt, wo wir dieses Forschungsstipendium bekommen haben, wissen Sie?"

"Äh ... nein, eigentlich nicht." Poppy hatte Mühe, ihm zu folgen. "Tut mir leid, ich weiß nicht, von welchem Forschungsstipendium Sie sprechen, Dr. Seymour."

"Ich bitte um Verzeihung - ich dachte, ich hätte Ihnen neulich in der Praxis davon erzählt. Sehen Sie, im Laufe der Geschichte wurde *Primula auriculas* in vielen Volksheilmitteln verwendet, und unter Kräuterkundlern ist die Aurikel für ihre medizinische Wirkung bekannt. Die Blätter werden gegen Husten und Kopfschmerzen eingesetzt, und man glaubt auch, dass sie adstringierende, krampflösende und schmerzlindernde Eigenschaften haben", erklärte Dr. Seymour. Sein Gesicht nahm etwas Farbe an und seine Stimme wurde lebhafter. "Als Arzt mit Interesse an pflanzlichen Heilmitteln und einer Leidenschaft für diese Pflanzen wollte ich ihr Potenzial schon lange genauer untersuchen. Letztes Jahr habe ich mich also mit einigen meiner alten Kontakte an der Universität Oxford in Verbindung gesetzt und konnte ein Forschungsstipendium beantragen ... und ich war hocherfreut, als dem Oxfordshire Auricula Club mehrere hunderttausend Pfund zur Erforschung der medizinischen Bedeutung der Pflanzen bewilligt wurden!"

„Oh, herzlichen Glückwunsch", sagte Poppy.

„Ich danke Ihnen. Mit den Fördergeldern geht natürlich eine große Verantwortung einher, wir müssen vor allem darauf achten, dass alle unsere Konten korrekt geführt werden. Yvonne hatte versprochen, uns dabei zu helfen, aber jetzt ist sie nicht mehr da - oh Gott!" Er verbarg plötzlich den Kopf in den Händen. „Was soll ich nur ohne sie tun? Der Gedanke, in diese Praxis zu gehen und sie nicht an ihrem Tisch sitzen zu sehen, wo sie auf mich wartet ..."

Poppy betrachtete ihn voller Unbehagen. Sie musste wieder einmal an die Gerüchte denken, die im Dorf im Umlauf waren, und an das, was Abby, die Frau des Gastwirts, über eine mögliche Affäre gesagt hatte. Zum Glück wurde ihr in diesem Moment das Essen serviert, sodass sie sich erleichtert auf ihre ersehnte Abendmahlzeit stürzte und froh war, etwas zu tun zu haben.

Sie hatte gerade den letzten Bissen des köstlichen Apple Crumble verspeist, als Dr. Seymour fragte: „Wissen Sie, ob die Polizei irgendwelchen neuen Spuren nachgeht?"

Poppy schüttelte den Kopf. „Es ist noch zu früh. Die Ermittlungen sind noch ganz am Anfang. Ich bin mir nicht einmal sicher, ob die Ergebnisse der Obduktion schon vorliegen."

Dr. Seymour stieß einen frustrierten Seufzer aus.

„Dieser Sergeant von der Kripo war heute Morgen noch einmal bei mir. Man stellt mir immer wieder die gleichen Fragen. Ich habe der Polizei gesagt, dass der Zettel nicht von mir stammt und dass ich Yvonne nie gebeten habe, an jenem Abend in die Praxis zu kommen, aber man glaubt mir einfach nicht! Und wenn ich sage, dass ich weiß, was wirklich passiert ist, hört mir niemand zu. Was lächerlich ist, weil es so offensichtlich ist!"

„Wirklich?", sagte Poppy überrascht.

„Aber natürlich! Dieser Perverse, von dem alle reden, der Spanner, der die Frauen im Dorf erschreckt, das ist der wahre Schuldige! Yvonne muss ihm in die Quere gekommen sein."

Poppy runzelte die Stirn. „Aber die Tür zur Praxis war nicht aufgebrochen, also hat entweder Yvonne ihrem Mörder geöffnet, oder er ging mit ihr hinein. Es liegt nahe, dass sie ihn kannte. Wollen Sie damit andeuten, dass der ... äh ... ‚Perverse' jemand aus ihrem Bekanntenkreis ist?"

Dr. Seymour nickte eifrig. „Ja, es könnte ihr Freund sein. Ich meine, viele Leute haben geheime sexuelle Neigungen. Vielleicht hat Yvonne herausgefunden, dass ihr Freund der Schuldige ist, und sie hat ihn zur Rede gestellt. Dann hat er sie getötet, damit sie ihn nicht verrät."

Wie aufs Stichwort sprang die Tür des Pubs auf und ein junger Mann stürmte herein. Die Streitlust stand ihm ins Gesicht geschrieben und seine Augen verengten sich, als er Ralph Seymour entdeckte. Er bahnte sich einen Weg durch den Raum und baute sich schließlich vor der Nische auf, in der der Arzt und Poppy saßen.

„Was hast du ihnen erzählt, du verdammter Wichser?"

„Wie bitte?", stieß Dr. Seymour hervor.

„Komm mir nicht mit ‚Wie bitte?'", knurrte der junge Mann. „Mit deinen feinen Manieren kannst du bei mir nichts reißen, auch wenn du bei Yvonne damit Eindruck geschunden hast." Er beugte sich vor und zeigte wütend mit dem Finger auf den Arzt. „Du hast sie umgebracht, nicht wahr? Und jetzt versuchst du, mir die Schuld in die Schuhe zu schieben! Ja, so ist es! Du hast die Polizei auf mich gehetzt! Du hast ihnen gesagt, ich hätte sie getötet. Deshalb haben sie mich den ganzen Abend verhört."

„Ich habe der Polizei nie etwas über Sie erzählt!", rief Dr. Seymour. „Ich habe lediglich erwähnt, dass Sie Yvonnes Freund waren ..."

„So ein Quatsch! Du hast ihnen gesagt, ich hätte sie geschlagen!"

„Nun, das ist wahr", zeigte Dr. Seymour zum ersten Mal ein wenig Widerstandsgeist. „Ich habe die blauen Flecken gesehen, Bryan. Ich weiß, dass Sie Yvonne zumindest einmal geschlagen haben."

„Das war ein Unfall!", rief Bryan ungeduldig. „Wir haben uns gestritten, und die Sache geriet außer Kontrolle. Yvonne hat mich auch geschlagen, sie hat mir ein ansehnliches Veilchen verpasst. Aber wir haben uns versöhnt, und alles war wieder gut." Er sah Dr. Seymour finster an. „Ohne dich hätten wir uns nicht einmal gestritten. Also tu nicht so, als könntest du kein Wässerchen trüben – du bist nichts weiter als ein lüsterner alter Mann!"

„Wie können Sie es wagen!", rief der Arzt und sprang auf. Er schwankte leicht, da er offensichtlich mehr getrunken hatte, als er vertrug. Vielleicht verlieh der Alkohol ihm Mut, denn er trat nun aus der Nische hervor und sah Bryan herausfordernd an: „Wen nennen Sie einen lüsternen alten Mann?"

„Dich!", sagte Bryan boshaft und kam mit seinem Gesicht ganz nah an das seines Gegners. „Du bist alt genug, um ihr Vater zu sein - ja, das stimmt - und bist Yvonne nachgelaufen wie ein liebestoller Bock."

„Wie ... wie können Sie es wagen!", stotterte Dr. Seymour. „Meine ... meine Gefühle für Yvonne waren rein und echt! Wir hatten eine besondere Beziehung. Wir ... Wagen Sie es nicht, ihr Andenken mit diesen widerlichen Lügen zu beschmutzen! Das Tier sind Sie. Sie wissen ja, was man über Männer sagt, die Frauen schlagen müssen. Sie fühlen sich minderwertig, sie versuchen, zu kompensieren, weil sie nicht das Zeug zu einem richtigen Mann haben -
"

„AAAAAARRGGGHH!" Bryan brüllte auf, stürzte nach vorne und versetzte dem Arzt einen Kinnhaken.

Ralph Seymour taumelte zurück, und einen Moment lang dachte Poppy, er würde in der Nische in sich zusammensacken; doch zu ihrer Überraschung rappelte er sich auf und schlug dem jüngeren Mann mit Wucht gegen den Kopf, sodass er aus dem Gleichgewicht geriet.

„DU BASTARD!" brüllte Bryan wutentbrannt. „DAFÜR BRINGE ICH DICH UM!"

Er ging auf seinen Widersacher los, und im nächsten Moment traten und schlugen sich die beiden Männer, dass die Fetzen nur so flogen. Poppy drängte sich in die hinterste Ecke der Nische, als sie gegen den Tisch prallten und sie nur knapp einem Faustschlag entging.

„Hört auf! Hört sofort auf!", rief Martin und stürmte hinter dem Tresen hervor.

Die Kneipenbesucher sahen einen Moment schreckensstarr zu, dann sprangen sie hinzu und versuchten, zwischen die beiden Kontrahenten zu gehen. Schließlich gelang es ihnen, Bryan und Dr. Seymour zu trennen und festzuhalten, während sich die beiden gegenseitig zornig anfunkelten. Der Arzt blutete aus einer Wunde an der Lippe und hatte ein blaues Auge, während Bryan mit einer Beule am Kopf und einer offenbar gebrochenen Nase nicht viel besser aussah.

„Das reicht", schnauzte Martin. Er sah aus, als hätte er endgültig genug von den beiden Streithähnen. „In dieser Kneipe wird nicht gerauft." Er wandte sich an den Arzt. „Sie, Sir, haben zu viel getrunken. Es wird Zeit, dass Sie nach Hause gehen und sich ausschlafen. Und du ..." Er musterte Bryan mit wütendem Blick. „Ich habe dich gewarnt: Ich dulde deine Prügeleien nicht mehr. Das ist das letzte

Mal, dass du einen Fuß in diese Kneipe setzt. Du hast ab sofort Hausverbot.“

„Was?“, rief Bryan gehässig. „Aber er hat angefangen und -“

„KEIN WORT MEHR!“, donnerte Martin und hob einen Arm, wobei sich sein Bizeps eindrucksvoll vorwölbte.

Bryan beäugte ihn misstrauisch und warf dann einen düsteren Blick auf die Umstehenden. „Ach, verpiss dich!“, herrschte er Martin an, riss sich los und stolperte hinaus. Als die Tür hinter ihm zuschlug, begann Dr. Seymour leise zu schwanken. Jetzt, da der Adrenalinschub abebbte, sah sein Gesicht grau und angespannt aus, und er ließ sich ermattet gegen die Trennwand zwischen den Sitznischen sinken. Poppy sprang erschrocken auf und ergriff seinen Arm.

„Alles in Ordnung?“, fragte sie.

„Ja, ja, nur ein bisschen durchgeschüttelt“, sagte er mit schwacher Stimme. Er richtete sich mühsam auf. „Ich nehme an, ich sollte nach Hause gehen und meine Wunden versorgen ...“

„Sind Sie sicher, dass Sie allein zurechtkommen?“ Martin sah den Arzt besorgt an. Dann schaute er sich im Raum um, offensichtlich überlegte er, wen er bitten könnte, Dr. Seymour nach Hause zu bringen.

„Ich begleite ihn“, meldete sich Poppy zu Wort. „Ich bin fertig mit dem Essen, und es macht mir nichts aus.“

„Nun, wenn Sie meinen ...“ Martin schenkte

Poppy ein dankbares Lächeln. „Danke, meine Liebe."

Dr. Seymour beteuerte wenig überzeugend: „Mir geht es gut ... alles in Ordnung ..."

Poppy dagegen sagte in einem mütterlichen Ton, den sie sich von Nell abgehört hatte: „Kommen Sie, Dr. Seymour, sehen wir zu, dass wir Sie nach Hause kriegen."

Kapitel 14

Poppy half Dr. Seymour die Gassen hinunterzuhumpeln, die sich durch das Dorf schlängelten, bis sie bei seinem Haus ankamen. Das Anwesen war gut beleuchtet, sodass man auch das Praxisgebäude deutlich erkennen konnte – mitsamt dem Klebeband, mit dem die Polizei die Tür gesichert hatte. Sie sah, wie der Arzt das Gesicht verzog, als sein Blick in diese Richtung ging. Er wandte sich schnell ab, als wollte er nicht an Yvonnes Tod erinnert werden, und führte Poppy zum Haupthaus. Sie wartete an der Haustür, während er in seiner Tasche nach den Schlüsseln kramte.

„Es tut mir leid, dass ich Ihnen den Abend verdorben habe. Das Mindeste, was ich tun kann, ist, Ihnen eine Tasse Tee anzubieten", meinte Dr. Seymour verlegen.

„Oh nein, danke, das ist nicht nötig", sagte sie.

Eigentlich wollte sie ihm nur eine Gute Nacht wünschen und verschwinden, aber der Mann wirkte so durcheinander, dass sie Skrupel hatte, ihn in diesem Zustand sich selbst zu überlassen. „Äh ... ist Ihre Frau zu Hause? Sie sollten besser nicht allein sein."

„Sie müsste eigentlich hier sein", sagte Dr. Seymour vage, als er die Tür öffnete und das Haus betrat. „Es wundert mich, dass sie noch nicht zur Tür gekommen ist ..."

Der Grund dafür wurde bald klar: Das Haus war leer.

„Das ist seltsam." Dr. Seymour sah sich stirnrunzelnd um. „Sie hat nicht gesagt, dass sie heute Abend etwas vorhat."

Poppy meinte zögernd: „Ähm ... ich bleibe vielleicht noch ein bisschen, nur um sicherzugehen, dass es Ihnen gut geht. Haben Sie einen Erste-Hilfe-Kasten? Oh, Entschuldigung - dumme Frage, schließlich sind Sie Arzt." Sie lachte.

Dr. Seymour schenkte ihr den Hauch eines Lächelns. „Zufälligerweise habe ich alles Nötige im Haus ..."

Er führte sie in die geräumige, modern eingerichtete Küche, wo er einen großen Erste-Hilfe-Kasten aus einem Schrank holte. Nachdem er sich die Hände gewaschen hatte, begann er mühsam, seine Wunden zu versorgen. Poppy stand neben ihm und beobachtete besorgt, wie er mit zitternden Händen versuchte, mit einer Schere etwas Mull zu schneiden.

„Lassen Sie mich das machen", sagte sie spontan und griff nach der Schere, bevor er sich in den Finger schnitt. „Im Moment sollten Sie besser nicht mit spitzen Gegenständen hantieren."

Hastig desinfizierte sie ihre Hände mit einem alkoholgetränkten Tuch und begann dann, seine Wunden zu versorgen. Ralph Seymour saß kleinlaut und schweigend da, während sie das getrocknete Blut abtupfte, die Wunden mit Jod bestrich und Pflaster und Verbände anlegte. Trotz seiner Statur und der graumelierten Haare erinnerte er sie an einen kleinen Jungen, der sich bereitwillig bemuttern ließ. Poppy konnte sich des Eindrucks nicht erwehren, dass der Arzt zu den Männern gehörte, die immer von einer Frau umsorgt werden wollten. *Vielleicht tun die Leute Emma unrecht; vielleicht ist sie mit ihrer herrischen, dominanten Art tatsächlich die perfekte Partnerin für ihn,* überlegte sie.

Als sie sich umdrehte, um alles wieder in den Erste-Hilfe-Kasten zu legen, stellte Poppy zu ihrem Entsetzen fest, dass Ralph Seymour weinte. Die Tränen rannen ihm über die Wangen und tropften von seinem Kinn.

„Hey ..." Sie berührte sanft seinen Arm. „Alles wird gut -"

„Nein, nichts wird gut!", stieß er hervor. „Yvonne ist weg! Weg! Ich werde sie nie wiedersehen!" Dann verbarg er das Gesicht in den Händen und schluchzte laut.

Poppy fühlte sich nicht wohl in ihrer Haut, weil sie nicht wusste, was sie tun sollte. Einen erwachsenen Mann weinen zu sehen, war schlimm. Sollte sie versuchen, ihn zu trösten? Wäre es besser, ihm zu sagen, er solle sich zusammenreißen? Oder sollte sie so tun, als würde sie seinen Kummer gar nicht bemerken? Schließlich schlug sie in ihrer Verzweiflung das vor, das Briten in allen Krisensituationen vorschlugen.

„Äh … wie wäre es mit einer schönen Tasse Tee?"

Zu ihrer Überraschung schien es sofort zu wirken. Das Schluchzen ließ nach und Dr. Seymour hob den Kopf. „Die … die Becher stehen da drüben im Schrank", sagte er und schniefte. „Der Tee und der Zucker sind in den Gläsern auf der Küchentheke, die Milch ist im Kühlschrank …"

Als Poppy mit zwei Bechern mit heißem, milchigem Tee zu Dr. Seymour zurückkehrte, stellte sie erleichtert fest, dass er sich wieder einigermaßen gefangen hatte. Er wirkte erschöpft, als er sich zurücklehnte und schweigend an seinem Tee nippte. Dann sagte er zu Poppys Erstaunen plötzlich: „Ich habe sie geliebt, wissen Sie."

Poppy starrte ihn an und wusste nicht, was sie darauf antworten sollte. Ihr lagen ein Dutzend Fragen auf der Zunge, und es war offensichtlich, dass Ralph Seymour reden wollte, aber sie hatte auch ein schlechtes Gewissen, weil er seine Offenheit später womöglich bereuen würde. Andererseits hatte er selbst die Sprache auf sein Verhältnis zu Yvonne gebracht ...

„Sie meinen Yvonne?“ Sie zögerte, dann fragte sie: „Hatten Sie eine Affäre mit ihr?“

Dr. Seymour verzog das Gesicht. „Eine Affäre! Das klingt so schäbig. Wir hatten mehr als eine verbotene Liebschaft. Wir ... wir waren Seelenverwandte.“

Poppy widerstand dem Drang, die Augen zu verdrehen. „Haben Sie die Polizei also angelogen, als Sie sagten, Sie hätten Yvonne den Brief nicht geschickt?“

„Oh nein, ich habe diesen Brief nicht geschrieben. Dabei bleibe ich. Aber es stimmt nicht, dass ich Yvonne nie nach Feierabend in der Praxis getroffen hätte“, gab er zu. „Wir haben uns oft dort verabredet. Es war das Naheliegendste, obwohl wir selbstverständlich vorsichtig sein mussten, da Emma jeden Moment hereinspazieren konnte. Das ... äh ... hat einen Teil des Reizes ausgemacht.“ Er errötete. „Aber es ging nicht nur um Sex. Was ich für Yvonne empfunden habe - was wir füreinander empfunden haben -, das war etwas Besonderes. Sie sagte, wir seien füreinander bestimmt; sie wollte, dass wir gemeinsam ein neues Leben beginnen.“

Poppy hob die Augenbrauen. „Sie wollten ihretwegen Ihre Frau verlassen?“

„Ja ... nein ...“, stammelte Dr. Seymour. „Ich meine ... es war noch nichts entschieden. Yvonne ... sie hat mich gedrängt, es zu tun, aber ich ... nun ... ich meine, ich wollte Emma auch nicht wehtun ...

und außerdem war da die Praxis ... all meine Patienten ... ganz zu schweigen von meiner Position als Präsident des OAC und ..." Er machte eine vage Geste, die das Haus um sie herum einbezog.

Poppy verkniff sich ein zynisches Lächeln und fragte sich, ob es wirklich Rücksicht auf die Gefühle seiner Frau war, die Dr. Seymour zurückgehalten hatte. So romantisch der Gedanke erschien, mit seiner jungen Geliebten durchzubrennen – es in die Tat umzusetzen, hätte bedeutet, das bequeme Leben aufzugeben, das er genoss. Ohne die finanzielle Unterstützung seiner Frau wäre Seymour nur ein arbeitsloser Allgemeinmediziner mit einer anspruchsvollen Geliebten im Schlepptau und einem Skandal am Hals gewesen, der seinem Ruf als Arzt nicht gerade zuträglich gewesen wäre. Kein Wunder, dass er gezögert hatte, alles aufzugeben!

„Glauben Sie, Ihre Frau wusste, dass Sie sie verlassen wollten?"

„Ich bin sicher, dass sie es nicht wusste." Dr. Seymour sah sie entsetzt an. „Ich glaube, sie ahnte nicht einmal von der Affäre. Ich war immer sehr vorsichtig in Yvonnes Gegenwart, wenn Emma in der Nähe war. Außerdem habe ich Yvonne angefleht, ihr nichts zu sagen, bevor ich bereit war ..."

„Wie meinen Sie das? Sie hatten doch sicher nicht vor, Yvonne die Drecksarbeit machen zu lassen und Ihrer Frau zu sagen, dass Sie sie verlassen wollen", sagte Poppy angewidert.

Dr. Seymour errötete. „Nein, nein, natürlich nicht!

Ich hätte es Emma selbst gesagt. Aber Yvonne … nun, sie wurde ungeduldig. Sie drängte und drängte … und dann drohte sie an jenem Morgen - am Tag des Mordes -, dass sie es dem ganzen Dorf erzählen würde, wenn ich Emma nicht bald alles gestand." Er stützte den Kopf in die Hände. „Ich wusste nicht, was ich tun sollte! Ich konnte den ganzen Tag an kaum etwas anderes denken und nach dem Abendessen bin ich spazieren gegangen, um einen klaren Kopf zu bekommen …"

„Moment mal, haben Sie der Polizei gegenüber nicht angegeben, dass Sie den ganzen Abend zu Hause waren?"

„Oh … ja … das stimmt", murmelte Dr. Seymour verlegen. „Ich … ähm … man könnte sagen, ich habe geflunkert."

„Es war mehr als eine kleine Unwahrheit. Es ging um Ihr Alibi", sagte Poppy.

„Nun, es war eigentlich nicht meine Schuld", sagte Dr. Seymour schnell. „Ich wollte der Polizei die Wahrheit sagen, aber dann platzte Emma mit der Geschichte heraus, dass wir uns einen Film im Fernsehen angesehen haben. Wie hätte ich mit der Sache mit dem Spaziergang herausrücken können, ohne ihr zu widersprechen?"

Poppy erinnerte sich, wie Suzanne Whittaker den Arzt und seine Frau befragt hatte. Es stimmte, dass Emma sich eingemischt hatte, bevor ihr Mann die Frage beantworten konnte, was er am Abend zuvor nach dem Essen getan hatte:

„Wir haben uns zusammen einen Film angesehen ... nicht wahr, Schatz?"

„Oh? Was war das für ein Film, Dr. Seymour?", fragte Suzanne.

Ralph Seymour fühlte sich sichtlich unbehaglich unter ihrem scharfen Blick. „Es war ... äh ... ich fürchte, ich erinnere mich nicht an den Titel." Er stieß ein nervöses Lachen aus. „Es ist schrecklich, ich kann mir nie merken, wie die Filme heißen, die ich mir ansehe."

„Was für ein Film war es denn?", fragte Suzanne. „Daran können Sie sich doch sicher erinnern?"

„Oh ... äh ... es war ... äh ..."

„Ein Science-Fiction-Thriller", sagte Emma sanft. „Sie wissen schon, wo Roboter die Welt erobern. Ein Film gleicht dem anderen, es gibt so viele, dass ich mich kaum an die Namen erinnern kann." Sie brach in schallendes Gelächter aus. „Wir haben uns eigentlich nicht wirklich auf den Film konzentriert - es war nur etwas, um uns die Zeit zu vertreiben."

Jetzt sah Poppy den Mann vor ihr nachdenklich an und fragte sich, warum seine Frau der Polizei unbedingt verheimlichen wollte, dass er an jenem Abend das Haus verlassen hatte. Um ihn zu schützen? Oder gab es einen anderen Grund?

„Wann sind Sie von Ihrem Spaziergang zurückgekommen?", fragte Poppy.

„Äh ... ich bin mir nicht sicher. Halb elf ... vielleicht elf? Um ehrlich zu sein, habe ich nicht auf die Zeit geachtet. Ich war in Gedanken versunken und bin einfach nur draußen herumgelaufen.“

„Im Dunkeln?“, hakte Poppy skeptisch nach.

„Oh, ich kenne den Wald hinter dem Haus sehr gut. Dort gibt es mehrere ausgetretene Wege. Außerdem schien der Mond.“

„Es muss eiskalt gewesen sein.“

Dr. Seymour zuckte mit den Schultern. „Kann sein. Ich war warm eingepackt und habe es nicht wirklich wahrgenommen.“

„Und am Praxisgebäude ist Ihnen nichts Außergewöhnliches aufgefallen, als Sie vorbeigingen?“

„Nun, der Weg in den Wald führt auf der anderen Seite des Hauses vorbei, ich kam also eigentlich nicht an der Praxis vorbei. Aber nein, da waren kein Lichtschein oder Geräusche oder Ähnliches.“

„Was ist passiert, als Sie nach Hause kamen? Hat Ihre Frau auf Sie gewartet?“

„Nein, eigentlich nicht. Wir … wir haben uns beim Abendessen ein wenig gestritten“, sagte er verlegen. „Sie war schon zu Bett gegangen, und ich habe mich in einem der Gästezimmer schlafen gelegt. Aber am nächsten Morgen habe ich Emma beim Frühstück gesehen, und es ging ihr gut.“

„Haben Sie sich wegen Yvonne gestritten?“, fragte Poppy sanft.

„Nun, nicht nur wegen Yvonne … es ging auch um Geld …“ Er zögerte, dann platzte er heraus: „Emma behandelt mich wie ein Kind! Sie glaubt nie, dass ich etwas alleine fertigbringe, sie lacht mich immer aus und macht sich über mich lustig ... Ich bin nicht dumm, wissen Sie! Ich komme zwar nicht aus einer begüterten Familie wie sie, aber ich bin nicht völlig unbedarft in finanziellen Dingen", schmollte er. „Ich kann auch spekulieren und investieren; ich habe mich vor Kurzem in eine Anlage in Übersee eingekauft, die in der Zukunft große Renditen abwirft und uns in der Zwischenzeit als kostenlose Ferienunterkunft dienen kann ..."

Er brach abrupt ab. Poppy hatte den Eindruck, dass der Alkohol die Zunge des Arztes gelockert hatte und er sich jetzt wünschte, er hätte nicht so viel verraten. Sie wollte gerade etwas sagen, um den peinlichen Moment zu überbrücken, als sie hörte, wie die Haustür geöffnet wurde. Eine Minute später trat Emma Seymour ein. Sie blieb wie angewurzelt stehen, als sie Poppy mit ihrem Mann in der Küche sitzen sah, und ihre Augen verengten sich.

„Schatz!" Dr. Seymour sprang auf. „Wir haben uns schon gefragt, wo du bleibst."

„Ich war in der Stadt", ließ Emma ihn kurzangebunden wissen.

„Ach? Du hast gar nicht gesagt, dass du mit deinen Freundinnen verabredet bist."

„War ich auch nicht. Als ich das letzte Mal in der Stadt war, ist mir der Laden eines professionellen Restaurators aufgefallen, der sich auf Gartenstatuen spezialisiert hat. Und da ich am Nachmittag Zeit hatte, habe ich beschlossen, unsere Gartenzwerge zur Reinigung zu bringen."

„Unsere Gartenzwerge?", wiederholte Ralph verdutzt.

„Ja, sie waren schmutzig", erklärte Emma schnell. „Absolut ekelerregend. Voller Vogeldreck und weiß der Himmel was noch. Ich wollte sie schon seit Ewigkeiten reinigen lassen, und das schien mir eine gute Gelegenheit zu sein." Sie machte eine Pause und fuhr dann hochmütig fort: „Ich war gerade noch rechtzeitig dort, bevor der Laden um halb sechs zumachte, und danach hatte ich Hunger. Ich hatte keinen Nachmittagstee, also beschloss ich, in der Stadt zu Abend zu essen. Es hatte sowieso keinen Sinn, sich zu beeilen - ich wusste, dass du im Pub warst und zum Abendessen kaum zu Hause sein würdest", meinte sie mürrisch. Sie sah Poppy eindringlich an und fügte hinzu: „Ich wusste nicht, dass du heute Abend Besuch erwartest, Schatz?"

„Oh! Miss Lancaster hat mich vom Pub nach Hause begleitet", sagte Dr. Seymour schnell.

Emma musterte sein blaues Auge und die verschiedenen Pflaster und Schwellungen in seinem Gesicht. Ihre Lippen kräuselten sich verächtlich. „Du hast dich geprügelt."

„Nur eine ... kleine Meinungsverschiedenheit mit einem der Burschen im Dorf."

„Worum ging es?", fragte Emma scharf.

„Ich ... er ... es gab ein Missverständnis wegen Yvonne."

„Ihr habt euch wegen Yvonne gestritten?", fragte seine Frau schrill.

„Nein, also ... ich ...“

Poppy stand mit einem Ruck auf. Sie hatte keine Lust, Zeugin eines Ehestreites zu werden, und außerdem war sie sehr müde und sehnte sich danach, in ihr Bett zu kriechen.

„Nun, ich gehe jetzt besser“, sagte sie munter. Sie drehte sich zur Küchentür, aber Emma versperrte ihr den Weg.

„Sie haben meinen Mann also von der Kneipe nach Hause begleitet? Das war sehr nett von Ihnen.“ Was wie eine Dankbarkeitsbezeugung formuliert war, klang wie beißender Spott.

Poppy spürte Ärger in sich aufsteigen. Sie hatte genug von Emma Seymours Verhalten. Die Frau war unglaublich unhöflich, sie hatte sich nicht die Mühe gemacht, Poppy zu begrüßen, als sie nach Hause kam, und beäugte sie auch jetzt mit eifersüchtigem Misstrauen.

„Ja, ich saß im Pub zufällig neben Ihrem Mann“, sagte Poppy gleichmütig. „Er hatte bei der Schlägerei einige Verletzungen erlitten, und Martin, der Gastwirt, suchte jemanden, der ihn nach Hause begleitet, also habe ich mich bereiterklärt. Dr. Seymour hatte zudem ein bisschen was getrunken, und da Sie nicht zu Hause waren, wollte ich ihn in seinem Zustand nicht allein lassen. Aber jetzt, wo Sie hier sind, kann ich ihn Ihrer liebevollen Fürsorge überantworten“, sagte sie sarkastisch.

Dann ging Poppy hocherhobenen Hauptes an Mrs Seymour vorbei und verließ das Haus.

Kapitel 15

Vor Zorn brodelnd ging Poppy durchs Dorf zurück zu ihrem Cottage. *Die Klatschbasen haben recht,* dachte sie. *Emma Seymour ist unmöglich! Ich bin noch nie in meinem Leben einer so eifersüchtigen, gemeinen und unhöflichen Person begegnet!*

Dann blieb sie wie angewurzelt stehen. Hatten die Dorfklatschtanten auch in einem anderen Punkt recht? Hatte Emma Seymour das Zeug zur Mörderin? Die Frau des Hausarztes hatte sicherlich ein Motiv. Eifersucht auf eine Rivalin mochte ein Klischee sein, aber Klischees gab es aus gutem Grund. Emma wäre nicht die erste Frau - und auch nicht die letzte -, die zur Mörderin wurde, um ihren Mann nicht zu verlieren. Was, wenn Ralph Seymour sich geirrt hatte und Emma von Yvonnes Bemühen wusste, die

Scheidung zu erzwingen? Oder vielleicht hatte Yvonne die Bitte des Arztes ignoriert und Emma aus reiner Bosheit von ihrer Affäre und dem Plan erzählt, ihr den Mann wegzunehmen? Poppy dachte an die Szene, die sie vor zwei Tagen in der Arztpraxis beobachtet hatte: Es war offensichtlich, dass Yvonne es genossen hatte, Emma zu verspotten und ihre Macht über den Arzt zu demonstrieren.

In jedem Fall hätte die Vorstellung, ihren Mann an die andere Frau zu verlieren, ausgereicht, um Emma aus der Fassung zu bringen. Wenn man den Klatschtanten im Dorf Glauben schenkte, schreckte sie nicht davor zurück, sich mit rabiaten Mitteln an einer Rivalin zu rächen. Und vielleicht hatte sie gar nicht vor, sie zu ermorden. Möglicherweise waren die beiden Frauen in einen heftigen Streit geraten, und Emma schnappte sich irgendetwas, um Yvonne damit auf den Kopf zu schlagen …

Die Vase mit den Lilien!, dachte Poppy plötzlich. Könnte das die Mordwaffe gewesen sein? Es ergab einen Sinn: Emma selbst hatte die Lilien ins Wartezimmer gebracht - die Vase war also wahrscheinlich das Erste, woran sie dachte, als sie nach einer Waffe suchte. Das würde auch erklären, warum die Vase zerbrochen war: nicht, weil sie vom Empfangstisch auf den Boden gefallen war, sondern weil jemand damit absichtlich auf den Hinterkopf des Mädchens geschlagen hatte.

Poppy runzelte die Stirn. Die Polizei hatte doch sicher die am Tatort gefundenen Scherben untersucht? In diesem Fall hätte man einen eindeutigen Zusammenhang zwischen dem Mord und der Vase finden müssen. Die Tatsache, dass immer noch nach der Mordwaffe gesucht wurde, deutete darauf hin, dass die Blumenvase nichts mit dem Verbrechen zu tun hatte ...

Poppy unterbrach ihre Überlegungen abrupt, als sie weiter unten auf der Straße eine Bewegung wahrnahm. Sie schaute angestrengt hin, um zu erkennen, was es war. Es gab nur wenige Straßenlaternen im Dorf, sodass die Gasse größtenteils im Schatten lag, aber der Mond war so hell, dass sie einen alten Mann ausmachen konnte, der sich verstohlen im Schatten bewegte, als würde er jemanden verfolgen.

Das ist Bertie!, dachte Poppy überrascht. Sie beschleunigte ihre Schritte, bis sie ihn eingeholt hatte, und klopfte ihm auf die Schulter.

„Bertie! Was machen Sie da?", fragte sie im Flüsterton.

Der alte Erfinder drehte sich um, und seine Miene erhellte sich, als er sie erkannte. „Poppy, meine Liebe - wie schön, Sie hier zu sehen", sagte er, als seien sie sich in einer Teestube begegnet und nicht mitten in der Nacht auf einer dunklen Dorfstraße.

„Was machen Sie, Bertie?"

„Ah ... ich bin einem Dieb auf der Spur", sagte der alte Mann lächelnd. Er wies auf die nächste Häuserecke, wo Poppy gerade noch die Spitze eines orange gestreiften Schwanzes verschwinden sah. Da dämmerte es ihr.

„Sie verfolgen Oren?"

Bertie nickte eifrig. „Ja. Ich glaube nämlich, dass die Unterwäschediebstähle auf seine Kappe gehen."

„Oren?", wiederholte Poppy ungläubig. „Aber ... warum in aller Welt sollte eine Katze Unterwäsche stehlen?"

„Katzen sind dafür bekannt, alles Mögliche zu stehlen. Dieses Phänomen nennt man ‚Katzenkleptomanie'", erklärte Bertie. „Es kam schon in den Nachrichten: Katzen streifen durch die Nachbarschaft und stehlen Schuhe, Plüschtiere, Socken und sogar Küchenschwämme. Warum also nicht auch Unterwäsche?"

„Aber ..."

„Also habe ich Orens Halsband mit einem Peilsender versehen", fuhr Bertie eifrig fort. „Damit kann ich seine Bewegungen überwachen. Wenn ich Oren auf frischer Tat ertappe, dann kann ich beweisen, dass Nick unschuldig ist. Die Polizei muss ihn freilassen, weil ich den wahren Schuldigen präsentieren kann!"

„Aber wie wollen Sie Oren auf frischer Tat ertappen?", fragte Poppy.

„Indem ich ihn verfolge!" Bertie winkte aufgeregt mit der Hand. „Kommen Sie! Wir müssen uns beeilen, sonst verlieren wir seine Spur."

„Warten Sie, Bertie -"

Poppys Worte gingen ins Leere, denn der alte Erfinder war bereits um die Ecke verschwunden. Sie folgte ihm schnell, und als sie einige Minuten später durch eine Hecke kroch, fragte sie sich, ob sie den Verstand verloren hatte.

„Bertie … warten Sie …", keuchte sie und versuchte, Schritt zu halten, als der alte Erfinder sich durch ein Dickicht aus Blättern und Zweigen schob.

Für einen Mann in seinem Alter war er überraschend schnell. Es dauerte einige Augenblicke, bis sie sich aus der Hecke befreit hatte, und als sie auf der anderen Seite stand, klopfte sie sich die abgerissenen Blätter und kleinen Zweige ab und sah sich um. Sie stand in einem großen Garten mit gepflegten Staudenbeeten zu beiden Seiten einer Rasenfläche, auf der kein Grashalm aus der Reihe tanzte: Alle hatten exakt die gleiche Höhe. Selbst die Pflanzen in den Beeten sahen aus, als seien sie in die gleiche Richtung ausgerichtet worden.

„Wow", murmelte Poppy. Trotz der beeindruckenden Perfektion fand sie diesen Garten abstoßend, im Vergleich zu der wilden Fülle im Garten von Hollyhock Cottage.

Sie hielt vorsichtig Ausschau nach Bertie. Dann entdeckte sie ihn: Er huschte gerade um eine Ecke des Hauses auf der anderen Seite des Gartens. Poppy holte tief Luft und rannte dann über den Rasen, in der Hoffnung, dass sie niemand sah. Als sie schließlich die andere Seite erreichte und die Hausecke umrundete, gelangte sie in einen kleinen Hof, in dem eine große drehbare Wäschespinne stand. Beinahe wäre sie mit Bertie zusammengestoßen - der alte Erfinder war abrupt an der Hauswand stehen geblieben.

„Bertie! Wir dürfen nicht hier sein", zischte Poppy. „Das ist Hausfriedensbruch, und wenn wir ertappt werden …"

„Pssst!", ermahnte Bertie sie und legte einen Finger auf die Lippen. „Wir wollen ihn doch nicht verschrecken."

Als Poppy über seine Schulter spähte, sah sie Oren unter der aufgespannten Wäschespinne sitzen. Er hatte den Blick auf mehrere Kleidungsstücke gerichtet, die an den Leinen befestigt waren, während seine Schwanzspitze auf dem Boden hin und her fegte. Plötzlich sprang der rothaarige Kater erstaunlich behände auf und zog sich an der Mittelstange hoch. Anmutig balancierte er an einem der Auslegearme entlang, bis er zu einem BH aus dünner Baumwolle kam, der im Winde flatterte.

Während Poppy ungläubig zuschaute, streckte Oren eine Vorderpfote aus, packte die Wäscheklammer mit den Krallen und riss die Pfote mit einem Ruck nach oben. Die Klammer löste sich und der BH fiel zu Boden. Mit einem Satz war Oren am Boden neben seinem Beutestück. Mit einem zufriedenen Schnurren nahm er es zwischen die Zähne. Er hatte Mühe, sich nicht in den Trägern zu verheddern und zu stolpern, doch er schaffte es, den BH über die Steinfliesen des Innenhofs zu schleifen.

„Wir müssen ihn aufhalten!", flüsterte Poppy. „Er

hat genug Unheil angerichtet."

„Nein, nein, meine Liebe", sagte Bertie und hielt sie zurück, als sie aufspringen wollte. „Wir müssen Oren seine Diebestour zu Ende bringen lassen. Wir brauchen die Beweise."

„Beweise?"

„Ja, ich habe neben dem Tracker auch eine Mikrokamera an seinem Halsband angebracht", erklärte Bertie. „Die sollte hervorragende Aufnahmen liefern, und wenn wir zeigen können, wie Oren den BH von der Wäscheleine stiehlt, ihn dann zu Nicks Haus trägt und unter seinem Bett versteckt ... nun, dann können wir beweisen, dass Nick nicht der BH-Dieb ist."

„Ja, aber was ist, wenn Oren nicht direkt nach Hause geht? Wir können nicht ..."

Poppy brach ab, als plötzlich eine Stimme aus dem Inneren des Hauses zu hören war. Sie warf einen besorgten Blick auf die Fenster in ihrer unmittelbaren Nähe, hinter denen Licht anging, sodass der Innenhof erleuchtet wurde. Instinktiv kauerte sie sich zusammen, bevor sie erleichtert feststellte, dass die Fenster Milchglasscheiben hatten, durch die man den Außenbereich nicht deutlich erkennen konnte. Aber irgendjemand bewegte sich in dem Zimmer, und als die Stimme erneut erklang, erstarrte Poppy. Sie erkannte den dröhnenden Tonfall:

„... ja, das müssen wir bei der nächsten Sitzung besprechen, aber - hör mal, kann ich dich zurückrufen, Edna? Mir ist gerade eingefallen, dass ich vergessen habe, meine Wäsche hereinzuholen … auf keinen Fall! Ich lasse nie etwas über Nacht draußen hängen und das solltest du auch nicht tun … was ist, wenn es regnet? … Na gut, im Sommer vielleicht, aber zu dieser Jahreszeit … Nein, nein, ruf ihn noch nicht an - ich habe doch gesagt, dass wir das beim nächsten Treffen besprechen sollten …"

Poppy zerrte Bertie am Ärmel. „Wir müssen verschwinden!", flüsterte sie. „Das hört sich an wie -
"

„Oh je, er hat ihn fallen lassen", sagte Bertie, der offensichtlich nicht zugehört hatte.

Er hielt den Blick unverwandt auf Oren gerichtet, der den BH tatsächlich auf den Boden hatte gleiten lassen. Der Kater umkreiste das Wäschestück und beäugte es nachdenklich, als überlegte er, wie er diese besonders sperrige Beute tragen sollte. Am liebsten wäre Poppy aufgesprungen, hätte sich den BH geschnappt und ihn wieder an die Leine gehängt. Stattdessen zog sie Bertie erneut am Ärmel.

„Bertie, kommen Sie", flehte sie. „Wir müssen hier weg. Wenn man Oren sieht, ist es kein Problem, er ist nur ein Kater, aber wenn man uns dabei erwischt, wie wir in einem fremden Garten herumschleichen -
"

Ein metallisches Scheppern ließ sie zusammenzucken. Oren hatte den BH wieder ins Maul genommen und war die Mauer an der einen Seite des Hofes hinaufgeklettert. Einer der BH-Träger war jedoch am Griff eines großen Mülleimers aus verzinktem Metall hängen geblieben, der an der Mauer stand. Als der Kater nun mit den Zähnen an dem Träger zerrte und versuchte, den BH freizubekommen, prallte die Mülltonne immer wieder gegen die Mauer und verursachte ein rhythmisches Klappern.

„Pssst! Oren, hör auf damit!", zischte Poppy, sprang in Panik auf und rannte ihm nach.

Der rothaarige Kater hielt einen Moment inne und sah sie unschuldig an.

„Mau?", fragte er.

„Hör auf!", schnauzte Poppy. „Du machst einen Höllenlärm!"

Oren achtete nicht auf sie, sondern begann erneut, an dem BH zu zerren. Poppy griff nach oben, um den Träger zu packen und das Kleidungsstück aus der Reichweite des Vierbeiners zu ziehen. Oren schlug mit den Pfoten nach ihren Händen und versuchte, ihr den BH-Träger zu entreißen, dann duckte er sich plötzlich, stürzte sich auf ihre Hand, rollte sich zu einer Kugel zusammen und trat wild mit den Hinterpfoten.

„Au! Oren!", rief Poppy, als seine Krallen sich in ihre Haut gruben.

Reflexartig zog sie die Hand zurück und keuchte entsetzt auf, als die heftige Bewegung sie nach hinten taumeln ließ und sie das Gleichgewicht verlor. Mit einem erschreckten Aufschrei prallte sie gegen die leere Mülltonne, die mit weithin hörbarem

Scheppern zur Seite fiel.

Oh nein ..., stöhnte Poppy insgeheim.

Bertie war mit raschen Schritten bei ihr und beugte sich besorgt über sie. „Meine Liebe! Ist alles in Ordnung?"

Poppy setzte sich zittrig auf. „Ja, ich glaube schon ..." Sie schnappte sich den BH, der neben ihr auf dem Boden lag, und warf ihn Bertie zu. „Schnell! Hängen Sie ihn auf die Leine und dann lassen Sie uns verschwinden."

Zu ihrer Erleichterung widersprach Bertie nicht, sondern nahm den BH an sich und lief zur Wäschespinne. Poppy kam mühsam auf die Beine, dann erstarrte sie, als sie erst eilige Schritte und dann das Klappern von Schlössern und Riegeln hörte. Im nächsten Moment wurde die Hintertür des Hauses aufgerissen, und Licht fiel in den Hof.

„Wer ist da?", dröhnte die vertraute Stimme.

Poppy hätte beinahe laut gestöhnt, als Mrs Busselton aus dem Haus marschierte. Sie hatte das Haar auf Lockenwickler gedreht und trug einen rosa Hausmantel aus Flanell, der bis zum Hals zugeknöpft war. Sie stieß einen empörten Schrei aus, blieb stehen und starrte mit großen Augen auf die Wäschespinne. Poppy folgte ihrem Blick und spürte, wie ihr das Herz in die Hose rutschte.

Bertie stand unter den Wäscheleinen und hielt den riesigen weißen Baumwoll-BH in der Hand. Sie wusste, dass er versucht hatte, ihn aufzuhängen, aber leider sah es so aus, als würde er ihn gerade von der Leine nehmen.

„Was machen Sie mit meinem Büstenhalter?",
kreischte Mrs Busselton und stürmte auf ihn zu wie
ein rosafarbenes Schlachtschiff.

Bertie blinzelte sie an. „Ich? Ich hänge ihn nur
wieder auf -"

„Wie können Sie es wagen!", rief Mrs Busselton.
„Sie sind genau wie Ihr Sohn - ein dreckiger,
diebischer Perverser!"

„Meine liebe Dame, da muss ich Sie korrigieren.
Man definiert Perversion als ein Verhalten, das vom
Normalen abweicht - aber das hängt von Ihrer
Definition von ‚normal' ab, wissen Sie." Bertie hörte
sich an, als würde er wie früher eine seiner
Vorlesungen an der Universität halten. „Was wir als
Perversion betrachten, kann in anderen Ländern
oder zu anderen Zeiten durchaus akzeptabel sein.
Kleopatra hat zum Beispiel ihren eigenen Bruder
geheiratet, woran damals niemand Anstoß nahm.
Der subjektive Charakter dieser Definition ist das
Thema eines von Freuds Aufsätzen über die Theorie
der Sexualität. Er glaubte, dass Perversion in der
Kindheit die Norm sei ..."

„Was?", rief Mrs Busselton. „Wollen Sie mir etwa
erzählen, dass Perverse normal sind?"

„Nun, wie ich schon sagte, hängt alles von der Zeit
und dem Ort ab. Sie selbst tun vielleicht Dinge, die
andere Leute als pervers ansehen würden",
erläuterte Bertie.

Mrs Busseltons Gesicht wurde bedenklich rot und

ihre Brust wogte vor Empörung. „ICH? WIE KÖNNEN SIE ES WAGEN!"

„Oh, das war nicht als Kritik gemeint, meine Dame", versicherte Bertie ihr. „Wir Akademiker urteilen nicht. Wir beobachten nur. Und es gibt auf diesem Gebiet so viel zu lernen, eine derart faszinierende Vielfalt an Neigungen im Spektrum menschlichen Erlebens! Dinge wie Fußfetischismus, Exhibitionismus, Hermaphroditismus, Nekrophilie -"

„Ich ... ich rufe die Polizei!", stotterte Mrs Busselton entgeistert.

„Nein, warten Sie!", rief Poppy und stürzte aus dem Schatten hervor, von wo aus sie entsetzt zugeschaut hatte.

Mrs Busselton sah Poppy ungläubig an. „Wo kommen Sie denn her?"

„Ich stand dort drüben; Sie haben mich nicht gesehen, als Sie herauskamen ... Ich bin mit Bertie - ich meine, mit Dr. Noble hier. Wir haben den Kater verfolgt. Den großen roten Kater, der Nick Forrest gehört. Er hat Ihren BH von der Wäscheleine geholt. Dr. Noble hat die Wahrheit gesagt. Er wollte ihn nur zurückbringen."

Mrs Busselton sah sich misstrauisch um und warf Poppy dann einen strengen Blick zu. „Ich sehe keinen Kater."

Sie hatte recht - die Mauer, auf der Oren gesessen hatte, war nun leer. Der Kater hatte offensichtlich Mrs Busseltons Auftritt genutzt, um über die Mauer zu springen und zu verschwinden, sodass sie und Bertie die Kartoffeln aus dem Feuer holen durften.

Grrr. Typisch Oren, dachte Poppy wütend.

Sie atmete tief durch. „Er muss weggelaufen sein. Aber es ist wahr, Mrs Busselton, ich schwöre es", beteuerte sie. „Oren war derjenige, der den BH von Ihrer Wäscheleine geholt hat." Sie schenkte der Frau ihr freundlichstes Lächeln. „Die ganze Sache war ein schreckliches Missverständnis. Aber jetzt hat sich alles aufgeklärt, und es ist nichts passiert und -"

Poppy packte Bertie am Arm und zog ihn mit sich, während sie hektisch weiterredete: „Ihnen ist sicher kalt, Mrs Busselton! Warum gehen Sie nicht zurück ins warme Haus, und Dr. Noble und ich verabschieden uns ... Einen schönen Abend noch!"

Kapitel 16

Als Poppy am nächsten Morgen aufwachte, saß Oren am Fußende ihres Bettes und starrte sie unverwandt mit seinen gelben Augen an.

„Ich fasse es nicht!" Sie setzte sich im Bett auf und funkelte den Kater wütend an. „Weißt du, wie viel Ärger du gestern Abend gemacht hast? Bertie und ich wären deinetwegen fast in einer Polizeizelle gelandet. Hör auf, so selbstgefällig zu grinsen, du gemeiner Wäschedieb."

Oren legte den Kopf schief. „Miau?"

Poppy musste unwillkürlich schmunzeln. Es war schwer, dem orangefarbenen Kater lange böse zu sein. „Und wo hast du dich für den Rest der Nacht herumgetrieben?", fragte sie ihn. „Ich hoffe, du hast nicht noch mehr BHs gestohlen!"

Oren zuckte verächtlich mit den Schnurrhaaren. Dann sprang er vom Bett, lief zur Schlafzimmertür und schaute sie über die Schulter an. „Mau? Mau?", fragte er.

Poppy runzelte die Stirn, als ihr klar wurde, dass der Kater gefüttert werden wollte. Das bedeutete, dass Nick noch nicht zurückgekommen war; er wurde offenbar immer noch auf dem Polizeirevier festgehalten.

Ich muss der Polizei von meinem Verdacht gegen Emma berichten, dachte sie. *Die Ermittlungen können sich nicht nur auf Nick konzentrieren, wenn es jemanden gibt, der ein viel überzeugenderes Motiv hat!*

Sie stand auf, wusch sich schnell und zog sich an. Dann ging sie zu Nicks Haus, während Oren neben ihr herlief und sich lautstark beschwerte, weil man ihm erst jetzt sein Frühstück servierte. Als sie sein Diätfutter aus dem Schrank holen wollte, fiel Poppys Blick auf den Kalender an der Küchenwand. Für den heutigen Tag hatte Nick „Tierarzt" eingetragen. Natürlich! Der Krimiautor hatte ihr von der Nachuntersuchung erzählt, die er für Oren vereinbart hatte.

„Vermutlich werde ich mit dir hinfahren", sagte sie zu dem rothaarigen Kater, der ungeduldig vor seinem Futternapf auf und ab lief.

„Mau!" Oren starrte vorwurfsvoll auf den leeren Napf. „MAU!"

„Schon gut, schon gut, Eure Majestät ..." Poppy

verdrehte die Augen.

Ein paar Stunden später machte sich Poppy mit Oren auf den Weg zum Tierarzt. Sie hatte Sorge, dass sie zu spät kommen würden, denn es hatte länger als erwartet gedauert, bis sie Oren eingefangen und in seinen Transportkorb gesetzt hatte. Als wahrer Gentleman hatte der rothaarige Kater zwar weder Zähne noch Krallen gegen sie eingesetzt, hatte sich aber mit aller Kraft gewehrt, sodass sie außer Atem und ziemlich zerzaust war, als sie ihn schließlich in ihr Auto packte und losfuhr.

Zum Glück arbeitet Nell heute erst am Abend und kann sich tagsüber um die Gärtnerei kümmern, dachte Poppy, als sie Richtung Oxford fuhr. Sie war froh, den Kunden und ihren neugierigen Fragen nach dem Mord an Yvonne für eine Weile zu entkommen, doch wie es schien, war ihr auch beim Tierarzt keine Pause vergönnt.

Als sie Oren in seiner Transportbox in die Praxis geschleppt hatte und ihren Platz im Wartezimmer einnahm, sah sie auf dem Stuhl neben sich eine Frau, die ihr bekannt vorkam.

„Oh ... hallo", sagte die schäbig gekleidete Frau mittleren Alters, als sie Poppy erkannte. Strahlend fuhr sie fort: „Wir haben uns in Dr. Seymours Praxis getroffen, nicht wahr? Sie sind die junge Frau mit der Gärtnerei."

Poppy erwiderte ihr Lächeln. „Ja, das stimmt. Ich bin Poppy Lancaster. Und Sie sind ... Miss Payne?"

Das Lächeln der Dame wurde noch strahlender.

„Ja, ich bin Adeline Payne. Wie schön, dass Sie sich an mich erinnern!"

„Es war ein ziemlich denkwürdiger Tag", sagte Poppy und verzog das Gesicht. „Ich glaube nicht, dass ich ihn so schnell vergessen werde, zumal ich der Polizei die Ereignisse immer wieder in allen Einzelheiten schildern musste."

Miss Paynes Miene wurde schlagartig ernst. „Ja, ich muss dauernd daran denken, dass wir uns dort unterhielten, und das arme Mädchen saß am Empfang ... und ein paar Stunden später war sie tot!"

„Hat die Polizei Sie befragt?", erkundigte sich Poppy.

„Oh ja. Ich habe versucht, ihnen alles zu erzählen, woran ich mich erinnern kann, aber ich weiß nicht, ob das eine große Hilfe war. Man achtet normalerweise nicht so genau auf seine Umgebung, nicht wahr? Schließlich ahnt man nicht, dass jemand ermordet wird, sonst wäre man sicher aufmerksamer, um der Polizei wichtige Hinweis geben zu können", sagte Miss Payne im Plauderton. Sie stieß einen Seufzer aus. „Armer Dr. Seymour. Was wird er jetzt wohl tun?"

„Nun, vermutlich wird er sich irgendwann eine neue Praxismanagerin suchen müssen", meinte Poppy. „Und in der Zwischenzeit könnte ihm seine Frau vielleicht in der Praxis aushelfen."

Miss Payne schürzte verächtlich die Lippen. „Seine Frau? Die denkt immer nur an sich selbst. Sie ist ständig unterwegs, zu jeder Tages- und

Nachtzeit."

„Wie meinen Sie das?"

„An dem Abend, als der Mord geschah, sah ich sie aus dem Dorf fahren. Mein Haus liegt direkt am Dorfrand, an der Straße von und nach Bunnington. Wenn ich aus meinem Küchenfenster schaue, kann ich die Autos vorbeifahren sehen", erklärte Miss Payne.

Poppy fragte sich, wie oft Miss Payne wohl aus ihrem Küchenfenster sah und die anderen Dorfbewohner ausspionierte.

Als könnte sie Poppys Gedanken lesen, sagte Miss Payne ein wenig verlegen: „Ich stand an jenem Abend zufällig an der Spüle und füllte meinen Wasserkessel. Als ich hinausblickte, fuhr gerade ein Auto vorbei: Emma Seymour saß am Steuer. Sie ist zu schnell gefahren", fügte sie missbilligend hinzu. „Wenn Sie mich fragen, sollten die Leute im Dorf wirklich langsamer fahren."

„Aber Mrs Seymour hat der Polizei gesagt, dass sie den ganzen Abend zu Hause war", berichtete Poppy. „Sie gab an, sie hätte sich mit ihrem Mann einen Film angesehen ..." Sie brach ab, als ihr plötzlich einfiel, dass der Arzt selbst nicht zu Hause gewesen war. Er war nach dem Abendessen spazieren gegangen und erst gegen Mitternacht zurückgekommen. Und er hatte angeblich in einem Gästezimmer geschlafen und seine Frau erst am nächsten Morgen beim Frühstück gesehen. Also konnte er nicht bestätigen, ob seine Frau wirklich den ganzen Abend zu Hause gewesen war …

Miss Paynes Stimme riss sie aus ihren Überlegungen. „Tut mir leid“, sagte sie und schenkte der Frau ein entschuldigendes Lächeln. „Ich war mit den Gedanken ganz woanders.“

„Ich habe nur gefragt, wie Ihre Katze heißt“, sagte die Frau und wies auf Oren in seiner Transportbox. „Er ist sehr gut erzogen.“

Nachdem er während der ganzen Fahrt lautstark protestiert hatte, war Oren seit ihrer Ankunft in der Tierarztpraxis seltsam still geworden. Poppy beugte sich vor, um einen Blick in den Transportkorb zu werfen. Der rote Kater hatte die Vorderpfoten unter der Brust gefaltet und schnitt freche Grimassen, um einen bedauernswerten Golden Retriever auf der anderen Seite zu reizen.

„Oren gehört mir nicht, und normalerweise ist er ziemlich frech“, lachte Poppy. „Er sorgt immer wieder für Ärger; wahrscheinlich heckt er gerade irgendeinen Unfug aus.

Er gehört Nick Forrest, dem Krimiautor“, erklärte sie. „Nick ist mein Nachbar, er hat heute Morgen … ähm … viel zu tun, also bin ich eingesprungen, um Oren untersuchen zu lassen.“

Sie warf einen Blick auf die kleine Pappschachtel, die die Frau in der Hand hielt. Darin schien sich nichts zu rühren und Poppy rätselte, welches Tier da hineinpasste. Selbst für eine Maus sah die Schachtel zu klein aus. „Ähm … ist das Ihr …?“

„Das ist meine Schnecke“, sagte Miss Payne

„Ihre ... Ihre Schnecke?"

„Ja, ich habe sie in einem Kohlkopf gefunden, den ich auf dem Markt gekauft hatte, und beschlossen, sie als Haustier zu halten."

„Ah ... wie interessant." Poppy wusste nicht recht, was sie sagen sollte. „Äh ... eignen sich Schnecken denn gut als Haustiere?"

„Nun, sie sind vielleicht nicht so niedlich oder schön wie herkömmliche Haustiere, aber ich denke, sie werden sehr unterschätzt", meinte Miss Payne tapfer. „Schnecken geben einem viel zurück, wissen Sie."

Poppy hatte Mühe, nicht zu lachen, und erkundigte sich höflich: „Haben Sie ihr einen Namen gegeben?"

„Ja, ich nenne sie Solly – das ist die Kurzform von Solomon", sagte die Frau. „Möchten Sie sie sehen?" Stolz nahm sie den Deckel der Schachtel ab und zeigte Poppy eine schleimige braune Schnecke auf einem Salatblatt.

„Äh ... Solly ist ... ähm ... sehr hübsch", sagte Poppy.

Miss Payne strahlte. „Das finde ich auch. Aber heute Morgen schien er mir ein wenig unpässlich zu sein, daher dachte ich, der Tierarzt sollte mal einen Blick auf ihn werfen. Vielleicht sollte ich seine Ernährung umstellen. Bis jetzt habe ich Solly mit Salatblättern und Gurken gefüttert, aber ich frage mich, ob das nicht ein wenig eintönig ist?" Sie sah Poppy aufmerksam an. „Sie haben bestimmt

Schnecken in Ihrem Garten. Was fressen die denn?"

Poppy musste lachen. „Alles! Auch meine Setzlinge. Vielleicht sollten Sie ein paar Setzlinge für Solly züchten", scherzte sie.

Miss Paynes Miene hellte sich auf. „Das ist keine schlechte Idee! Ich werde den Tierarzt fragen, was er davon hält. Er ist so nett, Dr. Russell - er ist immer so geduldig, und es macht ihm nichts aus, wenn ich ihm Fragen stelle."

Poppy wünschte sich, sie könnte das Gesicht des Tierarztes sehen, wenn Solly, die Schnecke, in seine Sprechstunde kam. Sie musste auch an Emma Seymours grausame Worte denken, die behauptet hatte, Miss Payne nutze die Sprechstunden, um ihren Bedarf an sozialen Kontakten zu decken. Vielleicht suchte die Frau nun nach Ersatz, da sie seit der Schließung der Praxis in Bunnington auf Ralph Seymours freundliche Aufmerksamkeit verzichten musste? Zynisch fragte sich Poppy, ob neben dem Tierarzt künftig auch Zahnärzte, Chiropraktiker, Fußpfleger und andere Beschäftigte im Gesundheitswesen mit häufigen Besuchen der einsamen Jungfer rechnen mussten ...

Die Frau und ihr seltsames Haustier gerieten jedoch in Vergessenheit, als Oren an der Reihe war. Poppy sah zu, wie der Tierarzt den rothaarigen Kater rasch und fachkundig untersuchte.

„Hmm ... sieht so aus, als hätte die Diät das gewünschte Ergebnis gebracht. Er ist in ausgezeichneter Verfassung. Ich denke, Oren kann nun wieder sein normales Futter bekommen, vorausgesetzt, die Portionen sind nicht zu groß und er bekommt nicht zu viele andere Leckereien nebenher", sagte der Tierarzt.

„Oh, das wird Nick freuen", antwortete Poppy. Dann hatte sie das Gefühl, dem Arzt eine Erklärung schuldig zu sein, und fügte hinzu: „Ich bin seine Nachbarin. Nick konnte heute nicht kommen; er ist ... äh ... beschäftigt."

„Ja, ich habe es in den Nachrichten gesehen. Ich glaube, Mr Forrest hilft der Polizei bei ihren Ermittlungen", sagte der Tierarzt taktvoll.

„Ja, das stimmt." Poppy zögerte, doch dann erzählte sie ihm, warum Nick auf dem Polizeirevier festgehalten wurde.

„Es ist lächerlich, dass die Polizei Nick für einen perversen Sexualstraftäter hält", schloss sie. „Allerdings lässt sich kaum an der Tatsache rütteln, dass einige BHs unter seinem Bett gefunden wurden, ohne dass er sagen kann, wie sie dorthin gekommen sind." Sie hielt inne und schaute den Tierarzt ernst an. „Meinen Sie, Oren könnte dafür verantwortlich sein?"

Seine Augenbrauen schossen in die Höhe. „Wie bitte?"

„Nun, Nicks Vater, Dr. Noble, glaubt, dass Oren durch die Gärten streift und die BHs von den Wäscheleinen stiehlt. Er behauptet, dass es für Katzen nicht ungewöhnlich sei, Dinge zu stehlen und nach Hause zu schleppen ... stimmt das? Angeblich nennt man das ‚Katzenkleptomanie'."

„Ah ja, Dr. Noble hat recht", nickte der Tierarzt. „Kleptomanie bei Katzen ist ein gut dokumentiertes Phänomen. Und angesichts der Ernährungsumstellung bei Oren ist ein solches Verhalten nicht verwunderlich."

„Was meinen Sie damit?"

„Nun, die Ursache der Kleptomanie bei Katzen ist nicht bekannt, aber man vermutet, dass Stress, wie zum Beispiel eine Veränderung in der Umgebung oder der Ernährung, ein Auslöser sein könnte. Es handelt sich dabei um eine Form von fehlgeleitetem Raubtierinstinkt, verstehen Sie?" Der Tierarzt sah nachdenklich aus. „Wenn Sie möchten, kann ich auf der Wache anrufen und erklären, dass Oren hinter der Diebstahlserie stecken könnte."

„Oh, das wäre großartig!", rief Poppy. „Ich bin sicher, das würde Nick helfen."

Oren war inzwischen vom Untersuchungstisch auf die Arbeitsfläche an der Wand gesprungen. Er stöberte eifrig zwischen den Instrumenten und Behältern, die dort standen, und blieb an einem großen Glas mit Leckerli aus getrocknetem Hühnerfleisch stehen.

„M-mau?", sagte der Kater, tappte mit der Pfote auf den Deckel des Glases und sah den Arzt erwartungsvoll an. „MAU?"

Der Tierarzt schmunzelte. „Nun, ich nehme an, du darfst das Ende deiner Diät mit einem Leckerli feiern, Oren. Hoffen wir, dass du keinen Ärger mehr machst, wenn du wieder dein normales Futter bekommst!" Er gab dem Kater ein Stück Hühnerfleisch und wandte sich dann wieder an Poppy. „Wo Oren einmal hier ist, würde ich gerne eine Zahnreinigung bei ihm vornehmen. Dazu muss er leicht betäubt werden, und es wird ein paar Stunden dauern. Könnten Sie ihn eine Weile hierlassen und ihn später wieder abholen?"

„Kein Problem. Ich sehe mich in der Zwischenzeit ein wenig in Oxford um", sagte Poppy. „Ich könnte den Botanischen Garten der Universität besuchen! Ich habe schon so viel davon gehört und hatte noch keine Gelegenheit, ihn mir anzusehen."

„Oh, ein Besuch lohnt sich auf jeden Fall", pflichtete der Tierarzt ihr bei. „Wussten Sie, dass es der erste botanische Garten im Vereinigten Königreich war? Selbst wenn Sie keine begeisterte Gärtnerin sind, werden Sie einen Spaziergang genießen."

„Nun, ich bin eine begeisterte Gärtnerin." Poppy lächelte. „Das hört sich nach einem perfekten Plan an!"

Kapitel 17

Eine halbe Stunde später schritt Poppy durch den majestätischen steinernen Torbogen des Botanischen Gartens der Universität Oxford und seufzte begeistert, als sie das wunderschöne Gelände sah, das sich vor ihr ausbreitete. Sie merkte jedoch schnell, dass sie bei Weitem nicht genug Zeit hatte, um die zahllosen Schätze des Gartens zu erkunden. Sie warf einen Blick in den Felsengarten, der mit Sandstein aus einem örtlichen Steinbruch angelegt und mit mediterranen Arten bestückt worden war, dann bestaunte sie die Kräuterbeete, auf denen Pflanzen für die Herstellung von Gin angebaut wurden, bevor sie sich den Gewächshäusern mit ihren exotischen Arten zuwandte. Auch die Beete unter der Überschrift „Pflanzen, die die Welt verändert haben" waren faszinierend, denn hier waren botanische Spezies versammelt, die in den unterschiedlichsten Zivilisationen auf der ganzen Welt eine entscheidende Rolle bei der Produktion von Medikamenten, Nahrungsmitteln, Farbstoffen, Fasern und mehr spielten ...

Der Staudenrabatte widmete sie jedoch ihre besondere Aufmerksamkeit. Sie zeigte, wie ein traditioneller englischer Garten aussah, und enthielt viele der Pflanzen, die auch in ihrem eigenen Garten zu finden waren. Noch war es zu früh im Jahr, um die volle Blütenpracht bewundern zu können - die würde erst in den Sommermonaten zum Vorschein kommen -, aber es war trotzdem ein wunderschön gestaltetes Beet, das bereits einige vielversprechende Farben aufwies: leuchtende Krokusse und zarte Blausterne, fröhliche Narzissen und duftende Hyazinthen.

Schließlich zwangen Hunger und Durst sie, ihre Erkundungstour abzubrechen. Sie hatte weder den ummauerten Garten noch den Wassergarten, den Obstgarten oder das Herbarium gesehen und nahm sich vor, bald wiederzukommen. Vom Botanischen Garten aus ging sie die High Street entlang ins Zentrum von Oxford und fand ein hübsches kleines Café auf dem Covered Market, einem wunderbaren Labyrinth aus traditionellen Geschäften und Boutiquen, Konditoreien, Cookie-Läden, Bäckereien und Restaurants mitten im Herzen der Universitätsstadt.

Sie nahm ein einfaches, aber herzhaftes Mahl zu sich: eine hausgemachte Suppe mit knusprigem Brot, gefolgt von einer Kanne Tee und einem Teller mit warmen, buttrigen Scones. Dann machte sie sich hastig auf den Weg in den Norden der Stadt, wo sich die Tierklinik befand. Sie wollte gerade St. Giles überqueren, eine der Hauptstraßen, die aus Oxford herausführten, als sie plötzlich innehielt, weil ihr ein Schild an einem Ladenlokal weiter unten in der Straße ins Auge fiel. „Albrecht & Son – Steuerberater und Wirtschaftsprüfer" stand darauf.

Poppy runzelte die Stirn. Der Name kam ihr irgendwie bekannt vor ... Dann erinnerte sie sich: Albrecht & Son waren die Steuerberater, die Martin, der Kneipenbesitzer, ihr empfohlen hatte. Wo ich einmal hier bin, kann ich gleich vorbeischauen und einen Termin vereinbaren, dachte sie. Ein paar Minuten später stand sie einer Frau gegenüber, die in dem dunklen, holzgetäfelten Empfangsbüro hinter einem Schreibtisch saß.

„Hallo", sagte sie und lächelte. „Ich bin auf der Suche nach einem Steuerberater und Mr Albrecht wurde mir empfohlen."

„Nun, der ältere Mr Albrecht nimmt keine neuen Mandanten an, aber Sie können den jüngeren Mr Albrecht aufsuchen, wenn Sie möchten. Er hat inzwischen den größten Teil der Kanzleileitung übernommen." Die Frau warf einen Blick auf den Terminkalender. „Nächste Woche ist er geschäftlich auf Mallorca unterwegs, aber ich glaube, in der

Woche danach hat er noch Termine frei ..."

In diesem Moment öffnete sich eine Tür im Hintergrund und ein schlanker Mann mittleren Alters trat hervor. Er trug einen düsteren grauen Anzug, der nicht so recht zu seiner Weste mit dem Paisleymuster und seinem Ziegenbart zu passen schien. Poppy erkannte ihn als den Mann, den sie auf der Kante von Yvonnes Schreibtisch hatte hocken sehen, als sie aus dem Sprechzimmer gekommen war. Dr. Seymour hatte ihn „Tim" genannt - er war der Schatzmeister des Oxfordshire Auricula Clubs, erinnerte sie sich. An jenem Tag hatte sie ihn vage als wortkargen, mürrischen Mann wahrgenommen, der bei ihr keinen großen Eindruck hinterlassen hatte.

Er trat zu dem Schreibtisch der Empfangsdame und sagte: „Connie, können Sie nachsehen, ob die -" Dann brach er ab, als er Poppy erkannte.

„Hallo", sagte Poppy. „Wir sind uns in der Praxis von Dr. Seymour begegnet."

„Ja, das stimmt." Er drückte ihr kurz die Hand. „Ich bin Tim Albrecht."

„Ich bin Poppy Lancaster. Ich bin die Besitzerin von Hollyhock Gardens and Nursery, die Gärtnerei in Bunnington. Und das ist der Grund, weshalb ich hier bin." Sie schenkte ihm ein freundliches Lächeln. „Ich brauche einen Steuerberater und Sie wurden mir wärmstens empfohlen."

Tim Albrecht erwiderte ihr Lächeln nicht, sondern sagte nur mit tonloser Stimme: „Ich werde mich nach besten Kräften um Sie kümmern, Miss Lancaster. Meine Sekretärin Connie wird mit Ihnen einen Termin vereinbaren, damit ich einen ersten Blick auf Ihre Geschäftsbücher werfen kann."

„Äh ... danke", stotterte Poppy. Sein Verhalten verblüffte sie und sie war sich plötzlich nicht mehr sicher, ob sie einen so kalten, humorlosen Mann als Steuerberater haben wollte!

Albrecht sagte nichts weiter, sondern stand einfach nur da und sah sie an, sodass Poppy sich gezwungen sah, die peinliche Stille irgendwie zu überbrücken, und mit dem herausplatzte, was ihr als Erstes in den Sinn kam: „Es tut mir leid, was passiert ist ... mit Yvonne, meine ich. Es muss Sie tief getroffen haben."

Der Steuerberater schien zu erstarren. Nach einem kurzen Blick auf seine Empfangsdame, die gerade einen Anruf entgegennahm und ihr Gespräch nicht mitbekam, nahm er Poppy am Ellbogen und führte sie auf die andere Seite des Raumes, sodass sie außer Hörweite waren.

„Es ist sicherlich eine tragische Wendung der Ereignisse", sagte er mit pompöser Ernsthaftigkeit. „Aber was die persönliche Betroffenheit angeht, so würde ich nicht sagen, dass sie in meinem Fall sehr ausgeprägt ist. Schließlich kannte ich Miss Nash nur flüchtig."

„Wirklich? Als ich Sie zusammen in der Praxis gesehen habe -"

„Ja?", sagte Albrecht schnell. „Welchen Eindruck

hatten Sie da, Miss Lancaster?"

Poppy zuckte mit den Schultern. „Nur, dass Sie eine eher ... ähm, persönliche Beziehung zu haben schienen."

Tim Albrecht richtete sich zu seiner vollen Größe auf. „Ich versichere Ihnen, dass Ihr Eindruck täuscht. Meine Beziehung zu Miss Nash war rein geschäftlicher Natur, im Zusammenhang mit dem Club. Wie Sie sicher wissen, bin ich der Schatzmeister des Oxfordshire Auricula Clubs. Miss Nash hat uns bei einigen administrativen Aufgaben unterstützt. Ich ... wir haben das Protokoll der letzten Vorstandssitzung besprochen."

„Oh. Dann habe ich wohl die falschen Schlüsse gezogen, als ich Sie auf ihrem Schreibtisch sitzen sah. Sie schienen mit viel ... äh ... Gefühl zu sprechen. Ich dachte, Sie wären mehr als nur Geschäftsfreunde."

Albrechts Ausdruck wurde noch abweisender. „Sowohl Miss Nash als auch ich nehmen unsere Verantwortung für den Club sehr ernst. Wahrscheinlich waren wir in eine lebhafte Diskussion über einen Punkt vertieft, der in der Ausschusssitzung angesprochen worden war."

Poppy fragte sich, warum der Steuerberater meinte, sich ausschweifend rechtfertigen zu müssen. Sie dachte noch einmal an den Tag zurück, an dem sie ihn mit Yvonne in der Arztpraxis gesehen hatte. Er hatte sich zu der Praxismanagerin hinuntergebeugt und ein eindringendes Gespräch geführt. Als die Tür des Sprechzimmers aufging, war er aufgesprungen und hatte dabei wie ertappt gewirkt. Poppy erinnerte sich an den Ausdruck frustrierter Verlegenheit auf seinem Gesicht und dachte plötzlich: Hatte Mr Albrecht Yvonne überreden wollen, mit ihm auszugehen?

Sie betrachtete ihn nun mit anderen Augen, während ihre Fantasie auf Hochtouren lief. Was, wenn auch Albrecht von Yvonne besessen war? Was, wenn er immer und immer wieder versucht hatte, sie dazu zu bringen, seine Annäherungsversuche zu akzeptieren? Vielleicht hatte er es satt, von ihr zurückgewiesen zu werden ... vielleicht hatte er sie mit einem Trick in die Praxis gelockt, hatte versucht, sich ihr aufzudrängen ... und vielleicht hatte er, als sie sich gewehrt hatte, zugeschlagen und sie versehentlich getötet? Es wäre nicht das erste Mal, dass ein frustrierter Mann aggressiv auf seine Zurückweisung reagierte ...

Ihre Gedanken mussten sich in ihrem Gesicht gespiegelt haben, denn Albrecht sagte wütend:

„Was auch immer Sie denken, Miss Lancaster, ich kann Ihnen versichern, dass Sie sich irren. Meine Beziehung zu Miss Nash hatte nichts Persönliches an sich.“

Poppy errötete, es war ihr peinlich, dass er sie ertappt hatte. „Es tut mir leid“, stammelte sie. „Ich wollte nicht ... ähm ... Können Sie sich vorstellen, wer Yvonne hätte umbringen wollen?“

Albrecht zuckte mit den Schultern. „Wie ich schon

sagte, beschränkte sich mein Umgang mit Miss Nash auf OAC-Angelegenheiten. Ich habe weder eine Ahnung von ihrem Privatleben noch ein Interesse daran.“

„Und Sie haben sie an jenem Abend nicht in der Dorfkneipe gesehen? Mir wurde gesagt, dass Sie auch in Bunnington wohnen.“

„Nein, ich war nicht in der Kneipe. Ich habe den Abend allein zu Hause verbracht, mit einem guten Buch und einem Glas Portwein.“ Er schaute ungeduldig auf seine Uhr. „Wenn Sie mich jetzt entschuldigen würden, Miss Lancaster, ich bin sehr beschäftigt. Ich wünsche Ihnen einen guten Tag.“

Poppy sah ihm nach, als er sich in sein Büro zurückzog. Tim Albrecht mochte reden, wie er wollte - sie war sich sicher, dass er nicht die ganze Wahrheit über seine Beziehung zu Yvonne sagte. An jenem Tag hatte eine deutlich spürbare Spannung zwischen ihm und der Praxismanagerin in der Luft gelegen, das hatte sie sich ebenso wenig eingebildet wie die misstrauische Wachsamkeit, die Albrecht jetzt an den Tag legte.

Er verbirgt etwas, dachte sie, als sie wieder auf der Straße stand. Die Frage war nur … reagierte er so gereizt, weil es ihm peinlich war, dass jemand Zeuge seiner Zurückweisung geworden war? Oder war es eine Abwehrhaltung, hinter der etwas viel Schlimmeres lauerte?

Kapitel 18

Es war früher Nachmittag, als Poppy endlich wieder in Bunnington ankam, und sie war überrascht, mehrere uniformierte Polizisten auf dem Dorfanger zu sehen. Das halbe Dorf schien auf den Beinen zu sein, Leute liefen aufgeregt umher oder standen in kleinen Gruppen zusammen, beobachteten die Polizisten und redeten.

Was ist denn hier los?, fragte sich Poppy, als sie langsam vorbeifuhr. Die Polizisten schienen sich auf die Gassen zu verteilen, die von der Grünfläche wegführten, und klopften an jedem Haus, sprachen kurz mit den Bewohnern, bevor sie die Gärten betraten und in den Beeten herumstöberten. *Was in aller Welt machen die da?*

In ihrer Sackgasse angekommen, parkte Poppy

ihr Auto, trug die Transportbox in Nicks Haus und ließ den verschlafenen Oren heraus. Sie sah ihm zu, wie er in Nicks Arbeitszimmer schlenderte und auf den Stuhl des Krimiautors sprang, wo er sich zu einer großen, pelzigen, orangefarbenen Kugel zusammenrollte. Die Wirkung des Betäubungsmittels hatte noch nicht ganz nachgelassen, also würde er wahrscheinlich den Rest des Nachmittags verschlafen.

In der Gewissheit, dass es dem Kater gut ging, verließ Poppy das Haus und eilte hinüber nach Hollyhock Cottage. Sie war enttäuscht, dass keine Kunden zu sehen waren, obwohl das angesichts des Tumults auf dem Dorfanger kaum verwunderlich war. Nell ging gerade mit einer Gießkanne durch die Reihen von Topfpflanzen. Sie blickte auf, als Poppy näher kam.

„Großer Gott, Poppy, wo warst du die ganze Zeit? Ich habe deine Nachricht wegen der Zahnreinigung bekommen, aber ich hätte nicht gedacht, dass das so lange dauert. Gab es ein Problem?"

„Tut mir leid, Nell! Nein, es war alles in Ordnung. Ich musste ein paar Stunden warten, weil Oren für die Behandlung betäubt werden musste, und da habe ich die Gelegenheit genutzt, um den Botanischen Garten der Universität zu besuchen. Dann kam ich an dem Büro des Steuerberaters vorbei, den Martin mir empfohlen hatte, und dachte, ich schaue mal rein und mache einen Termin. Aber ich wollte dich nicht so lange warten lassen!"

Nell wedelte mit der Hand. „Kein Problem, ich hatte nichts Besonderes vor. Ich habe mir nur ein bisschen Sorgen gemacht." Sie beugte sich eifrig vor, ihre Augen leuchteten. „Du hast die ganze Aufregung verpasst, meine Liebe! Die Polizei ist in Bunnington und sucht nach der Tatwaffe, mit der Yvonne getötet wurde."

„Oh! Ich habe mich schon gewundert, warum so viele Polizisten im Dorf sind." Poppy sah ihre Freundin erwartungsvoll an. „Sie haben also herausgefunden, was die Mordwaffe ist?"

Nell nickte aufgeregt. „Ich habe es heute Morgen von Mrs Peabody gehört: Sie glauben, es könnte ein Gartenzwerg sein."

„Ein Gartenzwerg?" Poppy lachte ungläubig. „Du machst Witze, oder?"

„Oh nein, es passt zu dem, was die Gerichtsmedizin herausgefunden hat. Es steht fest, dass Yvonne mit einem schweren, stumpfen Gegenstand auf den Kopf geschlagen wurde.

Offenbar wurden bei der Autopsie rote Farbsplitter in der Wunde gefunden, die mit einer bestimmten Art von Acrylfarbe für den Außenbereich übereinstimmen. Damit werden üblicherweise die Mützen von Gartenzwergen bemalt. Auch die Vertiefung in ihrem Schädel würde dazu passen. Die Polizei durchsucht nun also das ganze Dorf. Sie glauben, dass die Mordwaffe von hier stammt und vielleicht noch hier versteckt ist."

„Wow!" Poppy brauchte einen Moment, um diese

Neuigkeit zu verdauen. „Aber gehen sie wirklich davon aus, dass der Mörder so dumm war, einen Gartenzwerg aus dem eigenen Garten zu benutzen?“

„Oh nein, er hat ihn wahrscheinlich aus einem fremden Garten gestohlen. Es gibt schließlich jede Menge Gartenzwerge in der Umgebung.“

Das stimmt, dachte Poppy und erinnerte sich an all die Vorgärten, in denen sie auf dem Weg zur Arztpraxis die unterschiedlichsten Gartenzwerge gesehen hatte.

„Ich glaube, die Polizei geht von Haus zu Haus und bittet die Leute, nachzusehen, ob ihre Gartenzwerge vollzählig sind“, sagte Nell.

„Aber was soll das bringen?“, fragte Poppy skeptisch. „Ich meine, selbst wenn sie einen Garten finden, in dem ein Gartenzwerg fehlt, weiß man immer noch nicht, wer ihn gestohlen hat.“

„Vielleicht hat der Besitzer Überwachungskameras installiert“, meinte Nell. „Oder vielleicht können die Besitzer der Polizei sagen, dass jemand einen ihrer Zwerge vorübergehend entfernt hat, etwa um ihn zu säubern.“

„Säubern!“, rief Poppy so plötzlich, dass ihre Freundin erschrocken zusammenzuckte. „Du hast mich gerade an etwas erinnert! Als ich Dr. Seymour gestern Abend begleitet habe, war er überrascht, dass seine Frau nicht zu Hause war. Sie kam zurück, als ich noch da war, und sagte, sie habe die Gartenzwerge zum Restaurator in der Stadt gebracht, um sie reinigen zu lassen. Dann habe sie dort zu Abend gegessen und sei deshalb erst so spät zurückgekommen. Findest du das nicht verdächtig?"

„Was meinst du?"

„Nun, Emma Seymour musste zufällig ihre Gartenzwerge zum Reinigen wegbringen, unmittelbar nachdem Yvonne ermordet worden ist. Findest du das nicht ein bisschen seltsam?"

„Es könnte auch nur ein Zufall sein", sagte Nell.

„Ach, komm schon, Nell!" Poppy verdrehte die Augen. Sie holte ihr Telefon hervor. „Ich muss mit Suzanne sprechen und ihr Bescheid sagen."

Der Anruf wurde immer wieder auf die Mailbox umgeleitet, sodass Poppy nach mehreren Versuchen stattdessen die Kripo anrief. Das Herz schlug ihr bis zum Hals, als sie zu Detective Sergeant Lee durchgestellt wurde.

„Ja?", sagte er barsch.

„Ich wollte mit Suzanne, ich meine, Inspector Whittaker, sprechen."

„Ich habe die Leitung des Falles übernommen", erklärte Lee pompös. „DI Whittaker musste ihn abgeben, Interessenkonflikt, Sie verstehen. Wenn Sie also sachdienliche Informationen haben, bin ich der richtige Ansprechpartner."

Poppy zögerte. Sie hätte viel lieber mit Suzanne gesprochen. Aber wenn es stimmte, dass ihre Freundin von dem Fall abgezogen worden war, hatte sie keine andere Wahl. Wichtige Informationen zurückzuhalten, weil sie eine persönliche Abneigung gegen den zuständigen Beamten hegte, wäre unverantwortlich. Poppy holte tief Luft und berichtete ihm, dass Emma plötzlich ihre Gartenzwerge zum Reinigen gebracht hatte, doch leider schien Sergeant Lee nicht sehr beeindruckt zu sein.

„Halten Sie das nicht für verdächtig?", meinte Poppy eindringlich. „Möglicherweise hat Mrs Seymour die Gartenzwerge weggebracht, weil einer von ihnen die Tatwaffe war. Jetzt lässt sie sie reinigen, um alle Spuren zu beseitigen."

„Miss Lancaster, wie wär's, wenn Sie sich weniger Hollywood-Filme ansehen?", erwiderte Lee spöttisch. „Solche Zufälle ergeben sich im täglichen Leben ständig – jemand mit meiner Erfahrung weiß so etwas. Es gibt keinen Anlass für melodramatische Interpretationen."

Poppy knirschte mit den Zähnen. „Ich bin nicht melodramatisch! Es könnte sich genau so abgespielt haben, außerdem hat Emma Seymour das perfekte Motiv."

„Und das wäre?"

„Eifersucht, natürlich! Dr. Seymour hatte eine Affäre mit Yvonne."

„Woher wissen Sie das?"

„Das ganze Dorf weiß es! Und Emma Seymour ist nicht der Typ, der tatenlos zusieht, wie eine andere Frau ihr den Mann wegnimmt. Sie steht sogar in dem Ruf, eine schlechte Verliererin zu sein: Sie wurde einer anderen Frau gegenüber gewalttätig, nur weil deren Kuchen den Wettbewerb auf dem jährlichen

Dorffest gewonnen hat. Können Sie sich vorstellen, wie sie reagiert, wenn sie erfährt, dass ihr Mann eine Geliebte hat?"

„Mrs Seymour ist sowohl von der DI als auch von mir befragt worden", sagte Lee. „Sie hat ein Alibi für die Tatzeit. Sie war den ganzen Abend zu Hause."

„Aber woher wissen Sie, dass das stimmt? Sie könnte lügen."

„Ihr Mann bürgt für sie. Er war bei ihr. Sie haben sich zusammen einen Film angesehen."

Poppy verdrehte die Augen. War er tatsächlich auf dieses Lügengespinst hereingefallen? Sie erwog, ihm zu erzählen, dass auch Ralph Seymour gelogen hatte, was sein Alibi anging: Er war nach dem Abendessen im Wald spazieren gegangen, sodass er nicht sagen konnte, ob seine Frau den ganzen Abend zu Hause gewesen war. Doch dann wurde ihr klar, dass sie Emmas Angaben nur in Zweifel ziehen konnte, wenn sie gleichzeitig ihren Mann der Lüge bezichtigte und ihn bei der Polizei verriet. Sie zögerte - sie wusste, dass sie keine Rücksicht auf ihn nehmen sollte, aber irgendwie empfand sie Mitleid mit Dr. Seymour. Es wäre grausam, ihm zu allem Überfluss auch noch die Polizei auf den Hals zu hetzen. Außerdem konnte sie sich einfach nicht vorstellen, dass er der Mörder sein sollte – seine Verzweiflung über Yvonnes Tod war echt.

Dann fiel ihr das Gespräch mit Miss Payne in der Tierarztpraxis ein. Es gab also doch eine Möglichkeit, Emmas Alibi in Frage zu stellen, ohne ihren Mann anzuschwärzen.

„Ich habe heute Morgen mit einer der Dorfbewohnerinnen gesprochen", sagte sie. „Ihr Name ist Adeline Payne. Sie wohnt zufällig an der Straße, die aus dem Dorf herausführt, und sie sagte mir, dass sie die Frau des Doktors in der Mordnacht aus Bunnington hat wegfahren sehen."

„Hmm. Ich erinnere mich, Miss Payne befragt zu haben - sie lebt allein, nicht wahr?"

„Ja, ich glaube schon."

„Eine dieser typischen alten Wichtigtuerinnen, die -"

„Sie ist nicht alt", protestierte Poppy. „Sie ist vielleicht in den Fünfzigern? Ja, ich nehme an, sie interessiert sich für das, was im Dorf vor sich geht, aber -"

„Sie sagen mir, ich soll mich auf die Angaben einer neugierigen alten Jungfer verlassen, die es als ihre Lebensaufgabe ansieht, am Fenster zu stehen und anderen Leuten nachzuspionieren?", unterbrach Lee sie spöttisch.

„Was hat ihr Lebensstil damit zu tun?", fragte Poppy ungeduldig. „Der Punkt ist, dass sie Mrs Seymour an besagtem Abend im Auto gesehen hat, obwohl diese behauptet hat, den ganzen Abend zu Hause gewesen zu sein."

„Sind Sie sicher, dass Ihre Miss Payne sich das nicht eingebildet hat? Vielleicht will sie einfach ein bisschen Spannung in ihr langweiliges Dasein bringen."

„Sie hat es sich nicht eingebildet", erwiderte Poppy gereizt. „Sie hat mir glaubhaft versichert, dass sie Mrs Seymours Auto gesehen hat."

„Es war dunkel. Wie konnte sie sicher sein, dass es ihr Auto war? Hat sie das Nummernschild erkannt?"

„Das weiß ich nicht, sie hat es nicht gesagt", gab Poppy widerwillig zu. „Sie hat nur gesagt, dass sie das Auto erkannt hat."

„Solange sie das Nummernschild nicht identifizieren kann, haben Sie nur ihr Wort, dass es Mrs Seymours Wagen war. Sie könnte auch ganz falschliegen."

„Ich hatte den Eindruck, als würde sie oft aus dem Fenster schauen. Ich bin sicher, sie kennt alle Fahrzeuge, die im Dorf unterwegs sind, und weiß, welches Emma Seymours Auto ist, auch wenn sie das Nummernschild nicht sehen konnte."

„Sie könnte lügen."

„Warum sollte Miss Payne lügen?" Poppy wurde immer wütender. „Warum können Sie nicht einfach akzeptieren, dass Mrs Seymour eine Hauptverdächtige im Mordfall Yvonne Nash ist?"

„Wir haben bereits einen Hauptverdächtige in Gewahrsam."

„Ach, kommen Sie, das meinen Sie nicht ernst! Sie glauben doch nicht immer noch, dass Nick Forrest der Mörder sein könnte? Das ist einfach lächerlich!"

„Das zu beurteilen, überlassen Sie besser mir", knurrte Sergeant Lee. „Im Moment läuft die Suche nach der Mordwaffe, und ich bin mir ziemlich sicher, dass wir Forrests Fingerabdrücke oder DNA darauf finden, wenn wir sie ausfindig gemacht haben." Er klang vergnügt. „Und dann ist der Fall abgeschlossen."

Poppy musste sich auf die Zunge beißen, sonst hätte sie etwas gesagt, was sie vielleicht später bereut hätte. Stattdessen zählte sie bis zehn und fragte dann: „Würden Sie bitte wenigstens mit Miss Payne sprechen und sich anhören, was sie zu sagen hat?"

„Ja, ja", gab Sergeant Lee gereizt zurück. „Ich werde einen Constable schicken, um sie erneut zu befragen. Wir haben allerdings mit allen Patienten gesprochen, die an diesem Tag in der Praxis waren. Dabei hat sie Mrs Seymours Auto nicht erwähnt."

„Nun, sie konnte ja nicht wissen, dass es wichtig war, oder? Ich meine, sie wusste nichts von Mrs Seymours angeblichem Alibi", setzte Poppy an, aber der Sergeant unterbrach sie.

„Ja, nun, wenn das alles ist, Miss Lancaster, würde ich gerne mit meiner Arbeit weitermachen. Ich habe eine Mordermittlung zu leiten. Schönen Tag noch."

Kapitel 19

Wie immer schäumte Poppy vor Wut, nachdem sie mit Sergeant Lee gesprochen hatte. Es machte sie rasend, dass bei den Ermittlungen eine höchst verdächtige Person übergangen werden könnte, nur weil der Detective Sergeant sich weigerte, sie, Poppy, ernst zu nehmen.

„Nell – wann fängst du heute mit der Arbeit an? Könntest du dich hier noch ein bisschen länger um alles kümmern?", fragte sie einem Impuls folgend.

„Ja, natürlich. Ich bin erst heute Abend um sechs mit Putzen dran, in ein paar Büros in Oxford. Aber warum? Willst du noch mal weg?"

„Ich muss nur kurz bei den Seymours vorbeischauen. Ich bin bald wieder da!"

Poppy eilte hinaus auf die Gasse und wäre fast

mit Bertie zusammengestoßen. Er war mit Einstein unterwegs, der eifrig an seiner Leine zerrte. Die Aussicht auf einen Spaziergang brachte ihn ganz aus dem Häuschen. Ausnahmsweise war der alte Erfinder ganz normal gekleidet, Poppy konnte weder Taucherflossen noch eine Antenne oder eine Laborbrille entdecken. Allerdings trug er ein Goldfischglas unter einem Arm. Statt Wasser und Fisch schien es jedoch stachelige grüne Tentakeln zu enthalten, die wie ein Seeungeheuer über den Rand ragten.

Bertie lächelte erfreut, als er sie sah, und Einstein begrüßte sie mit begeistertem Bellen.

„Poppy, meine Liebe! Wo wollen Sie denn so schnell hin?"

Poppy schenkte dem alten Mann ein zerstreutes Lächeln und beugte sich vor, um Einstein zu streicheln. „Ich fahre nur kurz zu den Seymours. Und was machen Sie?"

„Oh, Einstein und ich gehen mit meiner *Euphorbia caput-medusae* spazieren."

„Mit Ihrer was?", fragte Poppy verdutzt.

Bertie hielt stolz sein Goldfischglas hoch. „Darf ich vorstellen? Meine *Euphorbia caput-medusae* - auch bekannt als Medusenhaupt."

Poppy beäugte das Glas misstrauisch. „Das ist eine Pflanze?"

„Aber natürlich, meine Liebe. Sukkulenten sind ein wichtiger Teil des Pflanzenreichs! Sie sind perfekt an Trockenheit und Dürre angepasst." Bertie rückte seine Brille zurecht und fuhr begeistert fort: „Das Wort ‚Sukkulente' kommt von dem lateinischen Wort *sucus*, was ‚Saft' bedeutet - eine Anspielung auf ihre wunderbar fleischigen Blätter und Stängel, die Wasser speichern. In manchen Fällen auch die Wurzeln, obwohl unter Botanikern heftig darüber diskutiert wird, ob man Strukturen wie Zwiebeln und Knollengewächse einbeziehen sollte. Eine solche Klassifizierung würde bedeuten, dass die Unterscheidung zwischen Sukkulenten und ‚Geophyten' verloren geht. Letztere überleben die unwirtlichen Jahreszeiten durch ein ruhendes Organ unter der Erde. Die Tatsache, dass Sukkulenten zwar zu den Xerophyten gehören - also zu den Pflanzen, die an trockene Umgebungen angepasst sind –, aber nicht alle Xerophyten Sukkulenten sind, sorgt für zusätzlichen Sprengstoff in der Diskussion. Schließlich gibt es noch andere Möglichkeiten, sich an Wasserknappheit anzupassen, zum Beispiel durch die Ausbildung kleiner, stacheliger oder ledriger Blätter." Er schaute Poppy freundlich an. „Ich hoffe, damit ist alles klar, meine Liebe?"

Klar wie Kloßbrühe, dachte Poppy. Ihr schwirrte der Kopf von all den Informationen und unbekannten Wörtern.

„Sonst kann ich es Ihnen gerne noch einmal erklären."

„Oh nein, danke", sagte Poppy hastig. „Das ist alles ... ähm faszinierend, Bertie. Aber ich verstehe immer noch nicht, warum Sie mit Ihrer Sukkulente spazieren gehen.“

„Ah, sehen Sie, *Euphorbia caput-medusae* braucht viel Sonne, um zu gedeihen, täglich sechs Stunden sind ideal. Ich glaube, dass der Platz, an dem sie steht, nicht ganz passt, daher dachte ich, ein flotter Marsch an der frischen Luft würde ihr guttun. Sie sieht niedergeschlagen aus, finden Sie nicht?“

Bertie hielt ihr das Glas mit den grünen Tentakeln unter die Nase, sodass sie erschrocken zurückwich.

„Ähm. Könnte sein. Ich meine, ich bin mir nicht sicher, wie eine deprimierte Sukkulente aussieht“, murmelte Poppy.

„Na ja, ihr sind in letzter Zeit keine neuen Arme mehr gewachsen. Wenn sie glücklich sind, können die medusoiden Euphorbien so groß werden wie ein menschlicher Kopf oder sogar noch größer! Daher stammt auch ihr Name.“ Bertie streichelte liebevoll einen reptilienartigen Tentakel. „Ist sie nicht einfach wunderbar?“

Poppy starrte auf das grüne Monstrum. Persönlich konnte sie sich nichts Abstoßenderes vorstellen als ein Gewirr aus schuppigen, grünen Wucherungen von der Größe eines menschlichen Kopfes. Aber Bertie hatte eine so schlichte, kindliche Freude an allem, dass sie es nicht übers Herz brachte, ihn zu enttäuschen.

„Sie ist mal etwas ganz anderes“, sagte sie munter. „Solche Pflanzen findet man normalerweise nicht in einem englischen Garten. Ich wünsche Ihnen einen erfrischenden Spaziergang mit Einstein und Euphoria Dingsda."

Sie verabschiedete sich und machte sich eilig auf den Weg. Als sie zehn Minuten später am Haus der Seymours ankam, hielt sie zögernd inne. Sie wusste, dass sie sich eigentlich nicht in die Ermittlungen einmischen sollte, aber Sergeant Lees Verhalten hatte sie so wütend gemacht, dass sie es nicht ertragen konnte, nur von der Seitenlinie aus zuzusehen. *Wenn ich Emma zur Rede stelle, gibt sie vielleicht zu, dass sie bei ihrem Alibi gelogen hat,* dachte Poppy. *Manchmal funktioniert die Überrumpelungstaktik, dann verraten die Leute Dinge, die sie eigentlich verschweigen wollten.*

Sie holte tief Luft, ging zur Haustür und klingelte. Im Geiste wappnete sie sich für ihre Konfrontation mit der Frau des Arztes, doch es war Dr. Seymour, der ihr öffnete. Er sah aus, als hätte er in der Nacht kaum geschlafen: Seine Augen waren blutunterlaufen, dunkle Stoppeln sprossen am Kinn und seine Kleidung wirkte noch unordentlicher als bei ihrer letzten Begegnung.

„Hallo." Poppy schenkte ihm ein entschuldigendes Lächeln. „Verzeihen Sie die Störung, aber ich wollte gerne mit Ihrer Frau sprechen."

„Emma ist nicht hier."

„Oh. Wann kommt sie zurück?"

Dr. Seymour zuckte hilflos mit den Schultern. „Ich habe keine Ahnung."

„Wissen Sie, wo sie sein könnte?"

Er schüttelte den Kopf. „Sie war nicht hier, als ich

aufgewacht bin. Ich dachte, sie würde ihren Powerwalk machen - das tut sie oft am frühen Morgen - also habe ich ein paar dringende Anrufe getätigt. Wir mussten die Praxis ja so plötzlich schließen und die Sprechstunde absagen und schaffen es kaum, allen Patienten Bescheid zu geben. Einige müssen an eine andere Praxis überwiesen werden. Normalerweise würde Yvonne das alles erledigen, aber ..." Er brach ab, seine Stimme zitterte leicht.

Lieber Himmel, er wird doch nicht wieder anfangen zu weinen?, dachte Poppy bestürzt. Der Mann tat ihr leid, aber allmählich bekam sie den Eindruck, dass Ralph Seymour ein ziemlicher Waschlappen war.

Schnell sagte sie mit forscher Stimme: „Ihre Frau ist also noch nicht von ihrem Powerwalk zurück?"

„Ja ... ich meine, nein, ist sie nicht", sagte Dr. Seymour. Er schaute sich unschlüssig um. „Ich musste heute Morgen einen Hausbesuch machen, daher war ich ein paar Stunden unterwegs und dachte, sie wäre zu Hause, wenn ich zurückkomme, aber das war sie nicht."

Poppy runzelte die Stirn. „Sie haben sie also seit gestern Abend nicht mehr gesehen?"

Dr. Seymour schüttelte den Kopf. „Ich habe im Gästezimmer geschlafen. Wir haben uns wieder einmal gestritten, nachdem Sie weg waren." Er errötete.

„Wissen Sie, ob Mrs Seymour heute irgendwo zu Mittag essen wollte? Mit einem Freund oder einer

Freundin?“

„Nicht, dass ich wüsste. Ihr Auto steht noch hier.“

„Und was ist mit Einkaufen?“

Wieder zuckte Dr. Seymour hilflos mit den Schultern. Seine vage, unbestimmte Art ging Poppy langsam auf die Nerven.

„Hören Sie, machen Sie sich Sorgen um sie?“, fragte sie unverblümt.

Dr. Seymour zog nachdenklich die Stirn kraus. „Es ist nicht normal, dass sie ohne ein Wort weggeht. Meist hinterlässt sie mir eine Liste mit Dingen, die ich erledigen soll. Aber ich bin sicher, dass es ihr gut geht“, fügte er schwach hinzu.

„Haben Sie versucht, sie auf ihrem Handy anzurufen?“

„Sie hat es nicht mitgenommen. Ich habe es in der Küche gefunden, ihr Portemonnaie und ein paar andere Sachen liegen auch dort.“

„Ist es nicht seltsam, dass sie ihr Handy nicht mitgenommen hat?“

„Nein, eigentlich nicht. Emma gehört nicht zu den Menschen, die ständig am Telefon kleben. Sie lässt ihr Handy oft zu Hause, wenn sie einen Spaziergang macht. Normalerweise geht sie nicht weit weg und der Empfang im Wald ist sowieso schlecht, deswegen ist es ihr lästig, das Ding mit sich herumzuschleppen, vor allem, wenn sie keine Tasche dabeihat.“

Poppy kaute nachdenklich auf ihrer Unterlippe. Sie überlegte, was sie tun sollte. Wenn der Arzt nicht wusste, wo seine Frau war, ging sie das eigentlich nichts an. Sie war gekommen, um mit Emma zu reden, und da sie nicht zu Hause war, sollte sie sich verabschieden und Dr. Seymour in Ruhe lassen.

Trotzdem …

„Warum zeigen Sie mir nicht, wo Ihre Frau normalerweise ihre Powerwalks macht, und wir sehen uns mal um?", schlug Poppy spontan vor.

Ralph Seymour sah sie überrascht an, führte sie aber bereitwillig hinters Haus und zeigte ihr den Weg, der vom Garten in den Wald mündete. Dann streiften sie eine halbe Stunde lang umher, hielten Ausschau nach Emma und riefen gelegentlich ihren Namen.

Es war ein wunderschöner Frühlingstag, und wenn da nicht diese quälende Unruhe gewesen wäre, hätte Poppy den Spaziergang genossen. In den vergangenen Wochen hatte sie in der Gärtnerei so viel zu tun gehabt, dass sie sich nicht die Zeit genommen hatte, die Umgebung zu erkunden. Sie hatte ganz vergessen, wie hübsch Wildblumen sein konnten, von den sonnengelben Narzissen, die in Büscheln am Wegesrand wuchsen, bis hin zu den blauen Teppichen aus Hasenglöckchen unter den Bäumen und dem bescheidenen Himmelschlüssel mit seinen zierlichen gelben Blüten, die durch das Gestrüpp lugten. Am liebsten hätte sie sich mitten im Wald hingesetzt, um die Wunder der Natur und die Schönheit um sie herum auszukosten, doch ein Blick auf ihren Begleiter erinnerte sie an den Grund für ihren Ausflug in den Wald. Von Emma fehlte nach wie vor jede Spur und nach einer Weile machten sie sich schließlich auf den Rückweg.

„Vielleicht sollten Sie die Polizei benachrichtigen", sagte Poppy, als sie am Haus ankamen. „Man muss nicht unbedingt vierundzwanzig Stunden warten, bevor man jemanden als vermisst meldet."

„Als vermisst melden?", sagte Dr. Seymour erschrocken. „Nein, ich will der Polizei keine unnötige Arbeit machen. Sicher kommt Emma bald nach Hause."

„Möglicherweise ist es nur ein falscher Alarm, aber ich würde an Ihrer Stelle lieber auf Nummer sicher gehen." Poppy musterte den Arzt neugierig. Es überraschte sie, dass ihn das Verschwinden seiner Frau nicht beunruhigte.

Sie hatte jedoch keine Zeit, um darüber nachzudenken. Ein Blick auf die Uhr ließ sie schuldbewusst an Nell denken, die immer noch auf sie wartete. „Hören Sie, ich muss zurück in die Gärtnerei. Rufen Sie einfach bei der Polizei an und sagen Sie den Beamten alles, was Sie mir erzählt haben, okay?"

Er stand unschlüssig in der Haustür, als sie sich verabschiedete und durch das Dorf zum Cottage zurückeilte. In der Gärtnerei war kein einziger Kunde zu sehen, wie sie enttäuscht feststellte. Nell hatte es sich in einem alten Gartenstuhl neben dem Verkaufstisch bequem gemacht und war in einen neuen Liebesroman vertieft.

„Wahrscheinlich ist sie auf der Flucht", sagte Nell genüsslich, nachdem ihr Poppy von der Suche nach Mrs Seymour erzählt hatte. „Emma hat Yvonne aus Eifersucht ermordet, und bevor ihr die Polizei auf die Spur kommt, hat sie beschlossen, sich aus dem Staub zu machen."

Poppy runzelte die Stirn. „Hätte sie dann nicht wenigstens ein paar Sachen zusammengepackt? Dr. Seymour sagte, sie habe weder ihr Handy noch ihr Portemonnaie mitgenommen. Wo auch immer sie untertaucht - sie braucht doch sicher Geld, oder?"

„Vielleicht ist sie mit einem anderen Mann zusammen", meinte Nell. Ihre Augen funkelten. „Vielleicht hatte auch Emma eine Affäre. Ihr reicher Liebhaber ist gekommen, um sie aus den Fängen der Polizei zu befreien, und hat sie mitgenommen."

„Oh Nell, entscheide dich", sagte Poppy kopfschüttelnd. „Wenn Emma so eifersüchtig und besitzergreifend ist, dass sie selbst vor einem Mord an ihrer Rivalin nicht zurückschreckt, um ihren Mann nicht zu verlieren, dann wird sie kaum eine Affäre mit einem anderen Mann haben, nicht wahr?"

„Das muss kein Widerspruch sein", wandte Nell ein. „Wenn es um die Liebe geht, tun die Menschen seltsame Dinge. Denk nur an das arme Mädchen, das sich in einen gutaussehenden Musiker verliebt hat, der aber mit einer schrecklichen Frau verlobt war. Immer, wenn er versucht hat, sich von ihr zu trennen, hat sie gedroht, sich etwas anzutun. Gleichzeitig hat sie ihn behandelt wie Dreck und hatte hinter seinem Rücken zahlreiche Affären. Eigentlich bedeutete er ihr nichts, aber den Gedanken, dass er mit einer anderen Frau sein Glück finden würde, konnte sie nicht ertragen. Sie hat den beiden das Leben zur Hölle gemacht, bis sie schließlich beschlossen, zusammen wegzulaufen."

„Ist das eine wahre Geschichte oder hast du das in einem deiner Bücher gelesen?", fragte Poppy mit einem misstrauischen Blick auf das grelle Cover des Liebesromans in den Händen ihrer Freundin.

„Nun gut, es war in einem Buch", gab Nell zu. „Aber das heißt nicht, dass es nicht wahr sein kann! Das Leben schreibt immer noch die besten Geschichten." Sie steckte ein Lesezeichen in den Roman, stand auf und wischte sich die Hände an ihrer Schürze ab. „Ich setze den Kessel auf. Wie wär's mit einer Tasse Tee?"

„Das wäre toll, danke, Nell. Und es tut mir leid, dass ich dich so lange hab warten lassen - ich hoffe, du kommst nicht zu spät zur Arbeit."

„Oh nein, ich habe dir doch gesagt, dass ich erst um sechs anfange, in einem dieser großen Büros im Oxford Science Park. Ich habe also noch genug Zeit für einen Tee, bevor ich losmuss. Übrigens treffe ich mich danach mit ein paar Freundinnen auf einen Drink im Pub, daher bin ich wahrscheinlich erst spät zurück." Nell schaute sie besorgt an. „Du kommst doch klar, nicht wahr, Liebes? Ich habe eine Quiche gemacht - sie steht in der Küche, fürs Abendessen ist also gesorgt. Frisches Brot ist im Brotkasten."

„Oh, das ist wirklich lieb von dir, Nell. Danke!" Poppy umarmte ihre Freundin spontan und dachte nicht zum ersten Mal, dass sie sich glücklich schätzen konnte, eine so warmherzige, mütterliche Frau an ihrer Seite zu haben. „Viel Spaß mit deinen Freundinnen. Und mach dir keine Sorgen, ich komme schon klar."

Kapitel 20

Der Rest des Nachmittags schien sich endlos in die Länge zu ziehen. Poppy fiel es schwer, sich auf ihre Aufgaben in der Gärtnerei zu konzentrieren, weil ihre Gedanken um die Suche nach der Tatwaffe und den Verbleib von Emma Seymour kreisten. Im Dorf hatte sich die Nachricht vom Verschwinden der Arztgattin sicher schon herumgesprochen, vermutlich wussten die üblichen Klatschbasen mehr, als die Polizei je erfahren würde. Am liebsten wäre sie auf der Stelle zum Dorfanger aufgebrochen, um mehr herauszufinden.

Da jedoch immer die Möglichkeit bestand, dass in letzter Minute ein Kunde erschien, musste sie bleiben, wo sie war, bis die Gärtnerei offiziell schloss. Die meiste Zeit lief Poppy ungeduldig und mit mürrischer Miene auf dem Gartenweg auf und ab. Dass sich bis zum Schluss kein einziger Kunde blicken ließ, ärgerte sie noch mehr. Sie hatte das Gefühl, umsonst gewartet zu haben, drehte schließlich mit einem erleichterten Seufzer das Schild am Eingangstor auf „GESCHLOSSEN" und machte sich auf den Weg zum Dorfplatz.

Als sie ankam, stellte sie fest, dass die Menschenmenge inzwischen noch größer geworden war und sich noch mehr Polizisten dort tummelten. Am Rand des Angers entdeckte Poppy eine junge Frau mit einem Baby auf der Hüfte – es war die junge Mutter, die sie in der Arztpraxis getroffen hatte.

Sie ging zu ihr und lächelte sie freundlich an: „Hallo! Wir sind uns bei Dr. Seymour begegnet."

„Hallo! Ja, stimmt." Die junge Frau strahlte sie an und streckte ihr die Hand entgegen. „Wir haben uns gar nicht richtig vorgestellt, oder? Ich bin Tamsin Beckett – und Sie erinnern sich sicher an Oscar", fügte sie grinsend mit einem Blick auf das Baby hinzu, das gerade an einem Zwieback knabberte.

„Hallo, Oscar", begrüßte Poppy den Kleinen lächelnd. Oscar glukste vor Vergnügen und hielt ihr seinen aufgeweichten Zwieback hin.

„Ich bin froh, dass ich Sie sehe, denn ich habe etwas für Sie", sagte Tamsin und kramte in ihrer Handtasche, holte ihre Geldbörse hervor und öffnete das Münzfach. „Hier." Sie hatte eine funkelnde Goldkette mit einem Medaillon in der Hand.

„Oh! Das Medaillon meiner Mutter!", rief Poppy

erfreut.

„Ja, ich fürchte, Oscar hat es Ihnen abgerissen, als Sie ihn auf dem Schoß hatten." Tamsin lächelte reumütig. „Ich habe es in seinem Strampler gefunden, als ich ihn gewickelt habe." Sie zeigte auf das Medaillon. „Er hatte an dem Verschluss genagt und das Medaillon geöffnet. Ich hoffe, er hat das Bild darin nicht beschädigt."

Poppy klappte das Medaillon auf, sodass ein winziges Foto von einer schönen jungen Frau zum Vorschein kam, die über ihre Schulter in die Kamera lächelte. Das Sonnenlicht glitzerte in ihrem honigblonden Haar und fing das verschmitzte Funkeln in ihren blauen Augen ein.

„Wer ist das?", fragte Tamsin neugierig. „Sie ist hinreißend."

„Das ist meine Mutter, sie ist vor zwei Jahren gestorben", erklärte Poppy und betrachtete traurig lächelnd das Foto.

„Oh! Das tut mir leid", rief Tamsin.

„Ist schon okay." Poppy blickte auf. „Ich bin froh, dass Sie das Medaillon gefunden haben. Bei den Sachen, die die Polizei aus der Praxis mitgenommen hat, war es nicht dabei, und ich dachte schon, ich hätte es endgültig verloren."

„Oh je, das tut mir leid." Tamsin schenkte ihr einen entschuldigenden Blick. „Danke noch mal, dass Sie mir mit Oscar geholfen haben. Ich weiß nicht, wie ich es ohne Sie geschafft hätte."

„Wo ist Ihr großer Sohn?", fragte Poppy und

schaute sich um.

„Tommy? Oh, er ist bei Dr. Noble."

Tamsin deutete hinter sich und Poppy sah den kleinen Jungen bei Bertie und Einstein stehen. Der alte Erfinder zeigte ihm das Goldfischglas mit den grünen Tentakeln, und Tommy hörte mit großen Augen zu. Poppy fragte sich, was Bertie dem Kind wohl erzählen mochte, bevor sie sich wieder Tamsin zuwandte und sie fragte: „Was ist hier los? Hat man die Mordwaffe schon gefunden?"

„Oh, haben Sie es noch nicht gehört? Sie haben die Suche aufgegeben, weil sie nach einer vermissten Person suchen: Die Frau von Dr. Seymour ist verschwunden!"

Poppy folgte ihrem Blick und sah Ralph Seymour mit hängenden Schultern auf der anderen Seite des Dorfplatzes stehen und mit Sergeant Lee sprechen. Der Hausarzt sah verloren und hilflos aus, als er auf eine Frage des Sergeanten den Kopf schüttelte.

„Armer Dr. Seymour", sagte Tamsin mit weicher Stimme.

Ihr liebevoller Tonfall überraschte Poppy. Offenbar fand die junge Frau den Arzt mit der Miene eines waidwunden Rehs keineswegs jämmerlich und erbärmlich, sondern hatte großes Mitleid mit ihm.

„Er sieht so müde und gestresst aus. Das muss schrecklich für ihn sein!" Tamsin sah Dr. Seymour voller Sorge an.

„Er braucht jemanden, der sich um ihn kümmert", sagte eine Frau, die sich zu den beiden gesellt hatte.

„Ja, ich würde ihm etwas Leckeres kochen und ihn dann zu Bett schicken und gut zudecken", erklärte Tamsin.

„Der arme Kerl hatte einfach nicht die richtige Frau, die für ihn sorgt, oder?", sagte eine weitere Dame. Sie verzog das Gesicht. „Mrs Seymour kommandiert ihn nur herum. Das hat er nicht verdient."

„Nein", stimmte Tamsin schnell zu. „Dr. Seymour braucht eine Frau, die ihn versteht."

„Ja, jemanden, der sich wirklich um ihn kümmert und ihn richtig verwöhnt", meinte eine andere Frau, und mehrere andere nickten vehement. Sie sahen aus, als wünschten sie sich nichts sehnlicher als eine Gelegenheit, den Dorfarzt zu bemuttern.

Poppy sah sie erstaunt an, doch bevor sie weiter darüber nachdenken konnte, wurde sie durch lautes Rufen aus Richtung der Dorfkirche abgelenkt. Sofort strömte die Menge hinüber, um zu sehen, was der Grund für die Aufregung war. Poppy schloss sich mit Bertie und dem kleinen Tommy, der stolz Einsteins Leine hielt, dem allgemeinen Gedränge an. Als sie vor der Kirche ankamen, sahen sie Sergeant Lee mit einem uniformierten Polizisten, der ihm einen teuren Kaschmirschal zeigte.

„Gehört der Ihrer Frau?"

„Ich ... ähm, ja, ich glaube schon", sagte der Hausarzt. „An kühleren Tagen trägt Emma ihn manchmal bei ihren Spaziergängen."

„Das deutet darauf hin, dass Ihre Frau hier war und nicht im Wald, wie Sie angegeben haben."

„Oh, sie könnte auf ihrem Spaziergang hier vorbeigekommen sein", sagte Dr. Seymour. Er zeigte auf eine Baumgruppe unmittelbar hinter der Kirche. „Von dort kommt man in den Wald und der Weg, der an unserem Haus vorbeiführt, macht hier eine Schleife. Manchmal kommt Emma also an der Kirche aus und geht durch das Dorf nach Hause, statt denselben gleichen Weg zurückzugehen, den sie gekommen ist."

„Könnte sie einen anderen Grund haben, sich hier aufzuhalten?"

„Das glaube ich nicht. Ich meine, wir besuchen gelegentlich die Gottesdienste am Sonntagmorgen, ansonsten interessiert sich Emma kaum für die Kirche." Dr. Seymour warf einen zweifelnden Blick auf das alte Gemäuer.

Mit dramatischem Schwung machte Sergeant Lee auf dem Absatz kehrt und schritt zu einer Gruppe von Polizisten hinüber. Poppy hörte ihn lauthals befehlen: „Rufen Sie die Männer aus dem Wald zurück! Sie sollen sich auf die Gegend um die Kirche konzentrieren. Ich möchte, dass Sie jeden Eiskeller, jeden Hühnerstall, jede Bierstube und jede Hundehütte im Umkreis durchsuchen! Sie kann nicht weit gekommen sein!"

Und mir sagt er, ich solle nicht so viele Hollywood-Filme ansehen! Der Kerl scheint zu glauben, dass man ihm eine tragende Rolle in dem Actionthriller „Auf der

Flucht" gegeben hat, dachte Poppy wütend. Außerdem ärgerte sie sich darüber, dass Lee die Frau des Arztes nun offensichtlich als Verdächtige ansah, nachdem er vor kurzer Zeit für Poppys Vermutungen nur Spott übriggehabt hatte.

Als etwas gegen ihr Knie stieß, blickte sie nach unten und sah, dass der kleine Tommy Mühe hatte, Einstein zu bändigen. Der Terrier zerrte hechelnd und winselnd an der Leine. Bevor Poppy dazu kam, dem kleinen Jungen zu helfen, riss Einstein sich los und lief zu dem großen Eibenstrauch am Rand des Friedhofs.

„Ansta!", heulte Tommy. „Ansta, komm zurück!"

Er folgte dem Hund, so schnell er konnte, und verschwand gleich darauf hinter einigen großen Steinen am Fuß des Strauches. Poppy sah ihm besorgt nach und fragte sich, was die beiden wohl vorhatten. Sie wollte gerade hinübergehen, um nachzusehen, als Tommy zu seiner Mutter gelaufen kam.

„Mummy!" Er zog mit einer schmutzigen kleinen Hand an einer Rockfalte und sagte eindringlich: „Mummy, Ansta -"

„Nicht jetzt, Tommy. Mummy unterhält sich gerade", wies seine Mutter ihn zerstreut zurecht.

Der kleine Junge zerrte erneut an ihrem Rock, aber seine Mutter unterhielt sich schon wieder mit ihrer Bekannten.

Poppy hockte sich neben ihn und fragte: „Was ist los, Tommy?"

Er sah sie schüchtern an und steckte sich einen Finger in den Mund. Poppy lächelte ihn aufmunternd an.

„Du kannst es mir sagen, Tommy. Ist etwas mit Einstein? Hat er dir wehgetan?"

Der Junge schüttelte den Kopf. Dann deutete er wieder auf den Eibenstrauch. „Ansta!"

„Einstein ist dort drüben? Hinter den großen Steinen? Komm." Poppy streckte ihm die Hand entgegen. „Sollen wir zusammen nachsehen, was er macht?"

Der kleine Junge nickte fröhlich und schob seine klebrige Hand in ihre. Poppy ging langsam mit ihm zu dem Eibenstrauch hinüber. Als sie näher kamen, sah sie Einsteins Hinterteil hinter einem der Felsbrocken hervorlugen. Er wedelte wie wild mit dem Schwanz und schien am Fuße des Strauches zu scharren.

„Einstein? Was hast du da?", fragte Poppy und kletterte um den großen, verwitterten Felsbrocken herum, um nachzusehen.

Der Terrier antwortete mit aufgeregtem Bellen. Poppy stockte der Atem, als sie sah, was er beschnupperte.

Es war eine Hand.

Ihr Blick fiel auf eine schmale, teure Cartier-Uhr. Das letzte Mal hatte sie diese Uhr an Emma Seymours Handgelenk gesehen. Langsam beugte sie sich weiter hinunter und hob einen der schweren Eibenzweige an, dann stieß sie einen Schrei aus, als sie die Leiche sah. Sie war unter den Strauch geschoben worden, sodass die kräftigen Äste der Eibe sie zusätzlich zu den Steinbrocken verbargen.

Poppy starrte auf die zusammengekrümmte Gestalt. Es war Emma Seymour - und sie war tot.

Kapitel 21

Poppy lehnte sich zurück und las noch einmal ihre Aussage durch, dann unterschrieb sie und übergab sie dem jungen Constable, der wartend neben ihr stand. Sie erhob sich müde vom Tisch im Verhörraum und verzog das Gesicht, als ihr Magen knurrte. Das Mittagessen schien eine Ewigkeit her, und außer einem Keks und einer Tasse Tee hatte sie seitdem nichts zu sich genommen. Nachdem sie die Leiche entdeckt hatte, musste sie auf die Ankunft des Pathologen und der Spurensicherung warten, war dann zum Polizeirevier gefahren und hatte schließlich die Befragung über sich ergehen lassen. An Abendessen hatte sie keinen Gedanken verschwenden können, doch nun merkte Poppy, dass sie Hunger hatte. Sie dachte sehnsüchtig an die Quiche, die Nell ihr in die Küche gestellt hatte.

Davon werde ich mir ein großes Stück gönnen …

und dazu ein großes Glas Rotwein!, dachte sie, als sie der Beamtin in die Eingangshalle des Reviers folgte. Am Empfangstresen sah sie zu ihrer Überraschung eine vertraute groß gewachsene Gestalt stehen. Es war Nick Forrest. Der Krimiautor unterhielt sich gerade mit der Polizistin an der Rezeption, als Poppy an ihm vorbeiging, und unterbrach sich, als er sie sah.

„Sagen Sie nicht, dass man Sie ebenfalls hier eingelocht hat", bemerkte er trocken.

„Oh nein, ich bin nur hier, um ein paar Fragen zu beantworten und eine Aussage zu machen. Ich habe die Leiche von Emma Seymour gefunden. Sie ist ermordet worden."

Nicks Augenbrauen gingen in die Höhe. „Wie ich sehe, ist eine Menge passiert, während man mich hier unter Verschluss gehalten hat." Er wies auf die Eingangstür. „Ich habe meinen Wagen hier. Kommen Sie, ich fahre Sie nach Hause und unterwegs können Sie mir alles erzählen."

Kurze Zeit später saßen sie im Auto. Trotz der fortgeschrittenen Stunde war der Verkehr ungewöhnlich dicht und Nick fluchte mehrfach leise vor sich hin, während er um unberechenbare Fahrer herummanövrierte.

„Vielleicht sollten Sie langsamer fahren", schlug Poppy vor. „Der Typ vor Ihnen fährt wie ein Idiot. Wenn er plötzlich die Spur wechseln will, können Sie nicht mehr ausweichen."

„Wenn ich Ihre Meinung zu meiner Fahrweise

hören will, frage ich Sie", schnauzte Nick.

Poppy holte wütend Luft und wollte etwas erwidern, doch dann warf sie einen Seitenblick auf Nick. Er war unrasiert, seine Kleidung war zerknittert, und er sah müde und genervt aus. Der arme Kerl hatte fast zwei Tage in einer Polizeizelle gesessen und seine Geduld war durch Sergeant Lees arrogantes Gehabe sicher auf eine harte Probe gestellt worden. In einer solchen Situation hätte selbst der gutmütigste Mensch schlechte Laune – und erst recht jemand wie Nick Forrest. *Vielleicht sollte ich etwas Nachsicht mit ihm üben.*

Nick stieß einen tiefen Seufzer aus und fuhr sich müde mit der Hand übers Gesicht. Dann warf er Poppy einen entschuldigenden Blick zu.

„Tut mir leid. Das war unangebracht. Die letzten Tage waren schlimm, ich möchte einfach nur nach Hause, duschen und mich umziehen. Aber das ist kein Grund, es an Ihnen auszulassen."

Poppy lächelte verständnisvoll. „Das ist schon in Ordnung. An Ihrer Stelle hätte ich wahrscheinlich auch schlechte Laune."

„Wer sagt, dass ich schlechte Laune habe?", knurrte Nick.

Poppy warf ihm einen Blick zu und Nick grinste zögernd. „Na gut, vielleicht ein bisschen. Hören Sie, warum erzählen Sie mir nicht, was in der Zwischenzeit passiert ist? Das lenkt mich von dem verdammten Verkehr ab."

Also brachte Poppy ihn auf den neuesten Stand

der Ermittlungen. Er stieß einen überraschten Pfiff aus, als er vom Verschwinden und der Ermordung von Emma Seymour hörte.

„Ich habe mich schon gefragt, warum sie mich plötzlich entlassen haben. Gestern schlugen sie schon etwas andere Töne an, als sei es nicht mehr gerechtfertigt, mich noch länger festzuhalten. Dann kam heute früh ein Anruf vom Tierarzt, der Berties Theorie bestätigte, dass Oren hinter den BH-Diebstählen steckte - ganz zu schweigen von den zahlreichen Anrufen meines Vaters, der anbot, aufs Polizeirevier zu kommen, um meinen Namen reinzuwaschen." Nick grinste. „Ich glaube, Berties letzter Besuch auf dem Revier ist allen noch in bester Erinnerung, als er die gesamte Truppe mit Lachgas außer Gefecht gesetzt hat. Die Drohung, mein Vater werde ihnen bei ihren Ermittlungen hilfreich zur Seite stehen, hat meine Freilassung sicher beschleunigt. Aber das muss den Ausschlag gegeben haben."

„Was meinen Sie?", fragte Poppy.

„Nun, ich weiß aus meiner Zeit bei der Kripo, dass es in Fällen wie diesem selten zwei Täter gibt. In neun von zehn Fällen ist die Person, die den ersten Mord begangen hat, auch für den zweiten verantwortlich. Da ich also letzte Nacht eingesperrt war und Emma nicht ermordet haben kann, hatte ich wahrscheinlich auch nichts mit dem ersten Mord zu tun."

„Aber das macht es nur noch verwirrender", sagte

Poppy und runzelte die Stirn. „Ich meine, wer würde sowohl Yvonne als auch Emma umbringen wollen?"

„Ralph Seymour?", schlug Nick vor. „Er war der Ehemann der einen und der Liebhaber der anderen. Normalerweise wäre er damit der Hauptverdächtige."

Poppy rümpfte die Nase. „Ralph Seymour ist ein solcher Waschlappen – der könnte nicht einmal eine Fliege töten!"

„Der Schein kann trügen. Er hat kein Alibi", sagte Nick. „Wenn seine Frau in der Mordnacht wirklich nicht zu Hause war - wie Ihre Miss Payne behauptet -, dann bedeutet das, dass sich niemand für den Zeitpunkt verbürgen kann, zu dem Seymour nach Hause gekommen ist. Er könnte sich mit Yvonne in der Praxis getroffen haben, statt im Wald spazieren zu gehen, wie er behauptet. Das könnte ihm auch ein Motiv für den Mord an Emma geben: Er wollte verhindern, dass sie ihn verrät und die Polizei erfährt, dass er in jener Nacht erst kurz vor Mitternacht nach Hause gekommen ist."

„Nein, das kann ich nicht glauben", widersprach Poppy. „Ralph Seymour ist ein erbärmlicher Schwächling, er hat nicht das Zeug zu einem kaltblütigen Mord."

„Kaltblütig? Nicht unbedingt. Es könnte die Verzweiflungstat eines Mannes gewesen sein, der unter Druck stand. Sie sagten, dass Yvonne ihn drängte, seine Frau zu verlassen, aber er stand auch unter Emmas Fuchtel und hatte Angst, dass sie von der Affäre erfährt – und Angst, sein komfortables

Leben aufgeben zu müssen. Wenn sich jemand wie er in die Enge getrieben fühlt, schlägt er in Panik um sich. Vielleicht hat er sich an diesem Abend mit Yvonne in der Praxis verabredet, um mit ihr zu reden und sie zur Vernunft zu bringen, und als sie nicht auf ihn hören wollte, beschloss er, dass es an der Zeit sei, seine anspruchsvolle Geliebte loszuwerden."

„Aber wenn Ralph Seymour bereit war, seine Geliebte zu ermorden, um bei seiner Frau zu bleiben, warum sollte er dann seine Frau ermorden?"

Nick zuckte mit den Schultern. „Wenn jemand den ersten Schritt tut und anfängt, mit Hilfe von Mord seine Probleme aus der Welt zu schaffen, gibt es oft kein Halten mehr. Außerdem - was hat er zu verlieren? Seine Beziehung zu Emma schien nicht gerade glücklich. Durch ihren Tod wird er die herrschsüchtige Ehefrau los und behält trotzdem die Vorzüge, die ihm die Ehe mit ihr beschert hat: sein komfortables Leben." Nick lächelte zynisch. „Ich wette, dass Ralph Seymour Emmas alleiniger Erbe ist."

„Aber wenn er sie wirklich ermordet hat, warum hat er ihre Leiche dann nicht irgendwo entsorgt, wo man sie nicht so leicht findet? Warum hat er sie im Dorf gelassen, wo jederzeit jemand über sie stolpern konnte?"

„Vielleicht hatte er Angst, gesehen zu werden, wenn er sie an einem entlegeneren Ort entsorgt. Dass man die Leiche schnell findet, war demnach das kleinere Übel."

„Sie scheinen überzeugt zu sein, dass er es war."

Nick zuckte mit den Schultern. „Ich bin mir nicht sicher. Solange der Mörder nicht verhaftet ist, bewegt man sich zwangsläufig im Bereich der Spekulation. Aber es ist auf jeden Fall eine Vermutung, die statistisch sehr gut belegt ist. Mordopfer werden in der Regel von jemandem getötet, der ihnen nahesteht, und oft ist ein Ehepartner oder Partner beteiligt."

Bei dem Wort „Partner" fiel Poppy etwas ein.

„Yvonne hatte einen Freund", sagte sie. „Nach Ihrer Argumentation müsste er ebenfalls verdächtig sein."

Nick legte den Kopf schief. „Möglicherweise, ja. Aber worin besteht seine Verbindung zu Emma? Warum sollte er sie umbringen wollen? Vergessen Sie nicht, dass es sich bei diesem Mörder um jemanden handelt, der ein Motiv hatte, *beide* Frauen zu töten. Bis jetzt ist Seymour der Einzige, auf den das zutrifft."

Poppy musste ihm widerwillig recht geben. Für den Rest der Fahrt verfiel sie in nachdenkliches Schweigen. Sie war so in ihre Überlegungen vertieft, dass sie überrascht aufblickte, als sie sanft in die Sackgasse einbogen, in der ihre Häuser lagen. Zum Glück hatten sich die Paparazzi verzogen. Angesichts der jüngsten Entwicklungen in dem Fall schien die vermeintliche „sexuelle Perversion" des Krimiautors nur noch eine Randnotiz wert zu sein.

Nick fuhr den Wagen in die Garage, stellte den

Motor ab und fragte sie: „Haben Sie Lust, auf einen Drink und ein improvisiertes Abendbrot reinzukommen? Ich mache ein vorzügliches Omelett." Er grinste sie an. „Auf diese Weise könnte ich mich dafür entschuldigen, dass ich Sie vorhin angeschnauzt habe."

Poppy zögerte. Eigentlich hatte sie vorgehabt, sofort nach Hause zu gehen, aber plötzlich erschien ihr die Aussicht, allein in ihrem Cottage zu sitzen und Nells Quiche zu essen, nicht sehr attraktiv. „Danke, das klingt gut."

Sie folgte Nick ins Haus und sah sich nach Oren um, aber von dem Kater war nichts zu sehen.

„Wahrscheinlich ist er wieder auf Diebestour", brummte Nick. „Wenn ich diesen Kater sehe, drehe ich ihm den Hals um."

Poppy lachte. „Es ist eigentlich nicht Orens Schuld, wissen Sie. Der Tierarzt hat gesagt, dass Kleptomanie bei Katzen ziemlich häufig vorkommt und durch die Nahrungsumstellung ausgelöst worden sein könnte. Vielleicht hört Oren jetzt damit auf, weil er wieder sein normales Futter bekommt."

„Ihr Wort in Gottes Ohr", murmelte Nick.

Er wies in Richtung Küche. „Fühlen Sie sich wie zu Hause. Geben Sie mir zehn Minuten, um schnell zu duschen, dann mache Ihnen das beste Omelett, das Sie je probiert haben!"

Eine Stunde später schob sich Poppy den letzten Bissen des fluffigen Omeletts in den Mund und lehnte sich mit einem zufriedenen Seufzer auf ihrem

Stuhl zurück. Nick hatte nicht zu viel versprochen – das Essen war wirklich köstlich gewesen. Als Vorspeise gab es knuspriges Brot mit einem Dip aus Olivenöl und Balsamico-Essig, gefolgt von einem Salat aus Avocado, Thunfisch und Mais und dann kam der Höhepunkt in Form eines wunderbaren, vor Pilzen, Tomaten und duftenden Kräutern nur so strotzenden Omeletts. Nicks Fähigkeit, mit wenigen Zutaten aus Kühlschrank und Speisekammer ein so großartiges Essen zu zaubern, war beeindruckend – und überraschend. Irgendwie hatte sie sich den Krimiautor nicht als jemanden vorgestellt, der derart geschickt in der Küche hantierte. *Obwohl er zweifelsohne das unberechenbare Temperament eines typischen Kochs hat*, dachte Poppy und grinste in sich hinein.

„Was gibt's zu grinsen?", fragte Nick.

Poppy setzte rasch eine ernste Miene auf. „Ach, nichts. Das war wirklich köstlich. Danke."

„Zum Nachtisch kann ich etwas Käse und getrocknete Muskattrauben anbieten, wenn Sie möchten. Ich fürchte, meine kulinarischen Talente erstrecken sich nicht auf das Backen."

„Nein, nein, keine Chance", sagte Poppy und lachte. „Ich bin pappsatt."

„Tee? Kaffee? Heiße Schokolade?"

Poppy entschied sich für Letzteres und ein paar Minuten später ging sie ins Wohnzimmer und machte es sich mit einem dampfenden Becher in der Hand in einem der großen Sessel am Kamin bequem.

Nick folgte ihr und ließ sich, nachdem er das Feuer angezündet hatte, in den Sessel auf der anderen Seite des Kamins sinken. Sein dunkles, lockiges Haar war immer noch ein wenig feucht vom Duschen und mit seiner schlanken Gestalt, den dunklen Jeans, dem schwarzen Wollpullover mit Rollkragen und der grüblerischen Miene, die er normalerweise zur Schau trug, sah er so aus wie sie sich einen durchtrainierten Berufskiller vorstellte.

Deine Fantasie geht schon wieder mit dir durch, ermahnte Poppy sich. Sie hob den Becher an die Lippen und nippte an dem süßen, sahnigen Kakao, während sie in die knisternden Flammen blickte. Der ganze Raum war in das wohlige orangefarbene Licht des Kaminfeuers getaucht und Poppy hatte das Gefühl, dass die Strapazen des Tages dahinschmolzen, während sie sich in die weichen Polster lehnte.

Sie blickte auf und wollte Nick fragen, wie er mit seinem neuesten Buch vorankam, aber die Worte kamen ihr nicht über die Lippen, als sie sah, dass er die langen Beine ausgestreckt und den Kopf an die Rückenlehne geschmiegt hatte. Er war eingeschlafen.

Poppy erhob sich langsam, trat näher an Nicks Sessel heran und schaute auf ihn hinunter. Im Schlaf entspannten sich seine Gesichtszüge, trotz der silbernen Strähnen an den Schläfen sah er jünger aus als neununddreißig. Sie musste dem plötzlichen Drang widerstehen, die Hand auszustrecken und das zerzauste dunkle Haar, das ihm in die Stirn fiel, zurückzustreichen. Stattdessen wandte sie sich ab und schlich leise zur Tür.

Dann hielt sie inne und warf einen zögernden Blick zurück. Sie wollte ihn nur ungern wecken - er sah erschöpft aus und vermutlich hatte er in seiner Zelle nicht viel geschlafen. Wenn sie ihn jedoch im Sessel weiterschlafen ließ, würde er am Morgen mit einem steifen Nacken aufwachen. Außerdem würde das Zimmer empfindlich kalt werden, wenn das Feuer ausging.

Poppy trat an den Sessel und berührte ihn sanft an der Schulter. „Nick? Nick!"

Nick schlug die Augen auf. Seine Hand schoss hervor und packte ihr Handgelenk in einem eisernen Griff und verdrehte es schmerzhaft.

„Au!", rief Poppy und versuchte, sich loszureißen. Dabei geriet sie aus dem Gleichgewicht und im nächsten Moment stolperte sie nach vorne, direkt in Nicks Arme.

Einen langen Moment verharrten sie ganz reglos und starrten einander an. Im Zimmer war kein Laut zu hören, nur das Knistern des Feuers und - wie es Poppy schien - das laute Pochen ihres Herzens. Sie war überzeugt, dass es nur an der Überraschung und dem Adrenalinschub lag und nichts damit zu tun hatte, dass sie sich plötzlich auf Nicks Schoß wiederfand, ihre Beine mit seinen verschränkt und die Arme um seinen Hals.

Mit hochrotem Kopf versuchte sie, aufzustehen.

Nicks Arme hielten sie noch einen Augenblick umfangen, dann ließ er sie los. Er erhob sich aus seinem Sessel, stellte sie sanft auf ihre Füße und sagte: „Tut mir leid, das war ein Reflex – zu viele Jahre bei der Kripo und zu viele gewalttätige Kriminelle. Da lernt man, sofort zum Angriff überzugehen, wenn man sich erschreckt."

Bevor Poppy etwas erwidern konnte, hörten sie lautes Poltern im Flur, gefolgt von dem vertrauten, fordernden Ruf: *„Miau? MIII-AAAU?"*

Im nächsten Moment marschierte Oren in den Raum und Poppy sah sofort, warum der Kater etwas gedämpft geklungen hatte. Er trug etwas im Maul.

„Mi-aaauu!", sagte Oren, kam mit triumphierendem Blick zu Nick und legte ihm etwas vor die Füße.

„Oh nein, nicht schon wieder", stöhnte Nick, als er sich bückte, um das Ding aufzuheben.

„Was ist das?", fragte Poppy.

Nick verzog das Gesicht. „Es ist eine Socke. Eine hässliche, stinkende Socke. Toll. Danke, Kumpel", sagte er mit einem bösen Blick auf Oren, der selbstzufrieden schnurrte.

Poppy war erleichtert, dass Oren die peinliche Situation gerettet hatte. Sie grinste, als sie sah, was Nick mit spitzen Fingern in die Höhe hielt. Es war eine kastanienbraune Socke mit einem grässlichen Paisleymuster, die offensichtlich erst kürzlich getragen worden war, wie man an ihrem gedehnten Zustand erkennen konnte.

„Na, wenigstens ist es kein BH", lachte Poppy.

Nick warf die Socke auf einen Beistelltisch. „Ich sollte sie wohl besser gleich morgen früh bei der Polizei abgeben, bevor man mich beschuldigt, ein Sockenfetischist zu sein." Er verdrehte die Augen. „Noch einen Drink?", fragte er dann.

„Nein, danke. Ich gehe jetzt besser", sagte Poppy hastig. „Danke für die Mitfahrgelegenheit und das wunderbare Essen und die heiße Schokolade und … und alles", stammelte sie verlegen.

Nick beobachtete sie schweigend, dann meinte er: „Es war mir ein Vergnügen." Ein Lächeln umspielte seine Mundwinkel. „Ich begleite Sie nach Hause."

„Oh, das ist nicht nötig", protestierte Poppy. „Ich hab's ja nicht weit."

Trotz ihrer Einwände ging Nick mit ihr zum Cottage. Nell war noch nicht zurück, und das Haus stand still und dunkel da.

Poppy schloss die Haustür auf, wandte sich dann um und sagte: „Also, danke noch mal. Gute Nacht."

Nick beugte sich vor und Poppys Herz begann wieder zu pochen, doch er schob nur die Haustür weiter auf und warf einen kurzen, flüchtigen Blick in den Flur. Sie verspürte eine verwirrende Mischung aus Erleichterung und Enttäuschung, als er sagte: „Schließen Sie die Tür ab."

Dann verabschiedete er sich mit einem leisen „Gute Nacht" und ging den Gartenweg entlang zum Tor. Poppy starrte ihm nach, als er auf die Gasse trat und in der Dunkelheit verschwand.

Kapitel 22

Am nächsten Morgen war in den Nachrichten nichts über die Morde in Bunnington zu erfahren, abgesehen von der Angabe, dass die polizeilichen Ermittlungen andauerten. Seufzend zog Poppy ihre Gummistiefel an und bereitete sich auf einen weiteren Tag in der Gärtnerei vor. Sie hatte kaum die Kasse aufgestellt und war gerade dabei, ihren spärlichen Vorrat an Topfpflanzen zu überprüfen, als sie hörte, wie sich das Eingangstor öffnete und Schritte näherkamen.

Poppy sah einen jungen Mann den Weg heraufkommen und blinzelte überrascht, als sie ihn erkannte. Es war Bryan Murray, Yvonnes Freund.

„Hallo, kann ich Ihnen helfen?", begrüßte sie ihn freundlich.

Er blickte sich unschlüssig um. „Ja. Ich wollte etwas für meine Oma besorgen“, sagte er. „Sie liebt Blumen, besonders rote.“

„Oh, wie schön. Ist es ein besonderer Anlass?“

Bryan zuckte verlegen mit den Schultern. „Nein. Ich besuche sie jede Woche. Sie lebt in einem Heim und freut sich immer, wenn ich ihr etwas Hübsches mitbringe.“

Poppy hatte Mühe, ihre Überraschung zu verbergen. Dass der streitlustige junge Mann, den sie im Pub kennengelernt hatte, regelmäßig seine Großmutter besuchte und ihr liebevolle Geschenke mitbrachte, hätte sie nicht erwartet. *Wie irreführend der erste Eindruck sein kann,* dachte sie. *Vielleicht ist Bryan gar nicht so übel, wie der Dorftratsch ihn darstellt.*

„Ich fürchte, ich habe im Moment nichts Rotes“, sagte sie entschuldigend. „Aber ich habe ein paar Primeln in einem wunderschönen leuchtenden Rosa. Ich glaube, die würden Ihrer Großmutter auch gefallen.“

„Ja, okay“, sagte Bryan, legte den Kopf schief und musterte den Blumentopf, den Poppy ihm zeigte. „Könnten Sie eine schöne Schleife drumbinden oder so? Und vielleicht nehme ich lieber ein paar davon? Die eine allein sieht ein bisschen armselig aus.“

„Ich habe einige Terrakotta-Töpfe übrig. Wenn Sie wollen, stelle ich Ihnen ein Arrangement aus Primeln und Veilchen zusammen, das sieht ein bisschen lebhafter aus und wird Ihrer Großmutter sicher

Freude machen. Den Tontopf berechne ich Ihnen nicht, nur die Blumen. Was halten Sie davon?"

„Ja, das klingt toll!" Bryan war begeistert. „Danke."

Er sah zu, wie Poppy einen leeren Terrakottatopf zur Hälfte mit Blumenerde füllte, die größten Primelpflanzen aussuchte, die sie hatte, und sie vorsichtig aus ihren Plastiktöpfen holte. Sie setzte sie in den Blumentopf, fügte ein paar Veilchen hinzu und steckte Efeuzweige in die Lücken, sodass sie über den Rand des Tongefäßes rankten. Schließlich füllte sie weitere Erde auf und goss alles gründlich.

„Das sieht toll aus", sagte Bryan und betrachtete das Arrangement anerkennend. „Die Farben sind schön. Meine Oma wird sich freuen, sie kann den Topf auf die Fensterbank in ihrem Zimmer stellen. Vielen Dank!"

Er bezahlte die Blumen und wollte sich schon verabschieden, wandte sich dann jedoch noch einmal um und sagte mit rauer Stimme: „Übrigens, es tut mir leid, was letztens in der Kneipe passiert ist. Ich hoffe, Sie haben nichts abbekommen, als der Doc und ich uns geprügelt haben, meine ich."

Poppy sah ihn überrascht an. Sie hätte nicht gedacht, dass Bryan sie erkannt hatte.

„Nein, alles okay", sagte sie und schenkte ihm ein mitfühlendes Lächeln. „Yvonnes Tod muss Sie sehr mitgenommen haben, da hat man sich nicht immer unter Kontrolle. Machen Sie sich keine Sorgen, ich verstehe das."

Bryan warf ihr einen bitteren Blick zu. „Sie wären die Erste. Alle anderen hacken nur auf mir herum."

„Oh, redet man im Dorf über Sie?", fragte Poppy mit neutraler Stimme.

„Ja, alle denken, ich hätte Yvonne getötet. Aber das stimmt nicht!", platzte Bryan heraus. „Ich habe Yvonne geliebt, ich hätte ihr nie etwas angetan! Ich wollte sie sogar eines Tages fragen, ob sie mich heiraten will. Wir kannten uns schon seit der Schulzeit", erklärte er. „Und ich wusste immer, dass sie die Richtige für mich ist. Aber letztes Jahr hat sie sich irgendwie verändert, sie war richtig mürrisch und hochnäsig. Manchmal haben wir uns verabredet, aber sie kam nicht, und wenn ich fragte, wo sie war, wollte sie es mir nicht verraten."

Seine hängenden Schultern und der schmerzliche Ausdruck in seinen Augen sprachen Bände. „Einmal habe ich sie zufällig mit diesem Arzt gesehen, mit diesem Seymour. Sie gingen in eines der schicken Restaurants in Oxford. Und am nächsten Tag gab Yvonne mit einer neuen Designer-Handtasche an. Wie sollte ich da mithalten?", fügte er bitter hinzu.

Poppy war sich nicht sicher, was sie antworten sollte. Irgendwie schien sie die Rolle der Therapeutin und Vertrauten angenommen zu haben, ohne es zu wollen. „Ähm ... haben Sie mit Yvonne darüber gesprochen?", fragte sie lahm.

„Ja, ich habe ihr gesagt, dass ich sie zusammen gesehen habe, aber sie hat nur gelacht. Sie sagte, sie hätte sich nur ein wenig amüsiert und es hätte nichts zu bedeuten, und Seymour habe ihr Geschenke gemacht, weil er ein netter Chef sei." Bryan sah auf und seine Augen blitzten. „So ein Quatsch! Ich bin nicht blind! Mir war klar, dass der Wichser sich an sie rangemacht hat!"

„Haben Sie daraufhin Schluss gemacht?"

„Nein", murmelte Bryan und sah zu Boden. „Nein, ich wollte Yvonne nicht verlieren. Und ich dachte, sie würde sich vielleicht von sich aus von ihm trennen, wissen Sie? Wenn sie erst einmal mitkriegte, wie Seymour wirklich ist. All diese reichen Typen - sie tun so, als wären sie vornehm und so, aber das ist gelogen! Der Doc ist nichts weiter als ein Betrüger und ein Dieb."

„Wie meinen Sie das?", fragte Poppy überrascht.

„Sie wissen doch, dass Yvonne nebenbei gearbeitet hat, um sich etwas Geld dazuzuverdienen, oder? Sie hat in seinem dämlichen Blumenclub ausgeholfen, mit Schreibarbeiten und der Verwaltung der Clubkonten. Nun, sie hat mir erzählt, dass ihr lauter Ungereimtheiten aufgefallen sind."

Poppy runzelte die Stirn. „Was meinen Sie mit Ungereimtheiten?"

„Jemand hat Geld von dem Konto abgeschöpft, auf das die Forschungsgelder überwiesen worden waren", sagte Bryan.

„Hat Yvonne Ihnen das erzählt?"

Bryan nickte. „An dem Abend in der Kneipe, bevor sie ermordet wurde."

„Aber woher wusste sie das?"

„Sie hat es festgestellt, als sie die Unterlagen für das letzte Jahr durchgesehen hat. Sie sollte sich eigentlich nur die Ordner ansehen, die der Arzt ihr gezeigt hatte, die waren auf dem Hauptcomputer an der Rezeption gespeichert. Aber sie sagte, alles sei furchtbar chaotisch gewesen, einige Transaktionen ergaben keinen Sinn, also hat sie sich auch den Laptop des Docs angesehen, weil sie dachte, dass er dort zusätzliche Unterlagen abgelegt hatte. Er nimmt den Laptop nämlich mit zu den Ausschusssitzungen, und Yvonne sagte, dass er immer vergisst, wo er was abgelegt hat und alles durcheinanderbringt. Er ist ein echter Loser, wenn Sie mich fragen", stieß Bryan verächtlich hervor. „Jedenfalls hat sich Yvonne letzte Woche, als der Arzt bei einem Hausbesuch war, seinen Laptop angesehen."

„Und sie hat Beweise gefunden, dass er Gelder von dem Konto des OAC abgehoben hat, die für Forschungszwecke vorgesehen waren?", fragte Poppy aufgeregt.

Bryan runzelte die Stirn. „Nein, nicht ganz. Sie meinte, sie habe Unterlagen gefunden, die zeigen, dass das Geld nach Spanien überwiesen wurde."

„Nach Spanien?", wiederholte Poppy überrascht.

„Ja."

„Weshalb?"

Bryan zuckte mit den Schultern. „Keine Ahnung. Yvonne wusste nur, dass es sich um eine Firma in Spanien handelt. Aber es ging um viel Geld, nicht nur um ein paar Pfund. Es klang ziemlich dubios.

Das habe ich Yvonne auch gesagt. Ich vermute, dass der Arzt das Geld von der Subvention abgeschöpft und nach Spanien geschickt hat, auf ein fingiertes Firmenkonto oder so." Er ballte wütend die Fäuste. „Aber sie wollte kein schlechtes Wort gegen ihn hören! Sie wurde pampig und fing an, mich anzuschreien. Wir hatten einen Riesenkrach und Yvonne stürmte aus dem Pub." Er hielt inne und fügte dann mit leiser Stimme hinzu: „Das war das letzte Mal, dass ich sie lebend gesehen habe."

Lange nachdem Bryan gegangen war, stand Poppy gedankenverloren da und dachte über das nach, was der junge Mann ihr erzählt hatte. War Ralph Seymour vielleicht doch der Mörder? Nick hielt es für möglich, nicht zuletzt, weil er eine Verbindung zu beiden Opfern hatte – und weil die statistische Wahrscheinlichkeit hoch war. Poppy hatte den Gedanken immer verworfen, weil ihr der Arzt zu schwach und nett vorkam - und weil er ihr leidtat, wie sie einräumen musste. Was, wenn der Schein trog? Was, wenn sie mit ihrer Vermutung völlig falschlag?

Sie dachte an die offen zur Schau gestellte Trauer des Arztes, an die Tränen und die öffentlichen Gefühlsbekundungen. War das echt? Oder war es ein cleverer Schachzug, um seine wahren Gefühle zu verbergen? Denn wenn alle glaubten, dass er wegen Yvonnes Tod am Boden zerstört war, würden sie ihn kaum verdächtigen, sie umgebracht zu haben.

Und was ist mit seiner Frau? Poppy dachte an

ihren gestrigen Besuch und an Ralph Seymours vage Reaktion auf Emmas Verschwinden. Obwohl er sie seit dem Vorabend nicht mehr gesehen hatte, zögerte er, die Polizei einzuschalten, selbst als Poppy ihn gedrängt hatte, seine Frau als vermisst zu melden. Eins war klar: Wenn er derjenige war, der sie ermordet hatte, war es in seinem Interesse, dass die Polizei so spät wie möglich hinzugezogen wurde.

Und nun diese neuen Informationen von Bryan. Poppy runzelte die Stirn. Nick ging davon aus, dass Ralph Seymour bereits mehr als genug Grund hatte, sowohl seine Geliebte als auch seine Frau zu töten. Nach dem, was Bryan ihr gerade erzählt hatte, kam ein weiteres Mordmotiv hinzu. Wenn Yvonne tatsächlich illegalen Aktivitäten mit den OAC-Geldern auf der Spur war und beweisen konnte, dass Seymour darin verwickelt war, wäre das ein Grund, sie zu töten. Einen solchen Makel konnte sich niemand leisten, der auf seinen guten Ruf bedacht war, und als Arzt hatte Seymour besonders viel zu verlieren. Eine strafrechtliche Verurteilung hätte dazu führen können, dass man ihn aus dem Register strich und er nie wieder als Arzt hätte arbeiten können.

Poppy beschloss spontan, Suzanne Whittaker anzurufen, die sich nach dem ersten Klingeln meldete und mit der erfreulichen Nachricht aufwarten konnte, dass sie nach Nicks Entlassung aus dem Polizeigewahrsam wieder mit dem Fall betraut war. Schnell erzählte Poppy von ihrem

Gespräch mit Yvonnes Freund und fügte ihre eigenen Mutmaßungen über Dr. Seymour hinzu.

„Nick hat recht", sagte Suzanne, „statistisch gesehen sind Ehemänner und Freunde oft in den Mord an einer Frau verwickelt. Und ich hatte von Anfang an ein Auge auf Seymour geworfen. Wenn er in diese Abhebungen von den OAC-Konten verwickelt ist, dann hätte er ein noch überzeugenderes Motiv."

„Wusstet ihr davon?", fragte Poppy.

„Ja, Bryan hat die geheimnisvollen Transaktionen bei seiner Befragung erwähnt, und wir haben uns Zugang zu den Clubkonten verschafft, um sie zurückzuverfolgen." Suzanne seufzte. „Aber bisher konnten wir noch nicht herausfinden, wer die Transaktionen tatsächlich autorisiert hat. Alles, was wir in Erfahrung bringen konnten, ist, dass die Gelder an eine Organisation in Spanien überwiesen wurden - eine Art Club."

„Ein Club? Ein spanischer Aurikel-Club?"

„Ein was?"

„Die Blume, für die sich Dr. Seymours Club interessiert, heißt *Primula auricula*", erklärte Poppy. „Vielleicht handelt es sich bei den Abhebungen um Überweisungen an einen Verein in Spanien, der Dr. Seymour bei seinen Forschungen über die medizinischen Eigenschaften der Pflanze unterstützt?"

„Nein, dieser Club hat nichts mit Pflanzen zu tun. Er heißt Club Playa Las Cinco Palmas und befindet sich in Marbella." Suzanne hielt inne und fügte dann hinzu: „*Playa* bedeutet Strand auf Spanisch."

„Ein Strandclub?", fragte Poppy verwirrt.

„Es scheint sich um eine Art von Immobilienprojekt zu handeln, wahrscheinlich am Strand. Es war schwierig, weitere Informationen zu bekommen, denn das Unternehmen ist offenbar pleite und Anrufe gehen ins Leere, E-Mails bleiben unbeantwortet. Keine Sorge, wir werden es schon herausfinden", sagte Suzanne zuversichtlich. „Die spanische Policía Nacional hilft uns dabei. Es könnte nur ein bisschen dauern."

„Glaubst du, dass Ralph Seymour der Mörder ist?", fragte Poppy unverblümt.

„Ich versuche, mir keine Meinung zu bilden, bevor ich nicht alle Beweise gesammelt habe", antwortete Suzanne. „Aber Bryan scheint auf jeden Fall dieser Meinung zu sein. Er hat es bei seiner Befragung mehrmals erwähnt. Natürlich ist er nicht ganz unparteiisch", fügte sie trocken hinzu.

„Was meinst du damit?"

„Nun, ist dir nicht auch der Gedanke gekommen, dass Bryan die Verbrechen selbst begangen und sie dann Dr. Seymour in die Schuhe geschoben haben könnte?"

„Bryan? Aber ... aber er hat Yvonne geliebt."

„Dr. Seymour hat sie angeblich ebenfalls geliebt", gab Suzanne zurück.

„Aber welches Motiv sollte Bryan haben?" fragte Poppy skeptisch. „Rasende Eifersucht?"

„Das ist einer der ältesten Gründe, die es gibt."

„Wenn Bryan Yvonne aus Eifersucht getötet hätte, hätte er doch sicher einfach zugeschlagen, als sie allein waren", meinte Poppy. „Warum hätte er sich die Mühe machen sollen, einen ausgeklügelten Plan auszuhecken, sie spät in der Nacht in die Praxis zu locken, um sie dann zu töten und ihre Leiche dort zu hinterlassen?"

„Wie ich schon sagte: Um Ralph Seymour den Mord anzuhängen. Bryan klang sehr verbittert, als wir uns mit ihm unterhalten haben. Die ‚rasende Eifersucht' könnte sich nicht nur gegen Yvonne gerichtet haben. Möglicherweise wollte er sich auch an dem Arzt rächen, und was wäre besser geeignet, als ihm einen Mord in die Schuhe zu schieben?"

„Was ist dann mit Emma? Welchen Grund sollte Bryan haben, sie zu töten? Er kannte sie doch kaum. Wollte er Seymour noch weiter reinreiten?", fragte Poppy skeptisch.

„Das könnte sein. Oder vielleicht hatte Emma irgendwie herausbekommen, dass er für Yvonnes Tod verantwortlich war, und er musste sie zum Schweigen bringen, bevor sie ihn verraten konnte."

„Nein, das glaube ich einfach nicht!", rief Poppy. „Du stellst Bryan als einen kaltblütigen Mörder hin! Du hättest ihn vorhin in der Gärtnerei sehen sollen, als er Blumen für seine Großmutter ausgesucht hat. Okay, er ist vielleicht ein bisschen jähzornig und trinkt wahrscheinlich mehr, als er sollte, aber hinter dieser lauten Fassade verbirgt sich eine andere Seite von ihm. Bryan Murray ist ein anständiger Bursche, er ist kein Mörder!"

„Hm, vielleicht hast du recht. Man wird ein wenig zynisch und abgestumpft, wenn man zu lange bei der Polizei ist. Wir neigen dazu, von allen Menschen das Schlimmste anzunehmen. Aber vergiss nicht, dass die Statistiken auch auf Bryan zutreffen. Er war Yvonnes Freund und er ist bekanntermaßen ziemlich eifersüchtig, wird leicht übergriffig und reagiert gewalttätig, vor allem in Bezug auf Yvonne." Suzannes Stimme wurde sanfter. „Nur weil du ihn magst, Poppy, heißt das nicht, dass er unschuldig ist."

Poppy dachte stirnrunzelnd an ihre Begegnung mit Yvonnes Freund zurück. Hatte sie sich wieder einmal von ihren Gefühlen und Sympathien leiten lassen, wie vielleicht auch bei Dr. Seymour? Bryans Trauer über den Tod seiner Freundin hatte aufrichtig gewirkt. Sie wusste, dass der junge Mann theoretisch ebenfalls auf die Liste der Verdächtigen gehörte, aber sie empfand Mitleid für ihn. Sie konnte sehen, dass er nicht nur um eine Frau trauerte, die ihm anscheinend wirklich am Herzen lag, sondern dass er auch von Schuldgefühlen geplagt wurde.

Die Frage ist allerdings, woher diese Schuldgefühle stammen? Haben sie damit zu tun, dass er sich im Streit von Yvonne getrennt hat? Oder deuteten sie auf etwas weit Schlimmeres hin?, fragte sie sich voller Unbehagen.

Poppy seufzte. „Ja, du hast recht, Suzanne." Dann stieß sie ein freudloses Lachen aus.

„Vermutlich ist das der Grund, warum ich nie Detektivin werden könnte! Ich kann meine Gefühle nicht heraushalten."

„Oh, ich weiß nicht - ich finde, du hast bisher ziemlich gute Arbeit geleistet. Immerhin hast du bei einigen Fällen den entscheidenden Hinweis gegeben", sagte Suzanne mit einem Lächeln in der Stimme. „Und Nick war genau wie du, als er bei der Polizei war - er hatte Mühe, sich nicht zu sehr von seinen Emotionen leiten zu lassen. Aber er war ein brillanter Detektiv. Das wird dir jeder bei der Kripo bestätigen. Über seine Fälle redet man heute noch."

Kapitel 23

Obwohl sie keine eindeutigen Antworten erhalten hatte, fühlte sich Poppy nach ihrem Telefonat mit Suzanne seltsam zuversichtlich und beschloss, für den Rest des Tages nicht weiter über die Mordfälle nachzudenken. Und so entsetzt sie über Emmas Tod war, so musste sie sich doch beschämt eingestehen, dass sie die Hoffnung hegte, von einem weiteren Besucherstrom nach Bunnington profitieren zu können. Aber der erwünschte Aufschwung blieb aus, Poppy saß Däumchen drehend allein in der Gärtnerei.

Nell arbeitete normalerweise abends, wenn die Büros und Geschäftsräume in Oxford und den umliegenden Marktstädten geschlossen waren. Heute war sie jedoch ausnahmsweise von der

Agentur tagsüber eingesetzt worden. So musste Poppy ohne ihre Hilfe mit der Langeweile zurechtkommen. Nicht einmal Oren tauchte auf. Der zutrauliche Kater leistete ihr normalerweise gerne Gesellschaft und Poppy hatte gehofft, sich mit ihm die Zeit vertreiben zu können, aber daraus wurde nichts.

Es wurde ein langer Tag, nur gelegentlich schauten vereinzelte Kunden vorbei, die sich abfällig über das magere Pflanzenangebot äußerten und wieder gingen, ohne etwas zu kaufen. Poppy war niedergeschlagen, als sie das Schild am Tor umdrehte und die Gärtnerei offiziell schloss. Als sie ins Haus ging, fiel ihr Blick auf die Tabletts mit Stecklingen und Setzlingen, die auf dem Holztisch im Gewächshaus standen. Das war der Rest ihres Bestands und würde mehr als genug Pflanzen für den Verkauf liefern - wenn sie nur schneller wachsen würden!

Poppy seufzte frustriert. Sie dachte an das Fläschchen mit dem Wachstumsserum, das Bertie ihr gegeben hatte, schob den Gedanken aber entschlossen beiseite. *Nein,* sagte sie sich. *Du weißt doch, was passiert, wenn du mit Berties Erfindungen herumspielst. Das nimmt kein gutes Ende. Es muss doch noch andere Möglichkeiten geben, das Wachstum zu beschleunigen.*

Sie zückte ihr Handy und suchte im Internet nach Informationen über die Stimulierung des Pflanzenwachstums. Innerhalb weniger Minuten stieß sie online auf mehrere aufschlussreiche Artikel, in denen es um die erhöhten Wachstumsraten in Ländern mit mehr Sonnenschein und wärmerem Klima ging - Länder wie Australien:

„Adelaide in Südaustralien zum Beispiel bekommt mitten im Winter täglich mehr als vier Stunden Sonnenschein, verglichen mit nur einer Stunde und fünfzehn Minuten in London. Im Laufe eines Jahres zählt die australische Stadt 2.516 Sonnenstunden pro Jahr, verglichen mit 1.460 in London - fast doppelt so viel Sonnenlicht und UV-Strahlung. Es wurde beobachtet, dass viele Pflanzenexemplare deutlich schneller wachsen und eine größere Höhe erreichen, wenn sie dem stärkeren Sonnenlicht und den höheren UV-Werten in Down Under ausgesetzt sind. Auch die höheren Umgebungstemperaturen tragen zum verstärkten Wachstum bei. Eine Strauchrose, die in Europa die bescheidene Höhe von knapp einem Meter erreichen soll, kann unter diesen Bedingungen leicht sechs Meter hoch werden und stattdessen als Kletterrose gezüchtet werden, insbesondere wenn sie auf eine kräftige Unterlage gepfropft wird."

Poppy blickte von ihrem Telefon auf und starrte nachdenklich durch die Glasscheiben ihres Gewächshauses. Sie konnte sehen, wie die Nachmittagssonne schräg auf den Garten fiel. Obwohl die Temperaturen in der Nacht noch recht kühl waren, war für die nächste Zeit sonniger, klarer Himmel und warmer Sonnenschein vorhergesagt.

Nun, ich kann meine kleinen Pflanzen vielleicht nicht nach Australien transportieren, aber ich kann sie nach draußen stellen! Draußen im Garten bekommen sie sicherlich mehr UV-Strahlung ab als hier im Gewächshaus. Was bedeutet, dass sie schneller wachsen werden, oder?

Poppy nahm zwei Exemplare von dem Tablett und eilte nach draußen. Sie suchte sich einen Platz am Fuße des abschüssigen Rasenstücks im hinteren Teil des Gartens, der den ganzen Tag über Sonne abbekam. Nach und nach räumte sie alle Pflanzen nach draußen, dann lehnte sie sich zurück und lächelte erfreut, als sie sah, wie die Strahlen der warmen Nachmittagssonne über die zarten jungen Triebe und Stängel spielten.

„So, wärmt euch an der schönen Sonne und werdet groß und stark, meine Kleinen", gurrte sie.

„*MIAU?*"

Ein paar Meter entfernt saß Oren, den Schwanz ordentlich eingerollt, und beobachtete sie mit seinen großen gelben Augen. Er hatte eine Vorderpfote erhoben, als wollte er sich gerade putzen.

„Da bist du ja!", rief sie. „Ich habe dich schon vermisst." Sie musste grinsen, als sie Orens Gesichtsausdruck sah. „Ja, ich rede mit meinen Pflanzen!"

„*Miau!*", machte der Kater und legte sich die Pfote über die Augen.

„Ach, komm schon! Selbst Prinz Charles macht das. Mit Pflanzen zu reden hat also Zustimmung von ganz oben."

Sie ging zum Cottage zurück, dicht gefolgt von Oren.

Unter den Augen des großen Katers legte Poppy ihre Gartenschürze ab, wusch sich gründlich die Hände an der Spüle und setzte dann, eine muntere Melodie summend, den Wasserkessel auf. Kurze Zeit später sank sie mit einem zufriedenen Seufzer in den alten Sessel im Wohnzimmer. Sie hatte eine Tasse süßen Tee in der Hand, Oren lag schnurrend auf ihrem Schoß, und in ihr keimte neue Hoffnung auf. Sie hatte keine Ahnung, ob es tatsächlich etwas brachte, die Pflanzen nach draußen zu stellen, aber wenn sie etwas unternahm - und sei es nur eine Kleinigkeit -, fühlte sie sich weniger hilflos.

Ihre Zuversicht hielt an, als sie an diesem Abend zu Bett ging, und als sie am nächsten Morgen aufwachte, dachte sie als Erstes an ihre kleinen Pflanzen.

Natürlich konnte sie in dieser kurzen Zeit keine sichtbare Verbesserung erwarten – zumal nachts kaum mit zusätzlichem Sonnenschein zu rechnen war. Trotzdem freute sie sich darauf, nach ihren Schützlingen zu sehen. Sie sprang aus dem Bett und zog sich schnell an - es war viel kälter, als sie gedacht hatte, und sie zog sich fröstelnd einen zusätzlichen Pullover über.

Nell war spät nach Hause gekommen und schlief

noch, daher schlich Poppy auf Zehenspitzen die Treppe hinunter zur Hintertür und eilte durch den Gewächshausanbau und in den hinteren Garten, bis zu der Senke, in der sie die Pflanzen abgestellt hatte - und blieb wie angewurzelt stehen.

„Oh mein Gott!", rief sie entsetzt.

Statt der kleinen Pflänzchen mit gesunden grünen Trieben und Blättern, die sie am Abend dort deponiert hatte, sah sie nun Reihe um Reihe welker Pflanzen mit schwarz verfärbten Trieben und schlaffen Blättern.

„Nein!", jammerte Poppy und ließ sich neben den Pflanzen auf die Knie fallen.

Dabei bemerkte sie, dass das Gras mit einer Schicht aus weichem, pelzigem Grau bedeckt war, das im Morgenlicht glitzerte. Ihr Herz machte einen schmerzhaften Satz, als sie erkannte, was es war: Frost. Hatte sie nicht letztens erst etwas von „Spätfrost" gelesen? Oh, warum hatte sie nicht besser aufgepasst?

Poppy untersuchte die Pflanzschalen mit zitternden Fingern. Etwas so Furchtbares hatte sie noch nie gesehen: Die Blätter und Triebspitzen sahen aus wie verbrannt, einige Stängel waren ganz weich geworden, beinahe durchsichtig und zerfielen bei der geringsten Berührung.

Was soll ich nur tun?, fragte sich Poppy verzweifelt. Sie spürte, wie ihr die Tränen in die Augen stiegen. Dies waren ihre letzten Stecklinge. Wenn sie hinüber waren, hatte sie nichts mehr zu verkaufen. Sie hatte sie beim Großhändler gekauft und dafür ihre letzten Ersparnisse ausgegeben – eine weitere Bestellung konnte sie sich nicht leisten, solange die Gärtnerei keinen Gewinn abwarf. Sie könnte zwar einige schnell wachsende einjährige Pflanzen aussäen, doch es würde Wochen brauchen, bis sie groß genug für den Verkauf waren.

Poppy sah wieder auf die frostgeschädigten Pflanzen hinunter und wünschte sich inständig, dass Joe Fabbri in der Nähe wäre. Der Handwerker, der im Dorf als „Mädchen für alles" galt, hatte ihr nicht nur bei Reparaturen und Arbeiten rund um das Cottage geholfen, sondern ihr auch viel Nützliches beigebracht, was ihr in der Gärtnerei zugutekam. Er war immer zur Stelle gewesen, wenn sie Fragen hatte oder nicht weiterwusste, doch er hatte vor Kurzem einen befristeten Arbeitsvertrag auf einem großen Anwesen in den Cotswolds angenommen. Das bedeutete zwar, dass er Bunnington für ein paar Monate den Rücken kehren musste, aber angesichts der fürstlichen Bezahlung hatte er das Angebot nicht ablehnen können. Poppy hatte sich natürlich für Joe gefreut, doch in Augenblicken wie diesem vermisste sie ihren Mentor schmerzlich.

Joe wüsste, was zu tun ist, dachte sie mit einem weiteren Blick auf ihre kümmerlichen Pflanzen. Einen Moment lang war sie versucht, den Handwerker anzurufen ... dann schüttelte sie den Kopf. Es war vielleicht ohnehin noch ein wenig zu früh, aber vor allem wollte sie Joe nicht mit ihren

Problemen belästigen. *Ich kann nicht jedes Mal zu ihm rennen, wenn etwas schiefläuft,* ermahnte sie sich. *Ich muss lernen, mit Gartenproblemen allein fertigzuwerden.*

Dann erhellte sich Poppys Miene, als sie sich plötzlich an eine weitere wichtige Stütze in ihrem Leben erinnerte: Bertie, ein steter Quell der Weisheit, der sich mit Dingen auskannte, von denen die meisten Menschen noch nie gehört hatten. Ja, wenn jemand wusste, wie man diese Pflanzen retten konnte, dann er! Außerdem war er meist sehr früh auf den Beinen. Sie schnappte sich eine der frostgeschädigten Stecklinge, sprang auf und eilte nach nebenan, auf der Suche nach dem alten Erfinder.

Kapitel 24

Poppy schob sich durch das Tor zu Berties Grundstück und ging auf die Haustür zu. Dabei hielt sie Ausschau nach Anzeichen für Explosionen, nach Rauchschwaden, seltsamen Laserstrahlen oder anderen Dingen, mit denen man in unmittelbarer Nähe des Hauses jederzeit rechnen musste. Ausnahmsweise schien alles ruhig zu sein, sie war sich tatsächlich nicht einmal sicher, ob jemand daheim war, nachdem sie mehrmals erfolglos geklopft hatte. Sie wollte schon aufgeben, als sie hinter der Tür aufgeregtes Bellen hörte, erst leise, dann immer lauter. Ein paar Minuten später schwang die Haustür auf und Poppy stand dem alten Mann und seinem kleinen Terrier gegenüber.

„Poppy, meine Liebe!" Bertie strahlte. „Wie schön,

Sie zu sehen! Verzeihen Sie mir, dass ich nicht früher aufgemacht habe. Ich war auf der Rückseite des Hauses und hätte gar nicht gemerkt, dass Sie hier sind, wenn Einstein mich nicht darauf aufmerksam gemacht hätte."

Poppy starrte ihn an. „Äh, Bertie, wissen Sie, dass Ihr Haar brennt?"

„Tatsächlich?" Bertie griff nach oben, riss aber sofort die Hand weg, als seine Finger mit den züngelnden Flammen in Berührung kamen. „Ah, ja. Entschuldigen Sie mich, ich gehe schnell löschen."

Etwas verwirrt folgte Poppy dem alten Mann ins Haus und sah zu, wie er die Düse eines kleinen Feuerlöschers auf seinen Kopf richtete. Bald hatte ein weißer Schaumkegel die knisternden Flammen erstickt, sodass Bertie aussah, als trüge er eine altmodische Nachtmütze. Als sich der alte Erfinder den Schaum schließlich abwischte, kamen darunter keine Brandwunden zum Vorschein, wie Poppy erleichtert feststellte. Erstaunlicherweise schien sein Haar nicht einmal angesengt zu sein.

„Puh, Sie haben wirklich Glück gehabt", sagte sie und stellte sich auf die Zehenspitzen, um sich seinen Kopf genauer anzusehen.

„Oh, mit Glück hatte das nichts zu tun", erklärte Bertie. „Es ist ein neues feuerhemmendes Haargel, das ich gerade entwickle. Dank neuester Technologie umhüllt es den Haarschaft und schützt die Kopfhaut, sodass Ihre Haut unversehrt bleibt, selbst wenn das Haar in Flammen aufgeht!"

„Äh … gut zu wissen", meinte Poppy, auch wenn sie nicht wusste, wem ein solches Haargel nutzen sollte.

„Nun, meine Liebe, was kann ich für Sie tun?", fragte Bertie lächelnd.

Poppy streckte ihm die Pflanze entgegen, die sie mitgebracht hatte. „Oh Bertie, ich habe gestern Abend alle meine jungen Pflanzen ins Freie gestellt, damit sie mehr Sonne abbekommen. Und das ist daraus geworden!"

„Du meine Güte!" Bertie nahm ihr die Pflanze ab und unterzog sie einer eingehenden Untersuchung. „Hmm … typische Anzeichen von Frostschäden."

„Aber laut Wetterbericht sollten die Temperaturen nicht unter den Gefrierpunkt sinken", jammerte Poppy.

„Oh, selbst wenn die Temperatur nach offiziellen Angaben über Null liegt, kann es trotzdem Frost geben", erläuterte Bertie. „Sehen Sie, die Temperaturen, die in den Vorhersagen am Ende der Nachrichten genannt werden, misst man normalerweise in speziellen Vorrichtungen, die sich mehrere Meter über dem Boden befinden. Sie können also deutlich höher liegen als die tatsächliche Bodentemperatur. Besonders in klaren, windstillen Nächten, wie wir sie in letzter Zeit hatten, ist die Luft in Bodennähe am kältesten, die wärmere Luft steigt dagegen auf. So kann es sein, dass es Bodenfrost gibt, auch wenn die genannte Lufttemperatur über Null liegt. Außerdem könnten

Sie die Pflanzen versehentlich in einen Kaltluftsee gestellt haben", fügte er hinzu.

„Ein Kaltluftsee?", wiederholte Poppy stirnrunzelnd. „Was ist das?"

„Nun, da kalte Luft eine größere Dichte aufweist als warme und dazu neigt, abzusinken, kann es in bestimmten Bereichen des Gartens zu kleinen Kaltluftansammlungen kommen. Meist findet man sie in einer Senke oder -"

„Oh!", rief Poppy entsetzt. „Ich habe alle Pflanzen an den Fuß eines grasbewachsenen Hangs gestellt."

„Aha." Bertie schüttelte den Kopf. „Abhänge bergen eine besondere Gefahr. Die kalte Luft, die sich durch das Abkühlen der oberen Hangpartien bildet, sinkt zu Boden. Sie fließt buchstäblich bergab und sammelt sich am Fuß."

„Na, das werde ich mir für die Zukunft merken", versprach Poppy inbrünstig.

„Ja, und wenn Sie junge Pflanzen im Freien stehen lassen, decken Sie sie am besten mit Mulch oder Stroh ab oder sogar mit Gartenvlies, das besonders gut schützt", erklärte Bertie. „Aber am besten warten Sie, bis die Gefahr von Bodenfrost vorüber ist, bevor Sie junge Pflanzen nach draußen bringen. Sie sind noch so zart, dass sie der Kälte nichts entgegensetzen können."

„Das habe ich leider auch festgestellt", seufzte Poppy. „Bertie, kann man die Pflanzen irgendwie retten? Das sind meine letzten Setzlinge, und wenn die eingehen, habe ich nichts mehr zu verkaufen!"

Bertie begutachtete die mitgebrachte Pflanze erneut und schüttelte traurig den Kopf. „Es tut mir leid, meine Liebe. Das übersteigt selbst meine Fähigkeiten. Wenn Sie Glück haben, sind nicht alle Exemplare rettungslos verloren. Schauen Sie doch mal nach, ob manche von ihnen noch unbeschädigte Stellen haben." Bertie wies auf die Stelle am Fuß der Pflanze, wo die Blätter und der Stängel entsprangen. „Wenn Sie die gefrorenen Teile darüber wegschneiden, bleiben manchmal einige unbeschädigte Knospen oder Wachstumspunkte unterhalb des Schadens übrig, die erneut austreiben könnten."

„Danke, Bertie, das werde ich versuchen", sagte Poppy und nahm ihm die Pflanze ab.

„Sie könnten ihnen zur Unterstützung auch etwas von meinem Wachstumsserum geben. Und achten Sie darauf, dass sie im Gewächshaus an einem schönen, warmen und geschützten Ort bleiben, bis sie sich erholt haben und wieder ordentlich wachsen", fügte Bertie hinzu. Er tätschelte Poppys Hand. „Verlieren Sie nicht den Mut, meine Liebe. Die Natur ist mächtiger als alles, was der Mensch ersinnen kann, und Pflanzen haben wunderbare Fähigkeiten der Regeneration."

Poppy lächelte zaghaft, dann wandte sie Einstein ihre Aufmerksamkeit zu, der aufgeregt auf den Hinterbeinen um sie herumgetanzt war, während er mit den Vorderpfoten in der Luft wedelte.

„Ich freue mich, dass Sie vorbeigeschaut haben,

meine Liebe, denn ich möchte Ihnen etwas Interessantes zeigen. Kommen Sie mit", forderte Bertie sie auf und ging voraus zum hinteren Teil des Hauses.

Neugierig folgte Poppy ihm in eine Art Studio, das früher ein gewöhnliches Schlafzimmer gewesen war. Jetzt war es mit Kameras, Bildschirmen und allerlei kompliziert aussehenden Geräten ausgestattet. Auf einem der Monitore war ein Standbild zu sehen, offenbar hatte Bertie ein Video mit der Pausentaste angehalten. Poppy legte den Kopf schief und versuchte, sich einen Reim auf das zu machen, was sie auf dem Bildschirm sah. Schließlich wurde ihr klar, dass die Aufnahme aus einer ungewöhnlichen Perspektive entstanden war. Die Kamera hatte sich in Bodennähe befunden, sodass alltägliche Gegenstände wie Türen und Straßenschilder übergroß am Bildrand aufragten.

Als Bertie auf „Start" drückte, erwachte der Bildschirm zum Leben. Poppys Blick fiel auf zwei Pfoten mit orangefarbenem Fell, die am unteren Rand des Bildes abwechselnd auftauchten und wieder verschwanden, während sie sich auf dem Weg vorwärtsbewegten, der sich vor ihnen erstreckte.

„Ist das ...? Sind das Orens Pfoten?", fragte sie erstaunt.

Bertie hielt das Video an und strahlte sie an, als sei sie eine Studentin in einem seiner Tutorien an der Universität, die gerade die richtige Antwort auf seine Frage gegeben hatte.

„Ja, meine Liebe. Das sind Aufnahmen von der Mikrokamera an Orens Halsband. Es ist natürlich nur ein primitiver Prototyp - nicht so hoch entwickelt wie das, was man heutzutage auf dem Markt kaufen kann - aber es war das Beste, was ich auf die Schnelle zusammenbasteln konnte. Sehen Sie, ich hatte es als eine Art Versicherungspolice gedacht: Wenn ich dem Kater schon nicht auf Schritt und Tritt folgen und ihn auf frischer Tat ertappen kann, dann kann ich wenigstens ein paar Aufnahmen machen, die als Beweis für seine Diebeszüge dienen." Er sah sie eifrig an. „Vielleicht kann ich die Polizei auf diese Weise überzeugen, Nick freizulassen."

„Oh, Bertie, wussten Sie das nicht?", rief Poppy. „Die Polizei hat Nick bereits freigelassen."

„Hm?"

„Ja, er durfte vorgestern Abend gehen - wir sind sogar zusammen von der Polizeiwache nach Hause gefahren." Poppy sah die Verwirrung des alten Mannes und fügte sanft hinzu: „Vielleicht hatte er noch keine Zeit, Sie anzurufen und Ihnen Bescheid zu geben."

Poppy ahnte jedoch, dass mehr dahintersteckte und sie nur Ausreden für Nick erfand. Sie hatte schon eine Weile in Hollyhock Cottage gewohnt, als sie erfuhr, dass ihr Nachbar zur Linken und der Nachbar zur Rechten Vater und Sohn waren. Obwohl sie so nahe beieinander wohnten, wechselten sie kaum je ein Wort und Nick gab nur ungern zu, dass Bertie sein Vater war. Poppy hatte immer wieder versucht, den Grund für die Entfremdung herauszufinden, bisher jedoch ohne Erfolg.

In letzter Zeit hatte Poppy zu ihrer Freude den Eindruck, dass Nicks Haltung seinem Vater gegenüber etwas versöhnlicher zu werden schien, zumindest wehrte er Berties freundliche Annäherungsversuche nicht ab, nannte ihn „Dad" und war mehr als einmal in die Bresche gesprungen, um sich um ihn zu kümmern oder ihn zu verteidigen. Deshalb fand sie es enttäuschend, dass Nick seinen Vater nicht auf dem Laufenden hielt und ihm nicht von seiner Freilassung berichtet hatte.

Er musste wissen, dass Bertie sich Sorgen um ihn machte - er hätte seinen Vater gleich nach seiner Rückkehr informieren sollen, dachte Poppy mit einem Anflug von Verärgerung. Sie selbst hatte sich immer nach einer Vaterfigur gesehnt, daher konnte sie nicht verstehen, warum Nick seinen Vater so geringschätzte und nicht bereit war, Bertie in sein Leben einzubeziehen.

Zum Glück sorgte Berties sonniges, kindliches Gemüt dafür, dass er selten nachtragend war oder sich mit negativen Gedanken herumschlug. Jetzt erhellte sich seine Miene und er sagte: „Oh ja, ich bin sicher, Sie haben recht, meine Liebe. Nick muss nach seiner Tortur erschöpft gewesen sein und hat wahrscheinlich vergessen, mich anzurufen, als er nach Hause kam ... und zweifellos hat er nun mit seinem neuen Buch zu tun. Aber das macht nichts. Die Mühe war nicht umsonst - wie Sie sehen werden!"

„Was meinen Sie, Bertie?", fragte Poppy verwirrt.

„Ahh ...!" Der alte Erfinder sah aus wie jemand, dem ein pikantes Geheimnis auf der Seele brannte. Er beugte sich mit leuchtenden Augen zu Poppy und sagte: „Bei meiner Suche nach Beweisen für meine Theorie der Katzenkleptomanie bin ich auf etwas Unerwartetes gestoßen."

Er hämmerte auf der Tastatur eines Computers herum, das Bild wurde für einen Moment verschwommen und dann glitt die Kamera nicht mehr durch die engen Seitengassen von Bunnington, sondern durch einen Teil des Dorfes, der einen weiteren Blick ermöglichte. Da es nur wenige Straßenlaternen gab, war die Aufnahme entsprechend dunkel und kontrastarm. Poppy konnte jedoch Blätter und Zweige am Bildrand ausmachen, vermutlich hockte Oren unter einem Strauch und beobachtete die Welt nach Katzenart aus seinem sicheren Versteck.

Poppy runzelte die Stirn, legte den Kopf mal zur einen, mal zur anderen Seite und versuchte, den Bildschirm aus verschiedenen Blickwinkeln zu betrachten. Die gesamte Szenerie kam ihr irgendwie bekannt vor, sie konnte sie jedoch nicht orten. Durch die Äste auf der rechten Seite erkannte sie ein altes steinernes Gebäude, außerdem mehrere hohe flache Steinplatten im Vordergrund, und dahinter glaubte sie, einen Blick auf eine große Grasfläche erhaschen zu können.

Der Dorfanger, dachte sie. *Das bedeutet, dass Oren unter einem Strauch in der Nähe der Kirche gesessen haben muss! Ja - diese „Steinplatten" sind Grabsteine.*

Bevor sie Bertie ihre Beobachtung mitteilen konnte, kamen plötzlich zwei Füße ins Bild. Die Beine waren nur bis zu den Knien zu sehen und weder die Hosenbeine noch die Sportschuhe ließen eindeutig erkennen, ob es sich um einen Mann oder eine Frau handelte. Das einzig Auffallende waren die unterschiedlichen Socken: eine in einem Schotten-Karo, die andere hatte ein Paisleymuster. Plötzlich gesellte sich ein zweites Paar Füße zum ersten.

Diese gehörten eindeutig zu einer Frau: Wohlgeformte Waden in dicken Nylonstrümpfen mündeten in modische Damenschuhe. Sie blieben bei dem ersten Paar Füße stehen und es war offensichtlich, dass sich die beiden Personen unterhielten.

„Können Sie den Ton lauter stellen, Bertie?", fragte Poppy aufgeregt.

„Es gibt keine Tonaufnahme", sagte Bertie entschuldigend. „Die Kamera mit einem Mikrofon auszustatten, hätte zu lange gedauert, außerdem hielt ich es für meine Zwecke nicht für nötig. Schließlich wollte ich vor allem den sichtbaren Beweis, dass Oren BHs von einer Wäscheleine stiehlt."

Poppy schluckte ihre Enttäuschung hinunter und wandte sich wieder dem Bildschirm zu. Es war zum

Verrücktwerden, dass sie nicht hören konnte, was gesagt wurde, zumal an der Körpersprache und der Art, wie sich die Füße bewegten, deutlich zu sehen war, dass sich die beiden Personen stritten. Nach kurzer Zeit machten die Füße in den Sportschuhen kehrt und gingen davon, gefolgt von dem anderen Paar. Dann sah man hektische, arg verschwommene Bewegungen und schließlich sackte vor der Kamera etwas zu Boden.

Poppy starrte mit weit aufgerissenen Augen auf den Monitor, auf dem nun der zur Seite geneigte Kopf einer Frau zu sehen war. Offenbar war sie unmittelbar vor Orens Versteck gestürzt und schien direkt in die Kamera zu schauen, doch ihr Blick war starr und leer.

Poppy drehte sich fast der Magen um, als sie die hochgewölbten Brauen, die schmalen Lippen und die markante Nase erkannte.

„Oh mein Gott", sagte sie mit schwacher Stimme zu Bertie. „Ich glaube, wir haben gerade gesehen, wie Emma Seymour ermordet wurde!"

Kapitel 25

„Ist dir sonst noch etwas an dem Video aufgefallen? Irgendetwas, das mit dem Fall zu tun haben könnte?", fragte Suzanne.

Poppy runzelte angestrengt die Stirn, als sie zum x-ten Mal auf den Bildschirm vor ihr starrte. Dass sie mehrere Stunden in Berties Haus zubringen und sich immer und immer wieder das Video von Emma Seymours Ermordung ansehen würde, hätte sie sich nicht vorstellen können, als sie am Morgen aufgewacht war. Immerhin lag der Fall nun wieder in Suzanne Whittakers Händen, sodass sie sich nicht mehr mit dem arroganten Sergeant Lee herumschlagen musste. Die Detective Inspector war sofort gekommen, als Poppy sie benachrichtigte, und hatte den größten Teil des Vormittags damit verbracht, zusammen mit den beiden das Filmmaterial durchzugehen.

Poppy zögerte. „Nein ... eigentlich nicht ... außer ...“

„Ja?“ Suzanne schaute sie aufmerksam an.

„Nun ...“ Poppy wies auf den Bildschirm. „Der Mörder – hast du gesehen, dass er ungleiche Socken trägt? Und dass eine Socke ein Paisleymuster hat? Mir ist gerade eingefallen, dass Tim Albrecht eine Weste mit Paisleymuster trug, als ich neulich in seinem Büro war.“

„Tim Albrecht?“, sagte Suzanne stirnrunzelnd.

„Ja, er ist ein Freund von Dr. Seymour und außerdem der Schatzmeister des OAC.“

„Ja, der Name kommt mir bekannt vor, obwohl ich ihn nicht selbst befragt habe. Das hat Sergeant Lee getan. Ich weiß, dass Albrecht am Tag des Mordes in der Praxis war, aber ich dachte nicht, dass er Kontakt mit Yvonne hatte. Mein Eindruck war eher, dass er nur vorbeigeschaut hat, um mit Dr. Seymour über den Oxfordshire Auricula Club zu sprechen.“

„Nun, das mag sein, aber ich habe ihn auch mit Yvonne sprechen sehen, und das sah für mich nicht nach einem lockeren Geplauder aus. Ähm ... ich habe es Sergeant Lee gegenüber erwähnt“, fügte Poppy hinzu und versuchte, ihre Stimme neutral zu halten. Sie wollte den Sergeanten nicht vor seiner Vorgesetzten kritisieren, gleichzeitig ärgerte es sie, dass Lees Vorurteile dazu geführt haben könnten, einer wichtigen Spur nicht die nötige Beachtung zu schenken.

Suzanne presste die Lippen zusammen. „Ja, nun ... aus irgendeinem Grund hat Amos das nicht in seinem Bericht erwähnt. Ich werde mit ihm darüber sprechen." Ihr Blick ging wieder zu Poppy. „Aber nur weil Albrecht sich an jenem Tag mit Yvonne unterhalten hat, heißt das noch lange nicht -"

„Sie haben sich nicht nur unterhalten", betonte Poppy. „Es war kein Schwätzchen über das Wetter oder so. Albrecht schien wirklich ernsthaft auf sie einzureden."

„Aber was ist mit dem Motiv?", fragte Suzanne. „Welchen Grund könnte Albrecht haben, Yvonne zu töten?"

„Vielleicht ... vielleicht war er heimlich in sie verliebt! Vielleicht hat er versucht, sie zu überreden, mit ihm auszugehen, und sie hat ihn immer wieder abgewiesen ..." Poppy brach ab, als sie Suzannes verächtliche Miene sah. „Du hast doch gesagt, dass ‚rasende Eifersucht' das älteste Mordmotiv seit Menschengedenken ist", erinnerte Poppy sie.

„Ja, aber nichts deutet auf eine romantische Beziehung zwischen Albrecht und Yvonne hin", meinte Suzanne. „Bestenfalls ein Indizienbeweis."

„Ich bin trotzdem überzeugt, dass es zu viele Zufälle sind", sagte Poppy hartnäckig.

„Zu viele Zufälle? Wir haben einen Mann, der mit Yvonne gesprochen hat und eine Weste mit Paisleymuster besitzt ... und der Mörder hat ebenfalls Socken mit Paisleymuster."

„Aber das Muster ist ungewöhnlich für einen Mann, nicht wahr?", wandte Poppy ein. „Zumindest für einen düsteren Buchhaltertyp wie Tim Albrecht."

„Das ist sicherlich bemerkenswert, aber ich wäre vorsichtig damit, zu viel hineinzuinterpretieren. Paisley ist ein beliebtes Muster - auch wenn es vielleicht nicht zur Garderobe eines konservativen Gentlemans passt", räumte Suzanne ein. „Außerdem wissen wir nicht mit Sicherheit, dass Emma Seymour von einem Mann ermordet wurde. Das lässt sich auf dem Video nicht klar erkennen. Diese Füße könnten auch zu einer Frau gehören. Ohne weitere Informationen oder Beweise können wir leider keine eindeutigen Aussagen machen. So ist das mit der Polizeiarbeit im wirklichen Leben - im Gegensatz zu Nicks Romanen." Suzanne lächelte Poppy zu. „Aber ich schätze deine Theorien und Anmerkungen sehr. Ich weiß, dass ich offiziell keine Beteiligung von Außenstehenden an den Ermittlungen dulden darf, aber inoffiziell schätze ich deine Überlegungen sehr, Poppy."

Poppy strahlte. Suzanne kam ihr oft vor wie die große Schwester, die sie sich immer gewünscht hatte, und ein Lob aus ihrem Mund erfüllte sie mit Stolz. Sie sah zu, wie Suzanne eine Kopie des Videos in die Tasche steckte, und begleitete sie dann aus Berties Studio. Sie fanden den alten Erfinder vor der Tür, wo er einem verwirrten jungen Polizisten sein Medusenhaupt zeigte.

„Ich weiß, die stacheligen Hüllblätter sehen ein

bisschen bedrohlich aus, aber Medusa ist wirklich sehr freundlich. Sie können ihre Arme streicheln, wenn Sie möchten", bot Bertie an und streckte dem Constable die Pflanze entgegen.

„Äh ... nein, danke, Sir", sagte der und machte einen hastigen Schritt rückwärts.

„Oh, lassen Sie sich von dem Namen nicht beunruhigen", meinte Bertie ernsthaft. „Die Assoziation mit einem griechischen Ungeheuer, das Menschen in Stein verwandeln kann, ist rein oberflächlich, das kann ich Ihnen versichern. Wenn Sie sich die Pflanze genauer ansehen, werden Sie feststellen, dass sie ganz wundervoll ist – hier, dieser Kranz aus länglichen Stängeln, der vom zentralen Kaudex ausgeht - die Symmetrie ist faszinierend, nicht wahr?"

Er hielt dem unglücklichen jungen Constable die Schale mit den borstigen Tentakeln unter die Nase. Der wich noch weiter zurück und hob abwehrend die Hände. Dabei traf er den Rand der Schale, sodass er sie dem überraschten Bertie aus der Hand schlug und Blumenerde, Scherben und grüne Tentakel durch die Luft flogen.

„Meine *Euphorbia caput-medusae!*", rief Bertie entsetzt und eilte zu der am Boden liegenden Pflanze.

„Es ... es tut mir schrecklich leid, Sir", stammelte der junge Constable. „Ich wollte nicht ..."

Er bemühte sich, so viel wie möglich von der Erde und der Pflanze in den Rest der Schale zurückzuschaufeln. Glücklicherweise schien der größte Teil des Medusenhauptes den Aufprall unbeschadet überstanden zu haben - bis auf einen gewundenen Tentakel, der vom Hauptstamm abgebrochen war.

„Ähm ..." Mit einem verschämten Grinsen reichte er ihn Bertie. „Es tut mir leid, Sir, aber es sieht so aus, als sei einer der ... äh ... Arme abgebrochen."

„Oh, macht nichts", sagte Bertie fröhlich. „Das ist das Wunderbare an Sukkulenten. Aus den abgebrochenen Stücken lassen sich leicht neue Pflanzen züchten. Ah, da fällt mir etwas ein ..." Er wirbelte herum und sah Suzanne an. „Das wäre perfekt für Sie, Inspektor Whittaker!"

„Für mich?", sagte Suzanne erschrocken.

„Aber ja, meine Liebe." Bertie hielt ihr den Tentakel hin. „Sie müssen nur ein paar Tage warten, bis das Ende gewissermaßen abgeheilt ist, dann stecken Sie es in einen Topf mit gut durchlässiger Erde und bald schon haben Sie eine ganz neue Pflanze!"

„Äh ... danke, Dr. Noble. Das ist sehr nett von Ihnen, doch ich habe sehr viel zu tun und bin kaum zu Hause, daher habe ich im Moment einfach keine Zeit, mich um eine Pflanze zu kümmern ..."

„Gerade deshalb wäre die Medusa die perfekte Hausgenossin für Sie!", rief Bertie. „Sehen Sie, als Sukkulente verzeiht sie selbst fortgesetzte Vernachlässigung. Alles, was sie braucht, ist ein warmes Plätzchen mit viel Licht, einmal in der Woche ein bisschen Wasser und sonst kaum Pflege! Und Sie können sie in allem züchten, was Sie wollen: in einem Topf, einem Glasgefäß, einer Teetasse ..." Er warf einen Blick auf Suzannes makellose schwarze Stiefel. „... oder sogar in einem Schuh!"

Der junge Polizist kicherte, seine Miene wurde jedoch gleich wieder ernst, als Suzanne ihm einen strengen Blick zuwarf.

„Bitte sehr - Ihr perfekter Partner für häusliches Glück", sagte er und strahlte.

Es war offensichtlich, dass es nicht Suzannes Vorstellung von „häuslichem Glück" entsprach, ihr Heim mit einem grünen Tentakel zu teilen. Dennoch fiel es auch ihr schwer, Berties Gutwilligkeit und seinem kindlichen Enthusiasmus zu widerstehen. Sie nahm den Tentakel vorsichtig mit spitzen Fingern und sagte schwach: „Ja ... äh ... danke, Dr. Noble."

„Möchten Sie auch einen?", fragte Bertie den Constable. „Ich kann ganz einfach ein weiteres Stück abreißen ..."

„Ah ... nein, nein ..." Der junge Beamte wich erschrocken zurück. Er warf Suzanne einen Blick zu. „Ich ... ähm ... ich sehe besser mal nach dem Auto, Ma'am!" Sprach's und floh aus dem Haus.

***

Als sie nach den Aufregungen des Vormittags endlich wieder in ihrem Cottage ankam, befolgte Poppy Berties Rat und untersuchte ihre frostgeschädigten Pflanzen. Die meisten musste sie wegwerfen, weil sie unrettbar verloren waren, aber es gelang ihr, ein Anzuchttablett mit Stecklingen zu retten, die aussahen, als sei noch lebendes Gewebe an der Basis vorhanden. Vorsichtig schnitt sie die beschädigten Blätter und Stängel ab und stellte die Pflanzen zurück ins Gewächshaus. Jetzt konnte sie nur noch warten und hoffen ...

Während sie arbeitete, kehrten ihre Gedanken immer wieder zu den Mordfällen, zu dem Gespräch mit Suzanne und der Rolle von Tim Albrecht zurück, und für den Rest des Tages war sie froh, sich auf diese Weise von ihren Sorgen um die Zukunft der Gärtnerei und die schleppenden Geschäfte abzulenken. Als Nell am späten Abend von der Arbeit kam, konnte Poppy es kaum erwarten, ihrer Freundin von den neuesten Entwicklungen zu erzählen und sie in allen Einzelheiten mit ihr durchzusprechen. Sie berichtete Nell von den neuen Beweisen, die die Aufnahmen von Orens Mikrokamera lieferten, und von Suzannes Besuch in Berties Haus.

„Ich werde das Gefühl nicht los, dass Albrecht Dreck am Stecken hat", schloss Poppy.

Nell sah ungerührt von ihrer Tasse Kakao auf und sagte: „Aber Suzanne hat recht, Liebes - welches Motiv könnte er haben? Warum sollte er Yvonne ermorden wollen - und Emma Seymour?"

„Meine Idee, dass Albrecht heimlich in Yvonne verliebt war und sie ermordet hat, weil sie ihn zurückgewiesen hat, müsste dir doch gefallen", neckte Poppy ihre Freundin.

Nell schnaubte. „Noch eine Dreiecksbeziehung? Nein, das glaube ich nicht. Außerdem erklärt das nicht, warum Albrecht angeblich auch Emma umgebracht hat.“

Poppy seufzte. Ihre Freundin hatte recht. Sie klammerte sich an Strohhalme. Die Chancen, dass Albrecht wegen Mordes verurteilt wurde, standen schlecht, wenn man ihm kein überzeugendes Motiv für beide Taten nachweisen konnte. Sie schloss für einen Moment die Augen und dachte an den Tag, an dem sie zum ersten Mal beim Dorfarzt gewesen war: Sie sah sich selbst aus dem Sprechzimmer kommen. Im Wartezimmer beugte sich ein Mann mit Spitzbart über Yvonnes Empfangstisch. Tim Albrecht. Der Steuerberater war aufgesprungen – fast wirkte er schuldbewusst -, als sie mit Dr. Seymour aus dem Sprechzimmer kam.

„Tim!“, hatte Ralph Seymour gerufen. „Was machst du denn hier, alter Knabe?“

„Oh … ich hatte mit Yvonne etwas wegen des OAC zu besprechen …“, hatte Tim Albrecht geantwortet.

Sie erinnerte sich, wie Dr. Seymour lächelnd gesagt hatte: „Jemanden mit mehr Organisationstalent, der sich um alles kümmert, können wir gut gebrauchen. Tim ist der offizielle Schatzmeister, aber er ist hoffnungslos! Wie es scheint, herrscht bei den Geldern des Clubs ein heilloses Durcheinander.“

Poppy schlug mit einem Ruck die Augen auf. „Nell!“, rief sie aufgeregt und packte ihre erschrockene Freundin am Arm. „Mir ist gerade etwas eingefallen, welches Motiv Tim haben könnte. Hör zu: Bryan war davon überzeugt, dass Ralph Seymour derjenige war, der heimlich Forschungsgelder abgezweigt hat. Aber was, wenn nicht er, sondern ein anderes Mitglied des OAC es war? Albrecht ist der Schatzmeister des Clubs ... er hat demnach einen ungehinderten Zugang zu den Konten des OAC."

„Du meinst also, dass er hinter diesen Überweisungen steckt?", fragte Nell.

Poppy nickte eifrig. „Ja, und damit hätte er einen guten Grund, Yvonne zu töten: um sie daran zu hindern, seine Missetaten aufzudecken! Vielleicht hat er deshalb auf sie eingeredet, als ich ihn in der Praxis mit Yvonne gesehen habe. Vielleicht wollte er sie überreden, ihm zu helfen, die illegalen Überweisungen zu vertuschen, und als sie sich weigerte, beschloss er, sie zu töten."

„Aber was ist mit Emma?", fragte Nell.

„Er könnte sie aus einem ähnlichen Grund getötet haben", erwiderte Poppy. „Erinnerst du dich, dass ich dir gesagt habe, wie sie an jenem Tag immer wieder darauf bestand, im Oxfordshire Auricula Club mitzuarbeiten - sie erwähnte sogar ausdrücklich, dass sie die Konten des Clubs führen wollte."

„Ich dachte, das wäre nichts weiter als eine Retourkutsche gewesen, wegen Yvonne", meinte Nell.

„Ja, das war es wahrscheinlich auch, aber letztendlich hätte es bedeutet, dass Emma einen genauen Überblick über die Konten des Clubs bekommen hätte, und das konnte Tim Albrecht nicht zulassen." Poppy dachte einen Moment lang nach, dann fügte sie aufgeregt hinzu: „Oh Nell! Mir ist noch etwas anderes eingefallen! Als ich im Lucky Ladybird zu Abend gegessen habe, habe ich ja Martin gefragt, ob er mir einen Steuerberater empfehlen kann, und er hat mir von Albrecht erzählt. Nun, er erwähnte, dass Albrecht ihnen auch zu einer ‚Geldanlage' geraten hatte – er wollte sie überreden, in ein Projekt zu investieren, bei dem sie ‚einen Anteil an einem Ferienhaus im Ausland' kaufen sollten, was ihnen ‚jedes Jahr einen Platz an der Sonne' garantieren würde -"

„Das klingt nach einem Timesharing-Projekt", sagte Nell und schürzte missbilligend die Lippen. „Ich habe schon einige Horrorgeschichten darüber gehört, das kann ich dir sagen. Vor allem in Ländern wie Portugal und Spanien -"

„Ja, genau, Spanien!", rief Poppy. „Suzanne sagte, dass die Abhebungen vom OAC-Konto an eine Firma in Spanien gingen; angeblich handelte es sich um eine Art Immobilienprojekt am Strand. Ich müsste noch einmal bei Martin nachfragen, aber ich wette, dass das Projekt, das Albrecht ihm schmackhaft gemacht hat, ebenfalls in Spanien war!"

„Willst du damit sagen, dass Albrecht in einen Betrug mit Timesharing verwickelt ist?", fragte Nell.

„Nun, vielleicht nicht direkt in einen Betrug. Immerhin gehört er zu einer angesehenen Kanzlei.

Aber vielleicht war es etwas, das er nebenher betrieben hat und das in finanzielle Schwierigkeiten geraten ist. Suzanne sagte, sie würden keinen Ansprechpartner für die spanische Firma finden, weil die pleite ist", meinte Poppy nachdenklich. „Vielleicht hat Albrecht also heimlich Forschungsgelder von den OAC-Konten abgezweigt, um sein Unternehmen zu retten. Und als Yvonne das herausgefunden hatte ..." Sie schwieg vielsagend.

„Das ist keine schlechte Theorie", sagte Nell.

„Ja, es passt alles! Oh, ich kann es kaum erwarten, es Suzanne zu erzählen!"

Poppy griff hektisch nach ihrem Telefon.

„Ach, lass die arme Frau in Ruhe", tadelte Nell. „Sie arbeitet ohnehin schon viel zu viel, sie scheint das Wort ‚Feierabend' gar nicht zu kennen. Du kannst sie gleich morgen früh anrufen. Schließlich wird sich Tim Albrecht über Nacht nicht in Luft auflösen."

Widerstrebend legte Poppy das Telefon beiseite. Nell hatte recht. Es war ja nicht so, als hätte sie handfeste Beweise, die es der Polizei ermöglichen würden, Tim Albrecht auf der Stelle zu verhaften. Sie konnte Suzanne lediglich eine Vermutung präsentieren, und das hatte tatsächlich bis zum nächsten Tag Zeit.

Trotzdem konnte Poppy nicht einschlafen, sie wälzte sich hin und her, während ihr die Gedanken durch den Kopf schwirrten. Und als sie am nächsten Morgen erwachte, hatte sie als Erstes ein Bild vor

Augen, bei dem sie sofort hellwach wurde: Als Oren letztens von seiner Diebestour in Nicks Haus zurückgekehrt war, hatte er eine Socke im Maul ... *Eine Socke mit Paisleymuster!*, dachte Poppy aufgeregt. Hatte Oren sie aus dem Haus von Tim Albrecht gestohlen? Martin hatte ihr erzählt, dass der Steuerberater im Dorf wohnte. Das könnte auch erklären, warum der Mörder auf dem Video unterschiedliche Socken getragen hatte - weil er das Gegenstück zu der Socke nicht finden konnte, die er bereits angezogen hatte!

Wenn Katzen doch nur reden könnten!, dachte Poppy frustriert. *Wenn Oren uns sagen könnte, aus wessen Haus er die Paisley-Socke gestohlen hat, hätten wir vielleicht unseren Mörder!*

Sie schob die Decke zurück und warf einen Blick zum Fenster. Durch die Vorhänge sickerte fahles Licht, die Sonne war also gerade erst aufgegangen. Für einen Anruf bei Suzanne war es noch zu früh.

Ich mache einen Spaziergang, beschloss sie spontan und sprang aus dem Bett. Sie liebte es, am frühen Morgen draußen zu sein, wenn der Tag noch jung war und die Welt gerade erwachte. Ein Morgenspaziergang war der perfekte Anfang für den Tag.

Kapitel 26

Kurze Zeit später, nachdem sie sich gewaschen und warm angezogen hatte, trat Poppy aus dem Eingangstor von Hollyhock Cottage und ging die Gasse hinauf in Richtung Dorfmitte. Als sie durch die engen Gassen von Bunnington ging, musste sie an einen ähnlichen Spaziergang denken, den sie erst vor ein paar Tagen unternommen hatte. Das war an dem Morgen gewesen, als sie in die Arztpraxis zurückgekehrt war, um ihr Medaillon zu holen. Es war eine seltsame Vorstellung, dass sie denselben Weg gegangen war, vorbei an denselben Häusern und Gärten, ohne zu ahnen, dass sie gleich eine Leiche finden und die sprichwörtliche Büchse der Pandora öffnen würde.

Sie hatte fast das Anwesen der Seymours erreicht, als sie eine vertraute Gestalt aus dem Tor eines Grundstücks am oberen Ende der Gasse kommen sah. Es war Oren, und Poppy riss die Augen auf, als sie sah, was der Kater im Maul trug.

„Aha! Auf frischer Tat ertappt!", rief sie und lief dem Kater hinterher. „Nicht zu fassen, dass du immer noch BHs stiehlst, du Schuft!"

„Mi-auuu?", sagte Oren gedämpft und warf ihr einen unschuldigen Blick zu, als könnte er kein Wässerchen trüben.

„Her damit!", befahl Poppy und packte den BH.

Der rote Kater ließ sein Beutestück los, nur um im nächsten Moment mit den Pfoten nach den Trägern haschen.

„Gib ihn her!" Poppy zog und zerrte vergeblich - Oren ließ nicht locker.

Der rote Kater drehte sich begeistert auf den Rücken. Er packte die Träger mit den Zähnen und strampelte heftig mit den Hinterbeinen, weil er das Ganze offensichtlich für ein wunderbares neues Spiel hielt. Einige Minuten und mehrere Kratzer später gelang es Poppy, ihm den BH wegzunehmen, und hielt ihn triumphierend in die Höhe. „Du bist schrecklich!", schimpfte sie und sah den Kater finster an. „Der Tierarzt hat gesagt, du würdest mit der Dieberei aufhören, wenn du wieder dein normales Futter bekommst."

Oren räkelte sich genüsslich und legte den Kopf schief, um ihr einen frechen Blick zuzuwerfen. *„Mau?"*

„Du bleibst hier und rührst dich nicht vom Fleck, während ich den BH seiner rechtmäßigen Besitzerin zurückbringe", sagte Poppy streng.

Oren gehorchte natürlich nicht, sondern folgte ihr, während Poppy mit dem BH zu dem Grundstück ging, von dem sie ihn hatte kommen sehen. Er sprang über das Gartentor, bevor sie es öffnen konnte, und schlenderte ungerührt neben ihr her, als sie zur Haustür ging. Poppy räusperte sich, klingelte und hoffte inständig, dass die Besitzerin des Wäschestücks nicht so gestrickt war wie Mrs Busselton. Zu ihrer Überraschung stand sie im nächsten Moment Adeline Payne gegenüber. Miss Payne war offensichtlich ebenfalls eine Frühaufsteherin - den orangefarbenen Flecken auf ihrer Schürze nach zu urteilen, war sie bereits bei der Küchenarbeit.

„Oh, hallo!" Die Frau lächelte sie schüchtern an. Dann fiel ihr Blick auf den BH in Poppys Händen, und sie riss erstaunt die Augen auf.

„Hallo, Miss Payne. Ich glaube, der gehört Ihnen", sagte Poppy mit einem schiefen Grinsen und hielt den Büstenhalter hoch.

„Oh ... oh, ja, der gehört mir! Aber wie ...?", fragte Miss Payne verlegen.

Poppy wies auf Oren, der neben ihr saß und sich lässig eine Pfote putzte. „Darf ich vorstellen: Bunningtons Wäschedieb."

„Wäschedieb?" Miss Payne sah verwirrt aus. „Aber ich dachte ... hat Mrs Busselton nicht gesagt, dass es die Taten eines Perversen sind - und der Krimiautor, der im Dorf lebt ..."

„Das war alles ein Missverständnis", erklärte Poppy schnell. „In Wirklichkeit ist der Kater für die Diebstähle verantwortlich. Er heißt Oren und gehört Nick Forrest, dem Krimiautor. Er streunt durchs Dorf, klaut Unterwäsche und deponiert sie in Nicks Haus."

„Wirklich?" Adeline Payne schaute Oren ungläubig an. „Aber warum in aller Welt tut er das?"

„Wer weiß schon, warum Katzen etwas tun?" Poppy verdrehte die Augen. Sie hielt ihr den BH hin. „Bitte sehr, Miss Payne ... ich habe Oren eben erwischt, wie er mit dem BH aus Ihrem Haus kam, und dachte, ich bringe ihn besser zurück."

„Er kam aus meinem Haus? Aber alle Fenster und Türen sind geschlossen", sagte Miss Payne erschrocken.

„Nun, er kam vielleicht nicht direkt aus ihrem Haus. Ich meinte eher: Er kam von Ihrem Grundstück. Vermutlich hat er den BH von Ihrer Wäscheleine gestohlen. So macht er das normalerweise, glaube ich."

„Aber ich benutze die Wäscheleine im Moment nicht", sagte Miss Payne und runzelte die Stirn. „Das tue ich nur, wenn es im Sommer richtig warm wird. Zu dieser Jahreszeit trockne ich meine Sachen normalerweise im Trockner oder ich hänge sie drinnen auf." Sie blickte besorgt auf den Kater. „Wie um alles in der Welt ist er dann an meinen BH gekommen?"

Als wollte er ihre Frage beantworten, hörte Oren

plötzlich auf, seine Pfote zu putzen, und stand auf. Er ging über die Schwelle ins Haus, vorbei an einer verdutzten Miss Payne und ohne auf Poppys empörte Rufe zu achten. Die beiden Frauen sahen zu, wie er den Flur entlangschlenderte und um die Ecke verschwand.

„Tut mir leid", sagte Poppy mit einem entschuldigenden Lächeln. „Er ist manchmal schrecklich! Darf ich reinkommen und ihn holen?"

„Natürlich … hereinspaziert!", sagte Miss Payne und winkte Poppy ins Haus. „Und bitte … nennen Sie mich Adeline."

Gemeinsam folgten sie Oren in die vollgestopfte Waschküche auf der Rückseite des Hauses. Er war auf die Waschmaschine geklettert und beäugte interessiert eine kleine Wäschespinne, die ähnlich wie ein Kleiderbügel an einem Haken hing. Daran waren allerlei Socken und andere Wäschestücke befestigt. Eine Klammer war leer – dort hatte vermutlich der gestohlene BH gehangen.

„Oren! Wage es nicht …!", sagte sie und warf dem Kater einen strengen Blick zu.

Oren ignorierte sie und streckte eifrig eine Pfote nach einer baumelnden Socke aus.

„Er ist ein ziemlich frecher Bursche, nicht wahr?", bemerkte Miss Payne lachend.

Poppy seufzte. „Sie haben ja keine Ahnung." Dann hielt sie inne, als sie etwas entdeckte: eine kleine Hundeklappe in der rückwärtigen Tür, die zum Garten führte. „Haben Sie einen Hund?", fragte sie.

Miss Payne schüttelte den Kopf. „Nein, aber die Vorbesitzer müssen einen gehabt haben. Als ich hier eingezogen bin, war die Hundetür bereits eingebaut.“

„Ah, nun wissen Sie auch, wie Oren es geschafft hat, Ihren BH zu stehlen. Offensichtlich hat er die Hundeklappe als eine persönliche Einladung verstanden, nach Lust und Laune in Ihr Haus zu gehen. Vielleicht sollten Sie sie abschließen.“

„Ohhh … Sie haben recht. Ja, ich werde sie schließen lassen. Das sollte ich aus Sicherheitsgründen sowieso tun. Mrs Busselton hat mich neulich gewarnt, dass Einbrecher zwar nicht durch eine Katzenklappe ins Haus eindringen können, aber sie können ein Werkzeug hindurchschieben und sich damit Dinge greifen.“ Sie erschauderte. „Manchmal fürchte ich mich, so ganz allein im Haus.“

„Ich bin mir sicher, dass nichts passieren kann, wenn Sie die Klappe verriegeln oder einen Keil davorschieben“, sagte Poppy. Sie hatte ein schlechtes Gewissen, weil sie der armen Frau Angst gemacht hatte. „Bunnington ist ziemlich sicher, wissen Sie. Ich habe früher in London gelebt – in einem eher verrufenen Viertel - und ich kann Ihnen sagen, dass es hier nicht wie in einer Großstadt zugeht!“

„Oh. Nun, es ist nur … Mrs Busselton hat allen im Dorf erzählt …“ Miss Payne zögerte. „Sie sagt, dass Yvonne von einem Sexualverbrecher umgebracht wurde, und zuerst dachten alle, es sei der Krimiautor, aber als ich dann hörte, dass er von der Polizei freigelassen wurde … dachte ich …“

„Sie dachten was?“, fragte Poppy.

„Ich dachte, es sei vielleicht dieser bärtige Kerl gewesen.“

Poppy runzelte die Stirn. „Welcher bärtige Kerl?“

„Sie wissen schon, der Mann, der an diesem Tag zu Yvonne in die Praxis kam und mit ihr geredet hat.“

Tim Albrecht? Poppy sah Miss Payne überrascht an. „Ich wusste nicht, dass Sie ihn mit Yvonne zusammen gesehen haben. Ich dachte, er sei erst gekommen, als Sie schon gegangen waren.“

„Nun, ich wollte gerade gehen“, erklärte Miss Payne. „Er kam herein, als ich auf dem Weg nach draußen war. Das Wartezimmer war leer, bis auf Yvonne natürlich. Sie waren ja bei Dr. Seymour im Sprechzimmer.“

„Und Tim Albrecht?“

„Wie bitte?“

„Oh, so heißt der ‚bärtige Kerl‘“, sagte Poppy. „Was hat er gemacht?“

„Er ging direkt zu Yvonne, um mit ihr zu sprechen, und da ich an der Tür stehen bleiben musste, um meinen Schal zu binden, hörte ich, was sie sagten – ohne es zu wollen, meine ich“, fügte sie hastig hinzu.

Ja, alles klar, dachte Poppy amüsiert. *Wahrscheinlich haben Sie nur an Ihrem Schal herumgezupft, um die beiden belauschen zu können!* Laut sagte sie: „Sie haben also mitbekommen, worüber sie gesprochen haben?“

„Nun, nicht jedes Wort. Ich meine, er beugte sich zu ihr hin und sprach mit leiser Stimme, sodass ich nur hier und da etwas verstehen konnte. Er schien aber ziemlich aufgewühlt zu sein." Sie hielt inne, runzelte nachdenklich die Stirn und fügte dann hinzu: „Ich glaube, er hat versucht, sie zu etwas zu überreden - ich habe ihn ein paar Mal ‚Bitte, Yvonne‘ sagen hören. Vielleicht wollte er, dass sie mit ihm ausgeht, und sie hat ihn abgelehnt."

„Wie kommen Sie darauf?"

„Nun, ich habe gehört, wie er ‚treffen wir uns‘ und ‚heute Abend‘ gesagt hat ..."

„Sie haben gehört, wie Albrecht Yvonne gebeten hat, sich an diesem Abend mit ihm zu treffen?", hakte Poppy nach. „Sehen Sie, der Mörder hat Yvonne an den Tatort gelockt, mit einem Zettel, auf dem stand, sie solle in die Praxis kommen ... Wissen Sie, was das bedeutet? Ihre Aussage könnte den Beweis liefern, dass Tim Albrecht der Mörder ist", sagte sie aufgeregt. „Sie müssen die Polizei anrufen und Ihre Geschichte erzählen! Oder ... oder vielleicht sogar persönlich aufs Revier gehen", fügte sie hinzu. Wenn Miss Payne höchstpersönlich auf der Wache erschien, würde selbst Sergeant Lee sie ernst nehmen müssen, falls Suzanne nicht da war. Am Telefon würde er sie kaum zu Wort kommen lassen und sie so schnell wie möglich abfertigen.

„Oh ... in Ordnung. Aber ich muss mich umziehen", sagte Miss Payne. Sie sah nervös an sich hinunter. „Ich habe gekocht und sehe schrecklich aus.“

„Ich bin sicher, der Polizei macht das nichts aus“, beruhigte Poppy sie. Sie deutete auf Miss Paynes Schürze. „Es reicht, wenn Sie die ausziehen. Die meisten Flecken scheinen darauf zu sein.“

„Oh ja, das ist eine gute Idee. Zum Glück habe ich daran gedacht, diese Schürze umzubinden.“ Miss Payne band die Schürze los und warf sie in einen Wäschekorb neben der Waschmaschine.

„Oh je, Ihre Bluse hat auch etwas abbekommen“, sagte Poppy und deutete auf einen orangefarbenen Fleck auf Miss Paynes weißer Bluse.

Miss Payne blickte nach unten. „Oh, der ist alt. Er stammt von dem Tag in der Praxis - diese schrecklichen Lilien und ihre Pollen.“

„Ja, ich mag Lilien auch nicht so gerne.“ Poppy verzog das Gesicht. „Außerdem sind sie giftig für Katzen, daher ...“ Sie brach plötzlich ab und starrte die Frau vor ihr an. „Wann, sagten Sie, haben Sie sich die Bluse schmutzig gemacht?“

„Vor ein paar Tagen, in der Praxis von Dr. Seymour. Da stand eine Vase mit Lilien auf Yvonnes Schreibtisch. Ich muss irgendwie an eine der Blumen gekommen sein, ohne es zu merken. Ich habe den Fleck erst gesehen, als ich nach Hause kam.“ Miss Payne verzog das Gesicht. „Ich habe versucht, ihn auszuwaschen - mit Sodawasser und Backpulver, aber das hat nicht geholfen. Ich fürchte, ich bekomme ihn nicht mehr heraus. Warum?“ Sie schaute Poppy verwundert an.

„Ach ... nichts ... ich dachte nur, wenn der Fleck noch frisch wäre ... ähm ... dann hätten Sie vielleicht eine Chance, ihn auszuwaschen", murmelte Poppy. „Äh ... Ich hole Oren, ja? Und dann gehen wir zur Wache ..."

Der Kater saß immer noch auf der Waschmaschine. Sie versuchte, sich so lässig wie möglich zu geben, aber ihre Gedanken rasten. Sie erinnerte sich genau, wie Emma Seymour an jenem Tag den Lilienstrauß in die Praxis gebracht und Yvonne angewiesen hatte, ihn in einer Vase auf den Empfangstresen zu stellen – als Poppy mit Dr. Seymour aus dem Sprechzimmer kam. Und das war, nachdem Miss Payne die Praxis bereits verlassen hatte.

Wie also waren die Lilienpollen auf ihre Bluse geraten? Sie musste später am Abend noch einmal in der Praxis gewesen sein.

Poppy musste plötzlich an den Morgen denken, als sie Yvonnes Leiche entdeckt hatte. Die Scherben der Vase hatten auf dem Boden neben der Toten gelegen, und die Lilien waren überall verstreut. Es sah aus, als sei die Vase bei einem Gerangel umgestoßen worden. Poppy lief ein Schauer über den Rücken, als ihr ein bizarrer Gedanke durch den Kopf schoss. Nein, das konnte nicht sein ...

Dann hörte sie, wie die Tür zur Waschküche ins Schloss fiel. Sie wirbelte herum und blickte in die Augen einer Mörderin.

Kapitel 27

„Das war dumm von mir, nicht wahr?", sagte Miss Payne im Plauderton. „Ein Versehen. Kaum hatte ich die Worte ausgesprochen, wurde mir klar, dass Sie zwei und zwei zusammenzählen würden: Der Fleck auf meiner Bluse konnte nicht an jenem Tag darangekommen sein. Jedenfalls nicht während der Sprechzeit."

„Sie haben Yvonne getötet? Sie sind die Mörderin?", sagte Poppy und starrte Miss Payne an. „Und Sie haben auch Emma getötet, nicht wahr? Aber … warum?"

„Warum? Weil sie beide dumm und egoistisch waren und Ralph nicht verdient hatten", gab Miss Payne schnippisch zurück. „Yvonne hat ihn in eine schmuddelige Affäre hineingezogen und Emma hat ihn wie ein dressiertes Hündchen behandelt. Sie waren beide Hexen, die ihn unglücklich gemacht haben!" Plötzlich wurde ihre Miene weicher und sie fügte nachdenklich hinzu: „Ralph braucht eine Frau, die ihn liebt und versteht und die bereit ist, alles für ihn zu opfern ..."

„Sie haben das alles nur getan, weil Sie in Ralph Seymour verliebt sind?", fragte Poppy ungläubig.

Miss Payne warf Poppy einen mädchenhaft-kecken Blick zu. „Oh, er ist auch in mich verliebt. Er weiß es nur noch nicht. Aber ich habe Geduld. Ich warte jetzt schon seit Monaten ... auf den richtigen Moment ... und bis dahin konnte ich mich auf meine regelmäßigen Besuche in der Arztpraxis freuen, wenn ich zehn Minuten mit meinem Ralph allein war, während er sich all meinen Problemen widmete ..." Sie seufzte glückselig.

„Emma hatte also recht. Ihre angeblichen Krankheiten waren nur ein Vorwand, um ihn zu sehen. Sie haben ihn verfolgt, wie eine Stalkerin", sagte Poppy angewidert.

„Ich bin keine Stalkerin!", rief Miss Payne. „Ich habe Ralph nicht verfolgt und ich bin auch nicht in sein Haus eingebrochen und habe seine Sachen gestohlen. Nun, abgesehen von ein paar Notizen, die ich aus seinem Schreibtisch in der Praxis mitgenommen habe, als er nicht hinsah. Aber das habe ich nur gemacht, weil ich etwas mit seiner Handschrift brauchte, für die Nachricht an Yvonne." Sie kicherte plötzlich. „Oh ... und ich habe einen

Gartenzwerg aus ihrem Garten geklaut. Aber ich wollte ihn zurückgeben, wissen Sie. Ich wollte ihn nur vorher noch ein bisschen sauber machen. Er war so schmutzig."

„Haben Sie Yvonne damit getötet?"

„Ja. Nun, eigentlich wollte ich sie nicht umbringen. Nicht wirklich", erklärte Miss Payne. „Ich fand sie nur so schrecklich unvernünftig. Ich habe ihr gesagt, sie solle Ralph in Ruhe lassen, aber sie wollte einfach nicht hören!

Sie hat mich sogar ausgelacht. Das hat mich so wütend gemacht. Also habe ich ihr mit dem Zwerg einen kleinen Schlag auf den Kopf versetzt. Was für ein Glück, dass ich ihn zufällig dabeihatte! Ich wollte ihn eigentlich in Ralphs Garten stellen, daher hatte ich ihn in meiner Tasche und wartete auf eine gute Gelegenheit, ihn unauffällig zurückzubringen."

Poppy kam sich vor wie in einem absurden Film. Miss Payne sprach so ruhig über einen Mord, den sie begangen hatte, als sei es ein Punkt auf ihrer täglichen Erledigungsliste.

„Was ist mit Emma?", fragte Poppy. „Wie haben Sie sie auf den Kirchhof gelockt?"

„Oh, das habe ich nicht arrangiert - das war ein glücklicher Zufall", strahlte Miss Payne. „Ich habe sie an diesem Morgen zufällig an meinem Küchenfenster vorbeigehen sehen und beschlossen, ihr zu folgen. Ich wollte mit ihr sprechen und ihr begreiflich machen, dass sie sich von Ralph scheiden lassen muss, damit er mich heiraten kann. Er ist solch ein feiner Charakter, er würde sie nie verlassen, also musste sie diejenige sein, die ihn gehen ließ." Ihre Miene verfinsterte sich. „Aber Emma war genau wie Yvonne! Sie hat immer nur an sich selbst gedacht! Und dann hat sie mich beschimpft, nur weil ich ihr gesagt habe, ich hätte geflunkert, als ich der Polizei erzählt habe, dass ich ihr Auto am Abend vor Yvonnes Tod gesehen hätte ..."

„Sie haben sie nicht vorbeifahren sehen?", fragte Poppy. Sie war entsetzt, dass sie sich wie alle anderen hatte täuschen lassen. „Also war Emma an jenem Abend wirklich zu Hause?"

Miss Payne zuckte mit den Schultern. „Ich nehme es an. Nun, ich dachte, wenn ich sie bei der Polizei anschwärze, würden sie sie einsperren. Dann wäre Ralph frei! Aber leider hat das nicht ganz geklappt. Also habe ich beschlossen, dass ich sie doch töten muss. Wie lästig. Aber wie gesagt", fuhr sie mit selbstzufriedener Miene fort, „es war Glück, dass ich sie an diesem Morgen zufällig gesehen habe. Und wie es der Zufall wollte, hatte ich Ralphs Gartenzwerg noch nicht in seinen Garten zurückgebracht. Er lag in meinem Flur bei den Schuhen, wissen Sie. Ich habe ihn mitgenommen, als ich das Haus verließ. Sehr praktisch, so ein Gartenzwerg, wenn man jemandem den Schädel einschlagen will."

Sie griff in den Wäschekorb neben der Waschmaschine und kramte darin herum. Dann zog sie etwas unter dem Kleiderstapel hervor. Poppy drehte sich der Magen um, als sie sah, dass es ein

Gartenzwerg war, fleckig und schmutzig und an einem Ende mit Blut verschmiert.

Miss Payne betrachtete die Keramikfigur nachdenklich. „Seit dem Mord an Emma hatte ich noch keine Gelegenheit, ihn zu reinigen. Aber keine Sorge - die Farbe auf der Keramik ist immer noch sehr wasserfest und die Flecken sollten sich leicht abwaschen lassen." Zu Poppy gewandt sagte sie lächelnd: „Ich glaube langsam wirklich, dass dies mein Glückszwerg ist. Ich sollte ihn behalten. Meinen Sie, Ralph hätte etwas dagegen, wenn ich ihn nicht zurückgebe?"

Sie ist komplett durchgeknallt, dachte Poppy. *Völlig wahnsinnig. Ich muss hier raus!*

In diesem Moment sah sie jedoch, wie sich Miss Paynes Augen verengten. „Das ist so ärgerlich. Jetzt muss ich Sie ebenfalls umbringen. Schließlich kann ich nicht zulassen, dass Sie der Polizei sagen, was Sie wissen."

„Äh ... wir sollten nichts überstürzen ..." Poppy trat hastig einen Schritt zurück und sah sich nervös in der Waschküche um.

Es war ein schmaler, vollgestellter Raum, der an einem Ende durch eine Tür mit dem Haus verbunden war, während die Tür am anderen Ende in den Garten hinausführte. Miss Payne hatte die Tür zum Haus geschlossen und stand davor, sodass dieser Fluchtweg versperrt war. Aber die andere Tür, die in den Garten führte, befand sich direkt hinter Poppy. Wenn sie sie irgendwie öffnen und entkommen konnte, bevor Miss Payne sie erwischte ...

„Also ... ähm ... haben Sie vor, Ralph sofort zu heiraten?", versuchte sie, Miss Payne abzulenken, um so unauffällig wie möglich ein paar Schritte zurückzutreten, bis sie die solide Oberfläche der Hintertür an ihren Schulterblättern spürte.

„Nun, ich nehme an, wir müssen noch etwas warten, bevor wir unsere Verlobung bekannt geben. Alles andere würde nicht gut aussehen, oder? Außerdem ... das Hochzeitskleid ... es braucht ein wenig Zeit, bis man das richtige findet." Ein verträumter Ausdruck trat in ihre Augen. „Ich möchte eins mit viel Spitze ... und Schleifen ... und einem Schleier, der bis zum Boden reicht ..."

Langsam schob Poppy die Hände hinter den Rücken und tastete nach dem Türgriff. Als ihre Finger ihn ertastet hatten, drehte sie daran, ohne dass die Tür sich rührte.

Verdammt!, dachte sie. Die Tür war offensichtlich verschlossen.

Dann keimte Hoffnung in ihr auf, als sie einen altmodischen Messingschlüssel im Schlüsselloch fand. Sie warf einen Blick auf Miss Payne, die immer noch ins Leere starrte und in allen Einzelheiten die Hochzeitsfeier schilderte, die sie auszurichten gedachte. Langsam bewegte sich Poppy seitwärts, bis ihre Finger den Kopf des Schlüssels zu packen bekamen. Sie drehte ihn vorsichtig, in der Hoffnung, dass Miss Payne nicht mitbekommen würde, wenn der Riegel zurückschnappte.

„Was machen Sie da?"

Poppy erstarrte. Miss Payne hatte ihre Tagträumerei unterbrochen und beobachtete sie nun mit hartem, misstrauischem Blick. Ihre Finger umklammerten den Gartenzwerg und sie machte mit drohender Miene einen Schritt nach vorne.

Poppy schlug alle Vorsicht in den Wind und versuchte verzweifelt, den Schlüssel im Schlüsselloch zu drehen.

Sie hörte ein befriedigendes lautes KLICK, aber bevor sie den Knauf drehen und die Tür aufreißen konnte, stürzte sich Miss Payne wie ein Puma auf sie und klammerte sich an ihren Rücken. Poppy schrie auf und sackte in die Knie.

„*MIII-AAAUUU!*", ertönte Orens Stimme von der Waschmaschine. Er beäugte die beiden Frauen mit funkelnden Augen und blähte sich auf das Doppelte seiner Größe auf. Poppy wehrte sich verzweifelt und schaffte es, ihren Oberkörper aus dem Griff ihrer Angreiferin zu befreien.

„Lassen Sie mich los! LASSEN SIE MICH LOS!", schrie Poppy.

Sie schlug um sich und versuchte, etwas zu finden, woran sie sich festhalten und hochziehen konnte, aber der Fliesenboden der Waschküche war rutschig. Um sie herum war nichts außer der Wand auf einer Seite, der Ecke der Waschmaschine auf der anderen und unmittelbar vor ihr die massive Tür, die zum Garten hinausführte ...

Dann schoss ein orangefarbener Blitz an ihr

vorbei, ein pelziger Schwanz streifte ihr Gesicht, als Oren an ihr vorbeisauste und direkt durch die Tür zu verschwinden schien.

Nein, Moment mal, er ist nicht verschwunden - er ist durch die Hundeklappe in den Garten gelangt, überlegte Poppy.

Sie stürzte mit aller Kraft nach vorn, schob den Kopf durch die Hundeklappe und versuchte, sich hindurchzuwinden, doch die Öffnung war zu klein. Ihre Schultern klemmten fest und Miss Payne hielt ihre Beine in eisernem Griff.

„Hilfe!", schrie sie. „HILFE!"

Poppy fragte sich verzweifelt, ob sie jemand hören würde. So früh am Morgen waren noch nicht viele Menschen unterwegs und Miss Paynes Häuschen lag am Rande des Dorfes. Hier würde sie niemand hören.

Dann hörte sie eine vertraute dröhnende Stimme: „BLEIBEN SIE RUHIG UND HALTEN SIE DURCH! Die Bunnington-Brigade ist unterwegs!"

Kapitel 28

„Ich hätte nie gedacht, dass ich das mal sagen würde, aber als Mrs Busselton um die Ecke gerannt kam, war ich so froh, dass ich sie hätte küssen können", lachte Poppy. „Ich kann von Glück sagen, dass sie wie besessen ist von der Idee der Nachbarschaftswache. Sie wittert überall kriminelle Machenschaften, und wenn sie nicht die ‚Frühpatrouille' der Bunnington-Brigade übernommen hätte, säße ich jetzt vielleicht nicht hier."

„Meine Güte, Poppy, das war knapp! Miss Payne scheint völlig durchgedreht zu sein! Sie hätte dich gestern umbringen können, und niemand hätte etwas mitbekommen", sagte Nell tadelnd. „Wenn du das nächste Mal losrennst, um einen Mörder zu stellen, solltest du Bescheid sagen, wohin du gehst. Mrs Busselton wird nicht immer zur Stelle sein, um dich zu retten."

„Ach, komm schon, Nell! Ich konnte schließlich nicht ahnen, dass Miss Payne sich als Mörderin entpuppen würde. Niemand hat sie verdächtigt, selbst Suzanne nicht!", protestierte Poppy. „Sie wirkte so sanftmütig, so mitleiderregend - einfach die typische traurige, einsame Jungfer ..."

„Das zeigt nur, dass man Menschen nicht vorschnell in Schubladen stecken sollte!"

„Obwohl, wenn ich darüber nachdenke, passt es ... Ich meine, in diesem Fall haben die persönlichen Lebensumstände von Miss Payne eine Rolle gespielt. Wäre sie nicht so einsam und isoliert gewesen, hätte sie vielleicht nicht diese obsessive Fixierung auf Dr. Seymour entwickelt und sich selbst vorgegaukelt, dass sie füreinander bestimmt seien."

„Ja, ich habe gehört, dass ihr geistiger Zustand bei der Verhandlung berücksichtigt werden soll", sagte Nell. „In gewisser Weise tut mir die arme Frau leid."

„Oh Gott, mir auch und allen anderen auch!", sagte Poppy. „So konnte sie es schaffen, den Verdacht von sich abzulenken und andere anzuschwärzen. Alle sahen nur diese schüchterne alleinstehende Frau, die vielleicht ein bisschen exzentrisch war, aber keiner Fliege etwas zuleide tun würde ... und alle glaubten ihr aufs Wort." Poppy hielt inne. „Nein, warte, nicht jeder. Sergeant Lee bildete eine Ausnahme.“

„Sergeant Lee?“

Poppy verzog das Gesicht. „Ja, ich gebe es nur ungern zu, aber Sergeant Lee hatte ausnahmsweise recht. Ich habe ihm gesagt, dass Miss Payne behauptet hat, sie hätte Emma Seymour in der Mordnacht aus dem Dorf fahren sehen, aber er war sehr skeptisch. Er meinte, Miss Payne könnte lügen. Nun, sie hat tatsächlich gelogen! Allerdings dachte Sergeant Lee, sie sei nur eine Wichtigtuerin mit einer übersteigerten Fantasie. Dabei hat sie absichtlich versucht, Emma anzuschwärzen. Mit Tim Albrecht war es genauso: Suzanne hat mir gestern Abend erzählt, dass sie ihn befragt hat und er zugab, an diesem Tag mit Yvonne gesprochen zu haben. Er hegte tatsächlich eine Schwäche für sie und hatte versucht, mit ihr zu flirten, aber er hat sie nie gefragt, ob sie sich mit ihm treffen will, und auch sonst hat er nichts von dem gesagt, was Miss Payne behauptet hat. Sie hat sich das alles nur ausgedacht, um ihn verdächtig aussehen zu lassen.“

„Sie scheint manipulativ und berechnend zu sein.“ Nell war überrascht. „Vielleicht verdient sie ja doch nicht so viel Mitleid!“ Sie erhob sich vom Küchentisch. „Jedenfalls solltest du dich beeilen und dein Frühstück beenden, Liebes. Es ist höchste Zeit, die Gärtnerei zu öffnen.“

Poppy seufzte, als sie an den bevorstehenden Tag dachte. Sie war froh, dass das Rätsel um den Tod von Yvonne und Emma gelöst war, aber an ihren größten

Problemen änderte das nichts. Wie sollte sie ein Einkommen erzielen und die Gärtnerei am Laufen halten, wenn sie keine Pflanzen zum Verkauf hatte?

Nell warf ihr einen mitfühlenden Blick zu. „Wie sahen die Pflanzen heute Morgen aus?"

Poppy zuckte mit den Schultern. „Unverändert." Sie hatte als Erstes nach ihren frostgeschädigten Setzlingen gesehen und enttäuscht festgestellt, dass sie keinerlei Anzeichen von Besserung zeigten.

„Das braucht seine Zeit, Liebes", beruhigte Nell sie. „Sicher wachsen sie zu schönen Pflanzen heran, die du verkaufen kannst. Du musst nur ein bisschen Geduld haben."

„Ja, aber was mache ich, bis es so weit ist?", fragte Poppy.

„Hast du nichts mehr auf Lager?"

„Ein paar Töpfe sind noch übrig", sagte Poppy. „Das sind die letzten aus der Charge, die ich in den Verkauf gestellt habe. Alpenveilchen habe ich keine mehr, aber ein paar Primeln und ein paar Töpfe mit Veilchen sind noch da. Oh, und eine kleine Partie Stockrosen-Setzlinge, die ich eigentlich einpflanzen wollte, aber ich könnte sie auch zum Verkauf anbieten. Wie man es dreht und wendet: Selbst wenn ich all diese Pflanzen verkaufe, bringt das nicht viel ein."

„Darüber wollte ich schon seit einiger Zeit mit dir sprechen", sagte Nell und baute sich vor Poppy auf. „Ich weiß, als du mir angeboten hast, dass ich bei dir in Hollyhock Cottage leben könnte, hast du gesagt, du würdest keine Miete nehmen. Das war wirklich nett von dir, meine Liebe, aber ich würde dir gerne etwas von meinem Einkommen abgeben. Natürlich verdiene ich bei meinen Putzstellen nicht viel, aber wenigstens -"

„Nein, Nell!" Poppy sprang vom Tisch auf. „Nein, ich werde kein Geld von dir nehmen. Du bezahlst schon einen großen Teil unserer Lebensmittel, und außerdem ist es wichtig, dass du den Rest für dich behältst."

„Wofür sollte ich das Geld denn behalten?", fragte Nell.

„Na ja, um mal in Urlaub zu fahren ... oder ... damit du etwas auf der hohen Kante hast, wenn du dich zur Ruhe setzt. Du wirst ja nicht ewig als Putzfrau arbeiten können", sagte Poppy.

„Ich bin erst Mitte sechzig. Noch bin ich nicht altersschwach!", stellte Nell mit einem Anflug von Ärger klar. Sie krempelte die Ärmel hoch. „Und ich werde putzen, bis zum letzten Tag!"

Ja, und wahrscheinlich wirst du in dem saubersten, glänzendsten Sarg beerdigt, den man sich vorstellen kann, dachte Poppy amüsiert. Laut sagte sie: „Ich nehme kein Geld von dir, Nell. Also, vergiss es."

Nell presste die Lippen zusammen. „Nun gut, lassen wir das fürs Erste." Wobei sie die Worte „fürs Erste" betonte.

„Vielleicht erholen sich die beschädigten Pflanzen besser und wachsen schneller, als ich erwarte", sagte

Poppy mit einer Zuversicht, die sie eigentlich nicht verspürte. „Ich muss nur die nächsten Wochen überstehen, das ist alles!"

Es fiel ihr jedoch schwer, die Fassade eines heiteren Optimismus aufrechtzuerhalten, als sie an ihren Verkaufstisch trat und wieder einmal erkennen musste, wie dürftig ihr Angebot war. Es war besonders frustrierend, weil die Verhaftung von Miss Payne das Medieninteresse erneut auf Bunnington gerichtet hatte. Wie schon zuvor lockte die zweifelhafte Berühmtheit des Dorfes Horden neugieriger Touristen aus der Ferne und ebenso neugierige Leute aus der Umgebung an, und viele von ihnen kamen in die Gärtnerei, als sie hörten, welche Rolle die Besitzerin bei der Aufklärung der beiden Mordfälle gespielt hatte.

Poppy beobachtete den Kundenstrom mit einer Mischung aus Freude und Frustration. So viele Besucher in der Gärtnerei – und sie hatte nichts zu verkaufen! Anstatt stolz eine große Auswahl kräftiger, gesunder Pflanzen anzubieten, sah sich Poppy wieder einmal mit peinlichen Fragen und abfälligen Bemerkungen über die kümmerliche Qualität ihres Bestands konfrontiert. Am Mittag, nachdem die meisten Kunden mit leeren Händen gegangen waren, fühlte sie sich mutloser denn je. Aber sie zwang sich zu einem Lächeln, als sie auf ein elegant gekleidetes Paar zuging, das missmutig die spindeldürren Exemplare auf dem Tisch begutachtete.

„Ist das alles, was Sie anbieten können?", fragte die Frau. „Haben Sie keine größeren Pflanzen?"

Poppy rang sich ein schwaches Lächeln ab. „Ähm … im Moment nicht. Aber sie sind … ähm … in Produktion, bald kann ich mein Angebot erweitern. Wenn Sie vielleicht in ein paar Wochen wiederkommen könnten …?"

„Ich brauche jetzt etwas", sagte die Frau missmutig. „Ich verkaufe mein Haus, und der Garten muss perfekt aussehen. Ich hatte gehofft, für die Beete ein paar pflanzfertige Farbtupfer und einjährige Pflanzen zu finden."

„Oh … davon habe ich genug", sagte Poppy schnell. „Nur … ähm … nächste Woche."

Der Ehemann verdrehte die Augen und stieß einen gereizten Seufzer aus. „Wir haben keine Zeit für diesen Quatsch", brummte er. „Ich habe dir gesagt, wir hätten in eines der großen Gartencenter gehen sollen. Ich weiß nicht, warum du darauf bestanden hast, in dieses schäbige kleine Nest zu kommen."

„Es heißt doch, dass man die Geschäfte vor Ort unterstützen soll", protestierte seine Frau. „Ich versuche nur, meinen Beitrag für die Gemeinschaft zu leisten."

Der Ehemann warf einen verächtlichen Blick in die Runde. „Ja, aber ich glaube kaum, dass es diesen Laden noch lange gibt, warum sollte man ihn also unterstützen?"

Poppy errötete, ballte die Fäuste und schob sie in

die Hosentaschen. Ihre rechte Hand stieß an etwas Kleines, Hartes und Zylindrisches. Überrascht zog sie es heraus: Es war ein winziges Glasfläschchen, gefüllt mit einer klaren, bernsteinfarbenen Flüssigkeit.

Berties Wachstumsserum! Sie hatte es ganz vergessen. Jetzt rollte sie das Fläschchen zwischen ihren Fingern, während sie beobachtete, wie der Mann und die Frau die Reihe von Setzlingen musterten, die ein wenig abseitsstanden.

„Was ist das?", fragte die Frau.

„Das sind Stockrosen", antwortete Poppy.

„Stockrosen?", wiederholte die Frau verächtlich. „Ich dachte, die wären viel größer. Wenn man schon Setzlinge kauft, dann sollten sie eine anständige Größe haben - sonst kann man sie gleich selbst aussäen!"

„Das ... ähm ... das Wetter hat uns einen Strich durch die Rechnung gemacht", erklärte Poppy wenig überzeugend. „Aber sie wachsen sehr schnell, wenn sie erst einmal in der Erde sind."

Der Ehemann grinste: „Ich dachte, eine Gärtnerei namens Hollyhock Cottage würde ihrem Namen Ehre machen und wenigstens anständige Stockrosen anbieten."

Poppy spürte Wut in sich aufsteigen. Ihre Finger schlossen sich um das Fläschchen mit dem Wachstumsserum. Als sich das Paar abwandte, beugte sie sich kurz entschlossen über die Töpfe, entkorkte das Fläschchen und träufelte ein paar

Tropfen des Serums auf die Stockrosen-Setzlinge. Dann betrachtete sie sie mit angehaltenem Atem.

Nichts geschah.

Poppy seufzte. Wie es aussah, funktionierte Berties Erfindung ausnahmsweise nicht. Sie schob das Fläschchen zurück in ihre Tasche und wandte sich enttäuscht ab.

Vielleicht kann ich das versuchen, was ich mit Bryan gemacht habe, dachte sie und ging auf das Paar zu, das sich gerade zum Gehen wandte.

„Ähm ... wie wäre es mit einem bepflanzten Tontopf, als Farbklecks?", bot sie fröhlich an. „Ich habe ein paar hübsche Terrakottatöpfe, in denen ich Ihnen ein Sortiment zusammenstellen kann. Auf diese Weise fällt die geringe Größe nicht auf." Poppy lächelte gewinnend. „Die Terrakottatöpfe berechne ich Ihnen nicht. Sie könnten sie an Ihrer Haustür aufstellen - sie sehen hübsch aus und bereiten potenziellen Käufern einen attraktiven Empfang."

„Hmm ... ", sagte die Frau zögernd. Die kostenlosen Töpfe schienen den Ausschlag zu geben. Sie schlenderte zurück zum Verkaufstisch. „Kann ich mir die Pflanzen aussuchen? Ich nehme an, die ..." Sie brach ab und starrte auf die Pflanzenreihe. „Waren die eben schon hier?"

„Was?", fragte Poppy erstaunt. Sie folgte dem Blick der Frau. „Oh ... ja, das sind die Stockrosen-Setzlinge, die Sie sich angesehen hatten."

„Ich hätte schwören können, dass sie kleiner waren", sagte die Frau und runzelte die Stirn. „Sie sehen mindestens doppelt so groß aus. Ich bin sicher, dass sie eben nicht so viele Blätter hatten."

Ihr Mann nahm einen der kleinen Töpfe vom Tisch und betrachtete den Setzling neugierig. Plötzlich spross am Fuß der Pflanze eine Blattknospe hervor und wurde immer länger. Sie bildete so schnell die typische Blattform der Stockrose aus, dass sie dem Mann ins Gesicht schlug.

„Huch!" Er fuhr entsetzt zurück. „Was zum -"

„Die sehen eigentlich ganz schön kräftig aus", meinte die Frau lächelnd. „Ich habe sie mir wohl beim ersten Mal nicht richtig angesehen. Ich glaube, ich nehme alle sechs."

Poppy war begeistert. Sie holte schnell einen Pappkarton, in dem sie die Setzlinge verstauen wollte. Als sie jedoch zum Tisch zurückkehrte, stellte sie überrascht fest, dass sich die Setzlinge in ihrer Größe noch einmal verdoppelt hatten! Und als sie es schließlich geschafft hatte, sie in den Karton zu stopfen, hatten sie bereits kräftige Blütenstängel entwickelt, die aus der Mitte der Blattrosetten emporschossen.

Der Ehemann wankte leicht, als Poppy ihm den Karton reichte, und sein Gesicht verschwand bald hinter großen haarigen Blättern.

„Äh ... ich bringe diese ... äh ... besser gleich ins Auto", ertönte die gedämpfte Stimme des Ehemanns.

Er taumelte den Weg hinunter zum Eingangstor. Die Stängel der Stockrosen überragten seinen Kopf mittlerweile und schwankten im Wind, sodass er

Mühe hatte, das Gleichgewicht zu halten. Die Frau bezahlte hastig und lief dann ihrem Mann hinterher, der nun versuchte, den Karton auf den Rücksitz des Autos zu manövrieren, das auf der Gasse parkte.

Poppy beobachtete, wie der Mann verzweifelt schob und zerrte, wobei sein Kopf in dem Gewirr von Blättern, Stängeln und Blüten kaum zu erkennen war. Er sah aus, als würde er mit einem Pflanzenmonster mit vielen Armen ringen, und Poppy musste sich auf die Lippe beißen, um nicht laut loszulachen.

Irgendwann war das Auto verschwunden, wobei die Stockrosenstängel zu beiden Seiten von den Rücksitzen aus den offenen Fenstern ragten. Ihre prallen Blüten schienen kurz davor, ihre ganze Pracht zu entfalten.

Wow, Berties Serum wirkt, dachte Poppy. Bei der Vorstellung, dass das Paar zu Hause ankam und bei lebendigem Leib von wild wuchernden Stockrosen verschlungen wurde, musste sie sich ein Lachen verkneifen.

Dann hatte sie plötzlich eine Idee. Sie rannte ins Gewächshaus zu den Schalen mit den frostgeschädigten Stecklingen und Setzlingen. Ihr Blick ging zwischen den Pflanzen und dem kleinen Glasfläschchen mit dem Wachstumsserum hin und her. *Was habe ich schon zu verlieren? Und wenn es funktioniert ... dann kann ich meine Preise erhöhen*, dachte sie aufgeregt. *Und von dem zusätzlichen Gewinn kann ich früher als erwartet eine weitere*

Ladung Stecklinge vom Großhändler kaufen ...

Schnell holte Poppy eine Gießkanne und füllte sie mit frischem Wasser; dann atmete sie tief durch und entkorkte das Fläschchen. Sie zögerte, schließlich hatte sie gerade mit eigenen Augen gesehen, wie durchschlagend die Wirkung von Berties Serum war. Dieses irrwitzige, unkontrollierte Wachstum wollte sie auf keinen Fall! Aber wenn sie das Serum verdünnte, könnte sie sich die wachstumsfördernde Wirkung zunutze machen, ohne es zu übertreiben. Die Frage war nur: Wie viele Tropfen sollte sie dem Wasser beimischen?

Poppy überlegte hin und her, bis sie sich schließlich für drei Tropfen entschied. Vorsichtig gab sie sie in die Gießkanne, rührte kräftig um, bis die Mischung fast schäumte, und begoss die Pflanzen vorsichtig damit. Dann trat sie zurück und betrachtete ihre Sorgenkinder mit klopfendem Herzen.

Mehrere bange Minuten lang geschah nichts, und Poppy überlegte gerade, ob sie es mit einer konzentrierteren Mischung versuchen sollte, als ihr eine Bewegung auffiel. Sie ging näher heran, dann breitete sich ein begeistertes Lächeln auf ihrem Gesicht aus.

Winzige Knospen hatten sich gebildet, und am Fuß der Pflanzen entfalteten sich winzige Blättchen. Sie wuchsen! Nicht wahnsinnig schnell, aber stetig, und in ein paar Tagen würde sich ihr Verkaufstisch unter den Töpfen mit ihren großen, kräftigen

Pflanzen biegen.

Poppy seufzte zufrieden und spürte, wie die Anspannung aus ihren Schultern wich. Der winzige Funke der Hoffnung, den sie in ihrem Herzen genährt hatte, wuchs nun zu einer lodernden Flamme heran. *Es wird alles gut*, dachte sie, und vor lauter Erleichterung und Glück wurde ihr fast schwindlig. *Es wird alles gut!*

Kapitel 29

Jetzt, wo sich eine Lösung ihrer Probleme abzeichnete, stellte Poppy fest, dass sie viel besser mit unangenehmen Situationen und enttäuschten Kunden in der Gärtnerei umgehen konnte. Im Laufe des Nachmittags fand sie sogar Gefallen daran, den Dorfbewohnern unter den Kunden bei ihrem Tratsch zuzuhören. Die meisten waren schockiert, als sie erfuhren, dass die schüchterne, mausgraue Miss Payne zwei Menschen umgebracht hatte, aber einige behaupteten, sie hätten sie die ganze Zeit im Verdacht gehabt.

„Ich fand diese Frau schon immer seltsam", sagte Mrs Peabody im Brustton der Überzeugung. „Ich habe ihr jedenfalls nie über den Weg getraut."

„Ich auch nicht!" - „Nein, ich auch nicht!" - „Ich

auch nicht!", ertönte ein zustimmender Chor, begleitet von kräftigem Nicken.

Eine der Frauen in Mrs Peabodys Begleitung verzog das Gesicht. „Wusstet ihr, dass sie eine Schnecke als Haustier hält?"

„Igitt!"

„Wirklich? Wie bizarr!"

„Ich habe mich immer gefragt, warum ich sie so oft beim Hausarzt gesehen habe", meldete sich eine andere Frau zu Wort.

„Ich auch!", rief ihre Freundin. „Ich dachte, es sei reiner Zufall, aber wenn ich so darüber nachdenke, war es offenkundig, dass sie dem armen Dr. Seymour nachstellte."

„Ja, der arme Dr. Seymour!"

„Wie furchtbar für ihn!"

„Und jetzt, wo Emma tot ist, hat er niemanden, der sich um ihn kümmert ..."

Alle Frauen in der Gruppe seufzten.

„Nun, ich bin sicher, er wäre dankbar für jede Hilfe, die ihm die Damen von Bunnington gewähren können", sagte Mrs Peabody eifrig. „Es ist unsere Pflicht, unseren Dorfarzt in dieser schweren Zeit zu unterstützen."

„Eine ordentliche Hühnersuppe, das ist es, was er braucht", meldete sich eine andere Frau zu Wort. „Ich habe ein wunderbares Rezept, das besser wirkt als jede Medizin." Sie hielt inne und fügte dann beiläufig hinzu: „Vielleicht bringe ich ihm heute Abend einen Topf davon vorbei. Irgendetwas muss der arme Mann schließlich essen."

„Was er wirklich braucht, ist etwas Selbstgebackenes", erklärte eine weitere Frau. „Wie gut, dass ich gerade eine Ladung meiner berühmten Marmeladenkrapfen gebacken habe. Die haben auf dem letzten Dorffest den ersten Preis gewonnen, wie ihr euch sicher erinnert. Ich bringe ihm einen Korb mit den schönsten Krapfen."

„Nun, ich habe mehrere Flaschen selbstgemachten Holunderblütenlikör. Der täte ihm sicher gut ..."

„Es geht nichts über ein Scotch Egg. Genau das Richtige für zwischendurch. Ich bringe ihm welche ..."

„Mein Shepherd's Pie ist nahrhaft und lecker und Dr. Seymour sieht aus, als könnte er eine deftige Portion davon vertragen."

„Wer putzt denn nun bei ihm und besorgt ihm den Haushalt? Ich könnte sicher ein paar Stunden aushelfen ..."

Poppy starrte die Frauen erstaunt an. Ralph Seymours vage und weinerliche Art war ihr auf die Nerven gegangen, bis sie den Respekt vor ihm verloren hatte, aber offensichtlich weckte der gutaussehende Hausarzt bei vielen anderen Frauen einen mütterlichen Beschützerinstinkt. Die Damenwelt von Bunnington schien sich darum zu reißen, ihn umsorgen zu dürfen!

Die Gruppe um Mrs Peabody diskutierte gerade leidenschaftlich, wie man Dr. Seymours Socken am besten waschen sollte, als der gutaussehende Arzt höchstpersönlich auftauchte. Sein Erscheinen am Eingangstor sorgte für helle Aufregung, und als er sich dem Verkaufstisch näherte, an dem Poppy mit den Damen stand, erröteten einige Frauen und kicherten.

„Hallo, Miss Lancaster - ich habe Ihnen etwas mitgebracht", sagte Dr. Seymour lächelnd und hob ein großes Holzgestell in die Höhe.

„Danke schön. Äh ... was ist das?", fragte Poppy und betrachtete das Geschenk neugierig.

Es sah aus wie ein Bücherregal mit einem schrägen Dach und gestaffelten Ebenen, die in kleine Fächer unterteilt waren. Es erinnerte Poppy entfernt an ein Puppenhaus - ein sehr flaches Haus mit sehr vielen Zimmern, in denen jedoch keine Miniaturmöbel standen, sondern kleine Topfpflanzen mit einer Rosette aus pelzigen grünen Blättern.

„Das ist ein Aurikeltheater", erklärte Dr. Seymour. Sein Gesicht glühte vor Stolz. „Ich habe es speziell für Sie gebaut, damit Sie die Aurikeln, die ich für Sie ausgewählt habe, angemessen präsentieren können. Auf diese Weise haben Ihre Kunden hoffentlich die Möglichkeit, etwas über diese wunderbaren Pflanzen zu erfahren, und vielleicht bekommen sie sogar Lust, selbst welche anzupflanzen. Ich habe sogar mehrere Töpfe mit jungen Aurikel-Pflanzen, die ich Ihnen vorbeibringe, wenn sie so weit sind, damit Sie sie hier in der Gärtnerei verkaufen können."

„Oh! Das ist wirklich nett von Ihnen. Aber ... äh

...“ Mit einem verlegenen Blick auf die gespannt lauschenden Frauen zog sie den Arzt ein wenig zur Seite. „Ich habe im Moment leider nicht das Geld, um meinen Bestand zu vergrößern ...“

„Oh, ich möchte kein Geld dafür!“, rief Dr. Seymour und hob abwehrend die Hände. „Das sind nur Ableger, ich habe viel zu viele und weiß gar nicht, was ich damit anfangen soll. Ich würde sie gerne spenden, um den Menschen die wunderbare Welt der Aurikeln nahe zu bringen.“

„Wow ... herzlichen Dank“, sagte Poppy überrascht und gerührt. „Das ist wirklich großzügig von Ihnen. Ich danke Ihnen!“

Das Aurikeltheater stand neben dem Verkaufstisch und war inzwischen von Mrs Peabody und ihren Freundinnen umringt, die das hölzerne Gebilde lautstark bewunderten. Einige von ihnen bedachten Poppy mit neidischen Seitenblicken, weil sie das Glück hatte, ein persönliches Geschenk von Dr. Seymour zu erhalten.

„Ähm ... wo soll ich es hinstellen?“, fragte sie.

„Oh, am besten an einen hellen Platz. Direkte Sonneneinstrahlung vertragen die Aurikeln allerdings nicht. Ich würde sagen, diese Wand ist ideal.“ Der Arzt wies auf die Seite des Cottage. „Auf diese Weise können Ihre Kunden sie sehen, wenn sie den Weg hinaufkommen. Die Blütenstängel kommen gerade zum Vorschein ... in ein oder zwei Wochen sollten ein paar schöne Blüten zu sehen sein, obwohl sich einige Exemplare wahrscheinlich erst Mitte April in ihrer vollen Pracht zeigen."

„Und wie oft soll ich sie gießen?", fragte Poppy nervös.

„Nur, wenn sich die Erde trocken anfühlt. Ich habe sie in körnigem Kompost mit viel Perlit und grobem Sand gesetzt, sodass er sehr gut durchlässig ist. Sie müssen trotzdem aufpassen, sie nicht zu überwässern. Vergessen Sie nicht, dass Aurikeln alpine Pflanzen sind, die einen geringen Wasserbedarf haben. Sie sind sehr anfällig für Wurzelfäule, daher ist es besser, sie eher etwas trockener zu halten."

„Okay." Poppy dachte schuldbewusst, dass „Überwässern" ihr größtes Manko war. „Ich werde mir alle Mühe geben."

Ralph Seymour lächelte. „Keine Sorge, Sie kriegen das hin. Und wenn Sie weitere Tipps von erfahrenen Züchtern möchten, kann ich Ihnen nur empfehlen, dem Oxfordshire Auricula Club beizutreten."

„Ja, ich überlege es mir." Poppy hielt kurz inne und fügte dann ein wenig unbeholfen hinzu: „Ähm ... das mit Emma tut mir wirklich leid. Das muss eine schlimme Woche für Sie gewesen sein."

Der Arzt seufzte. „Ja, es fühlt sich alles etwas surreal an, um ehrlich zu sein. Fast wie ein Albtraum, aus dem ich jeden Moment aufwachen werde ... zumindest hoffe ich das. Wahrscheinlich werde ich es erst richtig begreifen, wenn die gerichtliche Untersuchung von Emmas Tod vorbei ist, und dann die Beerdigung ..." Seine Stimme verklang, doch er wirkte sachlich und gefasst, ganz anders als beim Tod von Yvonne – kein Gefühlsausbruch, keine Tränen. Der Verlust seiner herrischen Frau schien dem gutaussehenden Arzt nicht sehr nahezugehen.

„Bleibt die Praxis jetzt für einige Zeit geschlossen?", fragte Poppy.

Seine Miene hellte sich mit einem Schlag auf. Mit einem Blick auf die Gruppe um das Aurikeltheater sagte er: „Einige Damen aus dem Dorf haben freundlicherweise angeboten, in der Praxis auszuhelfen, bis ich eine neue Praxismanagerin gefunden habe. Ich werde die Sprechstunden also schneller wieder aufnehmen können als erwartet. Dafür bin ich den Damen sehr dankbar, sie sind außerordentlich hilfsbereit."

Poppy blickte ebenfalls in die Runde und fragte sich amüsiert, ob einige der edelmütigen Damen nicht nur ein Auge auf die Stelle der Praxismanagerin geworfen hatten, sondern auch bereit wären, die frei gewordene Stelle der Ehefrau zu übernehmen!

Kapitel 30

Als Poppy am Abend in der Gärtnerei aufräumte, bekam sie überraschend Besuch von Suzanne Whittaker. Die Detective Inspector hielt einen kleinen Plastikbehälter in der Hand, wie man ihn am Straßenimbiss bekam, und schien erleichtert, als sie ihn auf dem Tisch abstellte.

„Hallo!", sagte Poppy mit einem herzlichen Lächeln. „Schön, dich zu sehen."

Suzanne erwiderte ihr Lächeln. „Ich fürchte, das ist kein rein freundschaftlicher Besuch."

„Oh, gibt es zu den Mordfällen noch offene Fragen zu klären?"

„Nein, nein, das ist alles unter Dach und Fach. Miss Payne hat ein umfassendes Geständnis abgelegt, und außerdem hatte ich ein sehr aufschlussreiches Gespräch mit Tim Albrecht."

„Mit Tim Albrecht?" Poppy spitzte die Ohren. „Weißt du, ich war überzeugt, dass er der Mörder ist, aber als mir dann klar wurde, dass Miss Payne die Täterin ist, überlegte ich, dass ich mich in ihm völlig getäuscht haben muss. Oder war er doch in die Morde verwickelt?"

„Nicht in die Morde, nein, aber er hat tatsächlich Geld vom Konto des Oxfordshire Auricula Clubs gestohlen." Suzanne nickte, als Poppy triumphierend die Faust in die Höhe reckte. „Ja, in diesem Punkt hattest du recht. Als ich ihm sagte, dass wir Abhebungen vom Clubkonto zu einer Firma in Spanien zurückverfolgt hatten, knickte Albrecht ein und gestand alles."

„Es war also ein Timesharing-Betrug, wie ich angenommen hatte?", fragte Poppy eifrig.

„Na ja, von Betrug kann eigentlich nicht die Rede sein. Albrecht wollte ein rechtmäßiges Immobiliengeschäft aufziehen, nur ist er leider kein kluger Geschäftsmann, auch wenn er durchaus ein brauchbarer Steuerberater ist. Seine Firma ist anscheinend ziemlich schnell in finanzielle Schwierigkeiten geraten, er brauchte also Geld, um das Unternehmen zu retten. Zunächst hat er versucht, Gelder von seiner Steuerberatungskanzlei abzuzweigen, aber das war nicht so einfach. Sein Vater geht zwar demnächst in den Ruhestand, hat aber immer noch ein wachsames Auge auf das Familienunternehmen. Er hätte sofort gemerkt, dass

Geld fehlt."

„Also beschloss Albrecht, sich stattdessen bei den Fördergeldern für den Club zu bedienen!", sagte Poppy.

Suzanne legte den Kopf schief. „Ja, bei der Buchhaltung des OAC-Clubs ging es drunter und drüber, niemand schien den Überblick haben, und diese beachtliche Geldsumme lag ungenutzt da ... es war einfach zu verlockend." Sie lächelte zynisch. „Natürlich behauptet Albrecht, dass er nie die Absicht hatte, das Geld zu ‚stehlen' - er habe es sich nur ‚geliehen' und geplant, es später zurückzugeben, wenn die Timesharing-Firma anfing, Gewinne abzuwerfen."

Sie hörten ein sarkastisches Lachen und eine tiefe Männerstimme sagte: „Ja, klar. Wo habe ich das schon mal gehört?"

Nick Forrest kam den Gartenweg herauf. Er sah sehr elegant aus in einem klassischen marineblauen Blazer, einem frisch gebügelten Hemd und Jeans. Das dunkle, vom Duschen noch feuchte Haar hatte er aus der Stirn gekämmt.

„Wenn ich so etwas in einem meiner Bücher schreibe, zerreißen mich die Rezensenten in der Luft, weil meine Charaktere und ihre Dialoge angeblich unrealistisch sind – und im echten Leben machen die Leute ständig solche lächerlichen Dinge", sagte er kopfschüttelnd.

„Heißt es nicht, das Leben sei seltsamer als die Fiktion?", fragte Poppy.

„Eigentlich lautet das Originalzitat: ‚Die Wahrheit ist seltsamer als die Fiktion‘, aber der Grundgedanke ist derselbe“, bestätigte Nick. Dann fügte er lachend hinzu: „Und in Ihrem Fall trifft es genau zu! Wahrscheinlich sollte ich Ihnen einfach auf Schritt und Tritt folgen, Miss Lancaster, wenn mir die Ideen für ein Buch ausgehen.“

Poppy errötete leicht. „Es ist keineswegs Absicht, dass ich immer wieder über Leichen stolpere“, protestierte sie.

„Nein, Sie sind genau wie Oren. Sie sind beide wie Magneten für Ärger“, meinte Nick amüsiert.

„Apropos Haustiere ... das bringt mich zum Grund meines Besuchs: Ich habe eine Nachricht für dich, Poppy, von Adeline Payne“, sagte Suzanne.

„Für mich?“ Poppy war überrascht.

„Ja, normalerweise schlage ich solche Anfragen aus, aber ich dachte, ich mache diesmal eine Ausnahme aus ... äh ... purer Menschenfreundlichkeit, denn sie schien wirklich am Rande der Verzweiflung.“ Suzanne griff nach der Plastikbox und räusperte sich. „Miss Payne bittet dich, ... äh ... ihre Schnecke Solly bei dir aufzunehmen.“

Poppy starrte sie entgeistert an. „Was?“

„Nun, sie sitzt jetzt in Untersuchungshaft und macht sich Sorgen um ihr Haustier, das sich selbst überlassen ist.“ Suzannes Mundwinkel zuckten verdächtig. „Sie sagt, du hättest dich sehr für Solly interessiert, als ihr euch beim Tierarzt begegnet seid, und sie hoffte, dass du die Herzensgüte besitzt, Solly ein gutes Zuhause zu geben."

„Die Frau wollte mich umbringen", rief Poppy empört, „und jetzt will sie, dass ich ihre Schnecke adoptiere?"

Nick lachte laut, verbarg seine Erheiterung jedoch rasch hinter einem Hustenanfall, als Poppy ihm einen finsteren Blick zuwarf. Dann nahm sie die Dose, die Suzanne ihr hinhielt, und öffnete sie vorsichtig. Auf einem Bett aus Salatblättern lag Solly, die Schnecke: weich, braun und schleimig.

Nick spähte über ihre Schulter und sagte mit einem bösen Grinsen: „Die sieht eigentlich recht hübsch aus ... für eine Molluske."

„Ach, halten Sie die Klappe", sagte Poppy.

Suzanne sah aus, als hätte sie Mühe, ernst zu bleiben. „Du kannst natürlich ablehnen. Ich habe Miss Payne lediglich versprochen, ihre Anfrage weiterzugeben." Sie streckte eine Hand nach der Dose aus.

Poppy zögerte, dann zog sie die Dose zu sich heran. „Was hast du mit Solly vor?", fragte sie Suzanne.

Ihre Freundin zuckte mit den Schultern. „In die Mülltonne werfen, nehme ich an. Oder im Klo runterspülen."

„Nein, warte ..." Poppy starrte auf die Schnecke, die langsam zum Leben erwachte. Sie hinterließ eine Schleimspur, als sie über ein Salatblatt kroch, und die zierlichen Fühler an ihrem Kopf bewegten sich vorsichtig. Poppy wusste, dass sie Solly einfach an Suzanne zurückgeben und keinen weiteren Gedanken an das Tier verschwenden sollte. Schließlich brachten vor allem Gärtner jedes Jahr Tausende von Schnecken um, weil sie ihre Beete zerfraßen. Aber sie brachte es nicht übers Herz.

„Na gut. Ich behalte Solly", sagte sie.

Suzanne zog die Augenbrauen hoch. „Bist du sicher?"

Ich muss verrückt sein, dachte Poppy, als sie nickte.

Nick brach in schallendes Gelächter aus. „Sie werden die einzige Gärtnerin in ganz England sein, die eine Schnecke als Haustier hält!"

Suzanne schmunzelte, dann schaute sie Nick an. „Sollen wir? Ich dachte, wir wollten noch auf einen Drink zu dir gehen."

„Nun, wir könnten genauso gut früher fahren und uns einen Drink an der Bar des Restaurants gönnen", antwortete Nick.

Zu Poppy gewandt sagte Suzanne: „Nick hat darauf bestanden, dass ich heute früher Feierabend mache, weil er mich zum Essen eingeladen hat. Ich habe nämlich Geburtstag."

„Oh! Herzlichen Glückwunsch!", rief Poppy.

„Danke." Suzanne zog die Nase kraus. „Ich muss gestehen, dass mir eigentlich gar nicht nach Feiern zumute war, aber Nick hat nicht lockergelassen. Ehrlich gesagt, wenn man nur drei Jahre von großen Vier mit der Null entfernt ist, verlieren Geburtstage ihren Reiz!"

„Wenn ich dich nicht mit Gewalt aus dem Büro zerre, machst du nie eine Pause", knurrte Nick. „Du arbeitest schon seit Wochen auf Hochtouren - du könntest einen freien Abend gebrauchen. Du bist der schlimmste Workaholic, der mir je begegnet ist."

„Musst du gerade sagen!" Suzanne stieß ihm spielerisch den Ellbogen in die Rippen. „Wenn du eine Idee hast, bleibst du die ganze Nacht auf, um sie zu Papier zu bringen."

„Das ist etwas anderes", sagte Nick und revanchierte sich mit einer Kitzelattacke, bis Suzanne sich vor Lachen wand.

Als Poppy sah, wie die beiden sich neckten und zusammen lachten, überlegte sie zum x-ten Mal, warum sie sich getrennt hatten. Nick und Suzanne fühlten sich ausgesprochen wohl miteinander, sie gingen so entspannt miteinander um, dass sie wie das perfekte Paar wirkten. Zwischen ihnen herrschte eine ungezwungene Vertrautheit, die nur von echter Nähe und Zuneigung herrühren konnte. Plötzlich schoss ihr der Gedanke durch den Kopf, dass sie ihre Beziehung vielleicht wieder aufleben lassen würden. Und warum verspürte sie bei der Vorstellung ein unangenehmes Kribbeln?

Ich bin doch wohl nicht eifersüchtig?, dachte sie überrascht. Nein, darüber wollte sie nicht nachdenken. Um sich abzulenken, sprach sie den ersten Gedanken aus, der ihr in den Kopf kam: „Ähm, Nick – haben Sie mit Bertie gesprochen, seit

Sie wieder zu Hause sind?"

„Nein, hab ich nicht", sagte er erstaunt. „Ich habe ihm zugewinkt, als er gestern mit Einstein am Haus vorbeikam. Warum?"

„Sie hätten ihm Bescheid sagen sollen, als die Polizei Sie aus dem Gewahrsam entlassen hat. Er hat sich Sorgen um Sie gemacht", sagte Poppy.

„Warum sollte er sich Sorgen machen? Er weiß, dass ich auf mich selbst aufpassen kann. Das tue ich schon seit Jahren."

„Weil er Ihr Vater ist!", platzte Poppy heraus. „Es ist normal, dass er sich Sorgen macht, und es wäre eine nette Geste gewesen, ihn auf dem Laufenden zu halten."

Nick runzelte die Stirn, und einen Moment lang dachte Poppy, er würde ihr unmissverständlich mitteilen, dass sie sich nicht in seine Angelegenheiten mischen sollte. Zu ihrer Überraschung stieß er jedoch einen tiefen Seufzer aus und fuhr sich mit der Hand über das Gesicht.

„Sie haben recht", sagte er. „Ich hätte Bertie Bescheid sagen sollen. Ich habe mich in all den Jahren wohl zu sehr daran gewöhnt, mich nur um mich selbst zu kümmern ... Ich bin es nicht gewohnt, an jemand anderen zu denken."

„Warum schauen wir nicht bei Bertie vorbei, bevor wir ins Restaurant gehen?", schlug Suzanne vor. Sie zwinkerte Poppy zu. „Ich muss ihm Bericht erstatten, wie es um seinen Tentakel auf meiner Fensterbank steht."

„Welcher Tentakel?", fragte Nick.

Suzanne hakte sich bei ihm unter. „Das ist eine lange Geschichte. Ich erzähle sie dir unterwegs ..."

Sie warf Poppy ein Lächeln über die Schulter zu, die ihnen zum Abschied winkte, als sie zum Eingangstor gingen.

Kapitel 31

Nachdem Nick und Suzanne sich verabschiedet hatten, ging Poppy ins Haus, zog die Vorhänge zu und schaltete das Licht ein. Nell war wieder einmal bei einem Bingo-Abend mit Freundinnen, und als sie daran dachte, dass alle an diesem Abend ausgingen und sich vergnügten, während sie allein im Cottage saß, fühlte sie sich plötzlich furchtbar einsam.

Dann ermahnte sie sich, nicht albern zu sein, und nahm sich vor, ein schönes heißes Bad zu nehmen, sich etwas zu essen zu kochen und einen gemütlichen Abend vor dem Fernseher zu verbringen.

Als sie sich auszog, leuchtete ein goldener Schimmer im Badezimmerspiegel auf, und sie hielt inne, um ihr Spiegelbild zu betrachten. Das

Medaillon ihrer Mutter, das sie wie jeden Tag um den Hals trug, fing das Licht ein und glitzerte im Spiegel. Als Poppy sich näher zum Spiegel beugte, fiel ihr zum ersten Mal auf, dass auf einer Seite des herzförmigen Medaillons eine bräunliche Kruste klebte. Sie nahm die Kette ab, hielt das Medaillon ins Licht und kratzte vorsichtig mit einem Fingernagel daran. Teile der Kruste bröckelten ab, darunter kam die gravierte Oberfläche des Medaillons zum Vorschein.

Sie schnupperte an ihren Fingern – der süße, milchige Geruch kam ihr bekannt vor. Oh, es war Zwieback! Sie dachte lächelnd daran, wie Baby Oscar an einem Zwieback geknabbert hatte, als sie ihn das letzte Mal gesehen hatte, und ihr wurde klar, was passiert sein musste. Als sie das Baby an jenem Tag beim Hausarzt auf dem Schoß hielt, musste es das Medaillon in den Mund gesteckt haben, und Teile des aufgeweichten Kekses waren am Medaillon haften geblieben.

Seit Tamsin ihr die Kette zurückgegeben hatte, war Poppy so beschäftigt gewesen, dass sie sie nicht genauer angesehen, sondern sie sich einfach um den Hals gehängt hatte. Die Gärtnerei mit ihren täglichen Herausforderungen und die Mordfälle hatten sie auf Trab gehalten. Jetzt aber war sie entschlossen, es wieder sauber zu bekommen. Sie spülte es unter dem Wasserhahn ab und rieb die Oberfläche mit einem Handtuch trocken, um die Zwiebackreste zu entfernen.

Das meiste ließ sich leicht entfernen, aber in den

Rillen der Gravur hatten sich Reste festgesetzt und wollten einfach nicht weichen. Poppy hielt inne und holte frustriert Luft. Dann hatte sie eine Idee. Schnell kramte sie im Badezimmerschrank, bis sie fand, was sie suchte: eine Sicherheitsnadel. Mit dem spitzen Ende der geöffneten Nadel kratzte sie die Rillen der Gravur frei. Sie versuchte gerade am Scharnier ein besonders hartnäckiges Stück des getrockneten Zwiebackbreis zu lösen, als sie ein leises KLICK hörte – und zu ihrer Überraschung löste sich die Rückseite des Medaillons.

Poppy hatte immer angenommen, dass sich das Medaillon nur auf einer Seite öffnen ließ, wo das Foto ihrer Mutter eingelegt war, aber jetzt erkannte sie, dass sich unter dem ersten Bilderrahmen ein zweiter befand. Darin zeigte sich ein weiteres Foto: Ein gutaussehender junger Mann mit seelenvollen dunklen Augen, einem sensiblen Mund und Haaren, die genau denselben Braunton aufwiesen wie ihre eigenen, blickte sie ernst an.

Poppys Herz begann wie wild zu klopfen, als sie auf das winzige Foto starrte. Lautes Klopfen an der Haustür riss sie aus ihren Gedanken. Hastig legte sie das Medaillon auf dem Schränkchen neben dem Waschbecken ab und eilte die Treppe hinunter. Als sie die Tür öffnete, stand eine ihr bestens bekannte große Dame mit Kopftuch, Regenmantel und dunkelgrünen Gummistiefeln auf der Schwelle.

„Ah! Miss Lancaster! Schön, dass ich Sie zu Hause antreffe."

„Hallo, Mrs Busselton", sagte Poppy und schenkte der Frau ein vorsichtiges Lächeln. „Wollen Sie nicht hereinkommen?"

„Nein, nein, ich bin bei der Abendpatrouille", verkündete Mrs Busselton und winkte ab. „Ich wollte Ihnen nur kurz mitteilen, dass das nächste Treffen der Bunnington-Brigade diesen Sonntag stattfindet." Sie warf Poppy einen strengen Blick zu. „Sie schließen sich uns doch sicher an, oder? Nach Ihrer unerfreulichen Begegnung mit einer Mörderin haben Sie am eigenen Leib erfahren, wie wichtig der Zusammenhalt unter den Dorfbewohnern ist. Wir alle sollten uns zum Schutz der Gemeinschaft einsetzen, jeder nach seinen Fähigkeiten."

„Äh ..." Poppy zögerte. Sich Mrs Busseltons Nachbarschaftswache anzuschließen, war das Letzte, wonach ihr der Sinn stand, aber gleichzeitig hatte sie das Gefühl, der Frau zu Dank verpflichtet zu sein – immerhin hatte sie ihr das Leben gerettet. „Nun ... ähm ... ich werde es auf jeden Fall versuchen ... obwohl Sie wissen, dass die Gärtnerei sonntags geöffnet ist, also ..."

„Keine Ausreden!", donnerte Mrs Busselton. „Wir brauchen mehr junge Mitglieder wie Sie, um die Kriminalität im Dorf zu stoppen!"

„Ach, so schlimm ist es doch gar nicht", widersprach Poppy. „Bunnington ist nicht die Bronx oder Johannesburg. Und jetzt, wo die Mordfälle aufgeklärt sind, ist wieder Ruhe und Ordnung eingezogen -"

„Glauben Sie das bloß nicht!", rief Mrs Busselton und wedelte drohend mit einem Finger. „Gerade erst habe ich von einem neuen, alarmierenden Verbrechen erfahren: Colonel Bradley wurde sein neues Gebiss gestohlen! Was sagen Sie dazu?"

„Sind Sie sicher, dass es gestohlen wurde?", fragte Poppy. „Wer braucht denn die dritten Zähne eines Fremden? Vielleicht hat er sie verlegt oder -"

„Oh nein! Hier liegt definitiv ein Diebstahl vor. Der arme Mann nahm das Gebiss heraus, um es gründlich zu reinigen, und ließ es auf seinem Nachttisch liegen, während er die Bürste holte. Doch als er zurückkam, war das Gebiss weg!" Frau Busseltons Brust schwoll an. „Aber keine Angst! Die Bunnington-Brigade ist bereit, wir nehmen die Verfolgung auf. Dieser gemeine Verbrecher entkommt uns nicht. Unsere künftigen Pläne und Strategien besprechen wir bei der Versammlung am Sonntag. Bis dann!"

Mit diesen Worten drehte sie sich um und marschierte zum Tor, während Poppy ermattet gegen den Türrahmen sackte. Müde schloss sie die Tür und kehrte ins Bad zurück. Oren saß neben dem Waschbecken und schlug mit einer Pfote nach etwas auf dem Schränkchen neben dem Waschbecken. Poppys Herz setzte einen Schlag aus, als sie sah, dass es ihr Medaillon war.

„Nein! Oren, hör auf!", rief sie. Hastig packte sie das Schmuckstück und befreite die Kette aus den Krallen des Katers.

„Mauuu!", sagte Oren beleidigt, sprang vom Schränkchen und stolzierte aus dem Badezimmer.

Poppy wischte das Medaillon mit einem Handtuch sauber, dann öffnete sie das neu entdeckte Foto. Sie hatte fast befürchtet, dass es verschwunden sein könnte, dass sie es sich nur eingebildet hatte, aber es war immer noch da. Sehnsüchtig starrte sie auf das winzige Bild und überlegte gerade, wie sie herausfinden konnte, wer der Mann war, als sie erneut Orens fordernde Stimme hörte.

„Mi-aaauu? Miau?"

Aus den Augenwinkeln sah Poppy, wie der Kater ins Bad schlich.

„Was ist denn nun schon wieder, Oren?", fragte sie zerstreut, den Blick immer noch auf das Foto gerichtet. „Was willst du ..." Sie brach ab, als ihr plötzlich etwas Kaltes und Nasses auf die nackten Füße fiel. Sie blickte nach unten und sah einen Satz vergilbter Zähne, eingebettet in glänzendes rosa Zahnfleisch.

„IGITT!", kreischte Poppy und hüpfte von einem Fuß auf den anderen.

Oren, der ihr sein Geschenk stolz präsentiert hatte, wich erschrocken aus. In diesem Moment versetzte Poppy den Zähnen versehentlich einen kräftigen Tritt, sodass sie gegen die Wand geschleudert wurden und schließlich im Waschbecken landeten, wo sie mit lautem Klappern auf dem Ausguss liegen blieben.

Poppy schnappte nach Luft, dann starrte sie den

roten Kater wütend an. „Oren! Du musst damit aufhören!"

„*M-au?*", sagte Oren frech und legte den Kopf schief.

Poppy näherte sich dem Waschbecken und hob die Zähne vorsichtig mit spitzen Fingern heraus. Bei näherem Hinsehen stellte sie fest, dass es ein Gebiss war, keine echten Zähne.

Dann erinnerte sie sich daran, was Mrs Busselton über Colonel Bradley gesagt hatte, und stöhnte laut auf. Poppy drehte sich um, stemmte die Hände in die Hüften und sah den Kater streng an. „Woher hast du die, Oren? Was hast du nun schon wieder ausgeheckt?"

Oren zuckte mit den Schnurrhaaren und warf ihr einen unschuldigen Blick zu. „*Miau?*"

Poppy stieß einen Seufzer der Enttäuschung aus. Vielleicht sollte sie am Sonntag tatsächlich zu dem Treffen gehen. Da Oren offensichtlich beschlossen hatte, eine Verbrecherkarriere einzuschlagen, sah es nicht so aus, als würden in Bunnington bald wieder Ruhe und Frieden herrschen.

Über die Autorin

Die *USA-Today*-Bestsellerautorin H. Y. Hanna schreibt britische Cosy Mystery voller Humor, schrulliger Charaktere, spannender Mordfälle und charakterstarker Katzen! Mehrere ihrer Bücher, wie zum Beispiel die Oxford-Tearoom-Krimis, die Serie „Bewitched by Chocolate" und die English-Cottage-Garden-Mysterys, spielen in Oxford und den wunderschönen Cotswolds. Nach ihrem Abschluss an der Oxford University hat H. Y. Hanna eine Reihe von Jobs ausgeübt: Sie war in der Werbung tätig, Model, Englischlehrerin, Hundetrainerin, Marketingmanagerin, Vertreterin für Bücher im Bildungsbereich ... bevor sie sich wieder ihrer ersten großen Liebe zuwandte: dem Schreiben. Seit einigen Jahren arbeitet sie als freiberufliche Autorin und hat mit ihren Romanen, Gedichten, Kurzgeschichten und journalistischen Beiträgen mehrere Preise gewonnen.

Als Weltenbummlerin hat H. Y. Hanna in verschiedenen Kulturen gelebt. Ihre Reisen führten sie von Dubai bis nach Auckland, von London bis nach New Jersey, doch inzwischen wohnt sie mit ihrem Ehemann und ihrer Katze Muesli glücklich in Perth (Westaustralien). Mehr über H. Y. Hannas Bücher erfährst du unter **www.hyhanna.com**.

Trage dich für meinen Newsletter ein, dann bist du immer über Neuerscheinungen auf Deutsch, Buchverlosungen und andere Neuigkeiten zu meinen Büchern informiert!

http://www.hyhanna.com/german-newsletter

9 781922 436948